El silencio que nos separa

Josie Ferguson

El silencio que nos separa

Traducción de
Noemí Sobregués

SUMA de letras

Papel certificado por el Forest Stewardship Council®

MIXTO
Papel | Apoyando la silvicultura responsable
FSC® C117695

Penguin Random House Grupo Editorial

Título original: *The Silence in Between*

Primera edición: junio de 2025

Printed in Spain – Impreso en España

ISBN: 978-84-10257-75-7
Depósito legal: B-6239-2025

Compuesto en Mirakel Studio, S. L. U.

Impreso en Liberdúplex
Sant Llorenç d'Hortons (Barcelona)

SL57757

Para aquellas personas cuyas historias merecen ser escuchadas

Quienes no recuerdan el pasado
están condenados a repetirlo.

George Santayana

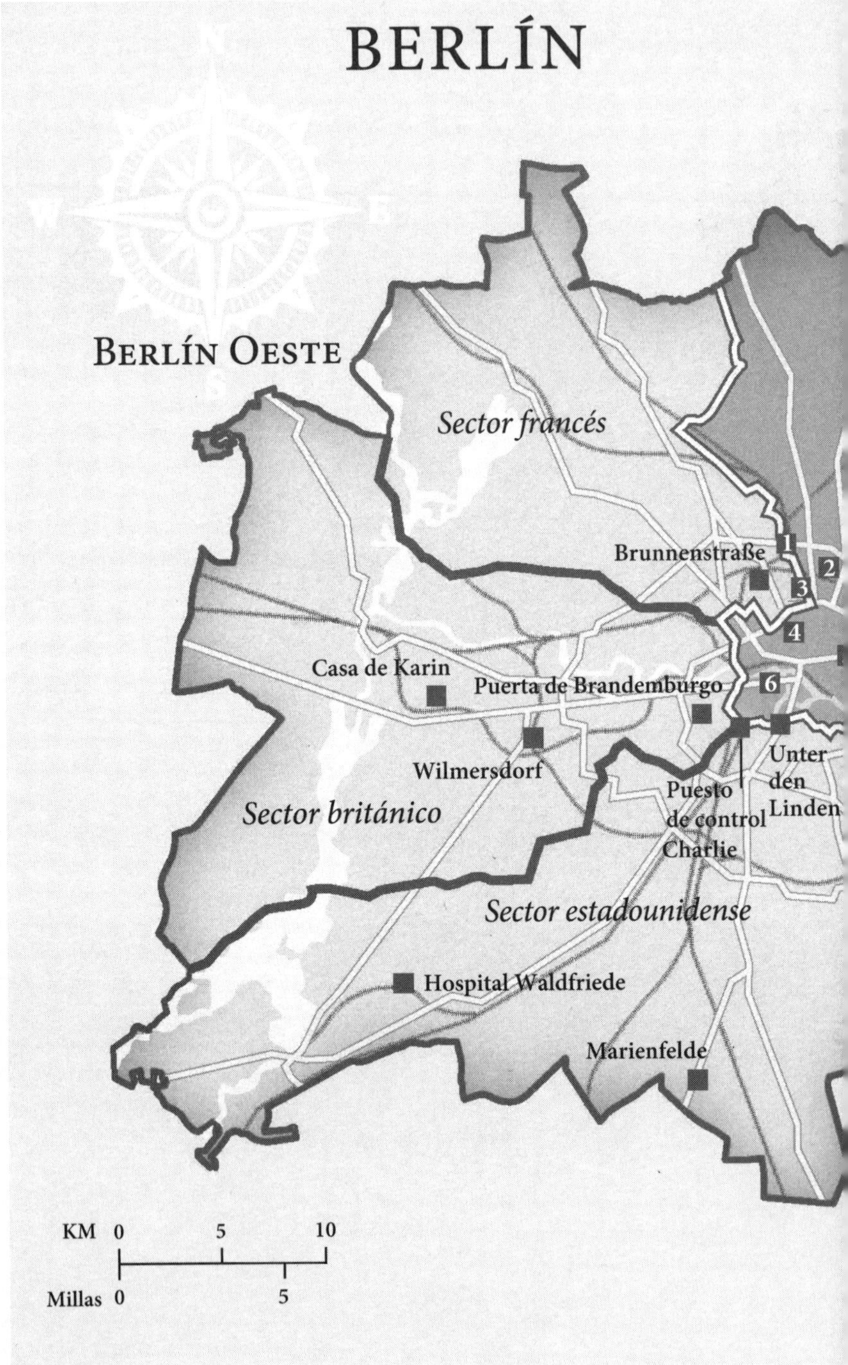
BERLÍN
Berlín Oeste
Sector francés
Brunnenstraße
1
2
3
4
6
Casa de Karin
Puerta de Brandemburgo
Wilmersdorf
Unter den Linden
Puesto de control Charlie
Sector británico
Sector estadounidense
Hospital Waldfriede
Marienfelde
KM 0 5 10
Millas 0 5

Mar del Norte
Mar Báltico
Berlín
ALEMANIA DEL ESTE
ALEMANIA DEL OESTE
BERLÍN ESTE
Volkspark Friedrichshain
Berliner Dom
Sector soviético
Harzer Straße
Teltowkanal, Johannisthal
1 Puesto de control de la Bornholmer Straße
2 Prenzlauer Berg
3 Bernauer Straße
4 Casa de Lisette y Elly
5 El Resi
6 Estación de la Friedrichstraße

Prólogo

Lisette

Ahora. Berlín, 12 de agosto de 1961

Todo progenitor que diga que no tiene un hijo favorito miente. Cuando Axel se queda por fin dormido en mis brazos, con una burbuja de leche por encima del labio superior, una oleada de amor me invade. Nunca sentí algo así con Elly. Ni el día que nació, ni ningún otro en los quince años transcurridos desde entonces. Pero incluso mi enorme sentimiento de culpa al respecto es insignificante en comparación con esta sensación que crece en mi pecho. Lo que siento por Axel es superior a mí y a todos nosotros. Por un momento me permito creer que es tan grande que eclipsará todo lo demás, incluido el pasado y todo lo que he hecho.

Le beso el pelo suave y esponjoso y le acaricio los pinchazos rojos del pliegue del brazo, donde le han sacado sangre. Es tan pequeño que todavía no debería haber pasado por la experiencia de sentir dolor. Lo aprieto contra mí y me prometo cuidarlo, quererlo y ser mejor persona. No puedo volver a fallar.

Un hombre cargado con carpetas y un estetoscopio alrededor del cuello empuja la puerta con el hombro. Sujeta con los dientes el borde de un vaso de poliestireno. Deja las carpetas en la mesa desordenada y se termina el café antes de sentarse frente a mí.

—Lamento que haya tenido que esperar tanto —me dice abriendo una carpeta y echando un vistazo a los papeles. Una hoja se le escapa y revolotea hasta el suelo. Se inclina para recogerla con una mano cubierta de manchas hepáticas y se da un golpe en la cabeza—. Bien, ¿dónde estábamos? —me pregunta frotándose la calva, donde supongo que ya se le está formando un chichón—. Sí, frau Hartmann y Frank.

—Lange.

—¿Qué?

—Frau Lange. Y Axel. —Le contesto en susurros, pero el hombre parece no darse cuenta de que Axel está dormido en mis brazos y no sabe que he tardado horas en conseguir que dejara de llorar.

—Sí, sí. Déjeme que... Sí, aquí están. —Saca una hoja de una carpeta, la coloca debajo de la lámpara de la mesa y entrecierra los ojos intentando entender la letra.

Desplazo a Axel de un brazo al otro con cuidado y me froto los ojos, que me pican. Veo la habitación borrosa y la lámpara parece balancearse como si estuviéramos en un barco. Siento humedad entre las piernas; la sangre está manchándome la falda.

—Me temo que vamos a tener que hacer varias pruebas más —me dice.

—Pero llevamos aquí...

No sé cuánto tiempo llevamos aquí. Por la luz mortecina que se filtra por la ventana, sé que ya está anocheciendo, pero no sé qué hora es, ni siquiera qué día.

—Me temo que vamos con retraso, pero no parece que debamos preocuparnos demasiado. Solo quiero hacer varias pruebas más para asegurarnos.

—¿Para asegurarnos de qué?

—De que no sea algo más grave. El nivel de oxígeno de su bebé no es el adecuado. Hizo usted bien en traerlo. Sospecho que puede tener algo que ver con el corazón.

—¿El corazón?

Un sollozo se agita en mi pecho y nos pilla a los dos por sorpresa. Axel se mueve en sueños y me levanto para volver a mecerlo.

—¿Se pondrá bien? —Oigo que se me quiebra la voz. Carraspeo y vuelvo a intentarlo—. Se pondrá bien, ¿verdad?

—Sí, claro, no me cabe la menor duda. ¿Qué tiempo tiene? ¿Tres semanas?

—Cinco.

—Bueno, ahí lo tiene. Si fuera algo más grave, no habría llegado tan lejos.

Paso por alto el impulso de tirar las carpetas de este hombre al suelo y pisotearlas. Empiezo a caminar de un lado a otro frente a la ventana sin dejar de balancearme. El movimiento es como un mantra físico.

—Bien —me dice revolviendo sus papeles—. Enseguida vendrá una enfermera a buscar a Axel. Quizá debería irse a casa y descansar un poco.

Dejo de balancearme.

—¿Y dejar a Axel aquí?

—Solo por esta noche. Duerma un poco, tome un baño y coja las cosas que necesite. Cuéntele a su familia lo que pasa.

Me doy la vuelta y lo miro a los ojos.

—De ninguna manera.

—Lleva aquí más de cuarenta y ocho horas y su cuerpo todavía está recuperándose del parto. —Dirige la mirada a mi falda y me arden las mejillas—. Axel estará perfectamente.

—Pero estoy dándole el pecho.

—Tenemos leche infantil. Frau Lange, usted es una mujer culta. Hoy en día muy pocas mujeres dan el pecho.

Aprieto a Axel contra mi pecho.

—Es que... no creo que pueda dejarlo.

Él mira el reloj y ahoga un bostezo.

—Solo serán unas horas. Como le he dicho, tenemos que comprobar varias cosas y dejarlo en observación. De todos modos, no podrá estar con él hasta mañana por la mañana, porque no tenemos ninguna habitación libre. Y su hijo necesita ropa limpia. También pañales. —Resopla y levanta una ceja—. No puede llevar esa ropa ni un día más.

Paso el dedo por la pechera manchada del pijama azul de Axel, que desprende un leve olor agrio a leche cuajada. Con las prisas por traerlo, no se me ocurrió coger ropa de recambio. El calor me sube por el cuello en pequeñas ronchas que me pican. Estoy fallando otra vez.

—No sé qué hacer. Creo que...

Miro a Axel, su diminuta nariz y su ceño fruncido cuando duerme. Me aprieta el dedo con la manita, y sus uñas rosadas son muy pequeñas y delicadas. No quiero separarme de él, pero si vamos a quedarnos varios días más, tendré que avisar a mi familia. Mi marido estará preocupado. Elly también. Y debería ir a ver cómo está mi madre. No es la primera vez que la frustración por el corte de las líneas telefónicas de la ciudad hierve dentro de mí. No tiene lógica. ¿Por qué tenemos la frontera abierta, pero nos prohíben hablar por teléfono?

Suspira.

—Soy médico, frau Lange. Le garantizo que Axel estará bien.

Acaricio la perfecta carita aplastada de mi bebé y siento el calor de su pequeño cuerpo.

—Vivo en el Este... —empiezo a decirle.

—Yo también.

—¿Y si no puedo volver?

Hace un gesto con la mano como si yo fuera una mosca a la que quiere espantar.

—Claro que podrá volver.

Se levanta y recoge las carpetas. Me recuerdo a mí misma que se supone que este hombre es el mejor. Mejor que cualquier pediatra de Berlín Este, al menos.

—Nos vemos mañana. —Su tono es firme—. Para entonces seguramente sabremos más cosas. —Se da la vuelta para marcharse, pero de repente se detiene—. Su hijo estará bien. No tiene por qué preocuparse, de verdad.

Y se va.

Fuera, el cielo ha adquirido un tono violeta y ya no hace tanto calor. Bajo las escaleras del hospital dolorosamente consciente de que mis brazos están vacíos. Creo que no estoy haciendo bien.

Miro el reloj. Puedo estar en casa en media hora, y de vuelta aquí en dos. Mis pensamientos son confusos y casi choco con un hombre con un corte profundo en la frente, que sangra. Tiene el flequillo blanco manchado de rojo y el lado izquierdo de la cara parece caído, como si fuera de cera derretida. Está agarrado a una mujer bajita y pálida con labios carnosos y dientes enormes.

Me aparto y me apoyo en la barandilla. Al pasar la mano, siento de repente el agudo pinchazo de una astilla clavándose en mi suave carne. En el último escalón me detengo y me doy la vuelta para mirar la entrada. La pareja ya ha entrado.

—No tardaré —susurro, como si Axel pudiera oírme—. Estaré de vuelta antes de que te despiertes.

Me dirijo hacia el S-Bahn tropezando de vez en cuando en la acera mal iluminada. A cada paso que doy noto que la distancia entre Axel y yo se estira como una goma elástica.

Me siento junto a la ventanilla en un vagón vacío. Me encanta cruzar la ciudad en el S-Bahn. Viajar de Berlín Oeste a Berlín Este es como retroceder en el tiempo. Todo es más colorido en el Oeste, los edificios son más nuevos y la gente está más contenta. El momento en el que el tren cruza la frontera hacia el Este es como si se hubiera apagado la luz. Los edificios son lúgubres y están llenos de agujeros de bala de la guerra; las personas caminan cautelosas con sus zapatos de suelas rotas y su ropa pasada de moda. Incluso el olor es diferente: café barato y cigarrillos.

Hoy no me molesto en mirar por la ventana. Me limito a apoyar la cabeza en el cristal, que vibra, y pido a mis ojos que permanezcan abiertos. Lo que necesito es un piano para sumergirme en su música y olvidarme por un segundo de que mi bebé está enfermo, pero la música que una vez estuvo dentro de mí me la arrebataron hace mucho tiempo y nunca la recuperaré.

Esta noche no hacen controles aleatorios en el tren; normalmente no los hacen al entrar en Berlín Este, solo al salir, cuando los vopos revisan el equipaje de los pasajeros para determinar quién pretende «huir de la República». En los últimos tiempos las huidas han aumentado y el goteo constante se ha convertido en un diluvio. Quizá ya es hora de volver a intentar convencer a mi madre de que nos marchemos, aunque por ahora solo quiero centrarme en Axel y en conseguir que se recupere.

Cuando el tren llega a mi parada, las luces parpadean y el motor gruñe. Un grupo de chicos muy jóvenes sube al vagón con los ojos vidriosos y el aliento oliendo a whisky. No esperan a que yo baje primero y resisto el impulso de empujarlos para que se aparten de mi camino.

Cuando llego a casa, todo está a oscuras y el aire huele a lejía; a mi madre debe de haberle dado uno de sus ataques de limpieza. Sus atronadores ronquidos resuenan por todo el piso. También oigo las agudas notas del teclado electrónico de Elly, y si tuviera fuerzas, cruzaría el pasillo y le diría que tuviera un poco más de respeto por los demás.

Me toco los pechos, que ya están calientes y cargados. Sé que en el hospital tienen leche para bebés, que se supone que es mejor que la mía, pero si me doy prisa puedo estar de vuelta antes de la próxima toma de Axel.

Encuentro a mi marido dormido en nuestra cama. Cuando no tiene pesadillas, duerme como Elly, profunda y silenciosamente. Me tumbo a su lado. Se mueve, pero no se despierta. La brisa agita la cortina, pero aquí el aire está estancado y las sábanas están húmedas de sudor. Él querría que lo despertara, que le contara lo que pasa, pero le dejaré una nota. No quiero molestarlo cuando duerme tan profundamente. Me acurruco a su lado y aprieto la cara contra su cálida espalda. El aroma a tierra de su jabón me hace sentir en casa.

Cierro los ojos. Solo un momento.

Me despierto con los rayos de luz de la mañana filtrándose entre las cortinas. Siento los pechos como sacos de arena caliente que me aplastan las costillas. Extiendo instintivamente la mano para tocar la espalda de Axel, para sentir el lento subir y bajar de su pecho, pero no está. Aparto las sábanas de una patada y me miro la barriga desinflada, como si fuera a encontrarlo todavía ahí dentro.

Axel. Está en el hospital.

Miro el reloj. Son casi las seis de la mañana. He dormido horas, no minutos.

—Despierta —digo sacudiendo a mi marido por el hombro.

—¿Mmm? —Aún tiene los ojos cerrados y se da media vuelta, como si eso bastara para que no siguiera hablando con él.

Empiezo a meter ropa en una bolsa.

—Tuve que dejar a Axel en el hospital. —En cuanto digo estas palabras, me arde la garganta. No tenía por qué hacer nada.

Mi marido se incorpora, se frota los ojos y se coloca la almohada por detrás.

—¿Está bien? He estado muy preocupado.

—Está bien. Eso creen. Solo quieren tenerlo en observación unos días más. Anoche vine a casa a coger unas cosas y pensaba volver al hospital. Debo de haberme quedado dormida...

—Pareces cansada. ¿Por qué no duermes un poco más y voy yo al hospital?

—No, ya he dormido. ¿No me has oído? Está solo en el hospital. —Me pongo un vestido y el pelo se me engancha en la cremallera, pero me lo bajo de un tirón y me arranco varios mechones del cuero cabelludo—. Tengo que volver.

—Lisette, tranquila. Acabas de decirme que está bien. Déjame vestirme y tomarme un café, y después iremos juntos.

Retira las sábanas, se estira y sale de la habitación. Es muy lento y no quiero esperar a que esté listo. Corro al baño y me echo agua fría en la cara. Me cepillo los dientes a toda prisa y busco con la mirada el osito de peluche de Axel en la cuna. Todavía no le ha prestado atención, pero quizá consiga que se sienta un poco más en casa.

—Lisette.

Sé que algo va mal solo por cómo dice mi nombre.

Lo encuentro en el comedor, pálido y con la mano en la radio, como si intentara empujar la voz del locutor para que volviera a meterse dentro. Me mira y sus ojos parecen ahogarse.

—La frontera —me dice en voz tan baja que apenas lo oigo—. Han cerrado la frontera.

Parte I

Elly
1961

Lisette
1938-1946

1

Elly

Ahora. Berlín, 13 de agosto de 1961

La música no escrita se asienta en mis dedos y siento un doloroso hormigueo. Necesito liberarla, pero solo existe en los límites de mi mente y no consigo atraparla. Arrugo la hoja de papel pautado y la lanzo por la ventana, decidida a empezar de nuevo, cuando un grito atraviesa la frágil burbuja de mi concentración, un aullido feroz que resuena en toda la habitación. Después oigo otro grito, seguido de un tercero. Toda una orquesta de gritos.

Todavía siento que me pesa el cuerpo, porque acabo de despertarme, y me dirijo hacia la puerta tambaleándome con las zapatillas llenas de barro.

Al principio creo que mi madre debe de haberse hecho daño, pero no veo sangre cuando la encuentro tirada en el suelo del comedor. Supongo que es otro de sus «momentos», aunque estos gritos son nuevos. Suele quedarse sentada mirando fijamente una esquina, el lugar donde antes estaba su piano. Otras veces fija la mirada en un punto de la pared del fondo, siempre el mismo, donde nunca hay nada, pero jamás había gritado así.

Mi padre está arrodillado a su lado y le coge las manos. Está pálido y tiene el ceño fruncido. La música que le he asignado (una obertura con un ritmo de tambor firme, constante y seguro, aunque con un toque de tristeza) se ha convertido en un martilleo errático. La música de mi madre suele ser una tormenta estridente y furiosa, similar al *allegro molto* del *Cuarteto n.º 8* de Shostakóvich, pero ahora más bien parece el gemido de un animal moribundo.

Oma Rita está de pie en camisón a unos metros de distancia, tapándose la boca con la mano y con el pelo gris suelto sobre los hombros. Pocas veces la he visto con el pelo suelto, sin el moño apretado que suele hacerse.

—¿Qué pasa? —pregunto.

Mi madre sigue llorando y gritando. Hace tanto ruido que parece que ni mi padre ni Oma Rita me oyen. Nadie me mira, y la sensación de que no me vean ni me oigan es como un volcán dentro de mí a punto de estallar.

—¿Por qué grita mamá? ¿Por qué estáis todos llorando? ¿Puede alguien contestarme, por favor? Estoy aquí.

El comedor está tan lleno de angustia que tengo ganas de saltar por la ventana para alejarme de todo esto.

Mi madre cierra la boca y los gritos cesan. El aire se aligera en el repentino silencio. Levanta el dedo. Al principio no sé qué está señalando.

Pero mi padre me pide que escuche y le hago caso.

La voz de la radio cruje y las interferencias se tragan las palabras. Reconozco al locutor, aunque su voz es más aguda de lo habitual, como si lo estuvieran estrangulando.

—¿Una valla? ¿Alambre de espino? ¿De qué está hablando? ¿Cuándo ha sido?

—Elly, deja de hacer preguntas, por favor. —Mi padre sigue agachado al lado de mi madre—. Habrá una manera de cruzar —añade, aunque me doy cuenta de que no se cree lo que está diciendo—. Ven, bajemos —dice tocándole suavemente el hombro a mi madre—. Hablaremos con ellos en la frontera. Se lo explicaremos.

Mi madre no me mira. Se limita a aullar una vez más, y es entonces cuando veo la cuna de madera vacía en la habitación de al lado, con la sábana arrugada asomando entre los barrotes. Por fin entiendo la horrible situación.

—¿Axel? —Mi voz es un susurro.

Mi padre me mira con ojos cansados.

—Está al otro lado.

La calle está abarrotada de cuerpos que se empujan, se dan codazos y exhalan su apestoso aliento matutino. Varios coches se han detenido en medio de la carretera porque hay tanta gente que no pueden pasar. Un hombre toca el claxon varias veces, pero la multitud amortigua el sonido. El aire está cargado de ansiedad, aunque también podría ser agitación. Si no fuera por los rostros afligidos, la escena podría confundirse con un desfile.

Tengo las axilas húmedas. El sol de la mañana compite con el calor de todos estos cuerpos. Sus canciones cambiarán para siempre con las noticias de hoy, y aunque sé que es solo mi imaginación la que crea el sonido de su música, la cacofonía del pánico sigue pareciéndome ensordecedora. A mis quince años, soy demasiado mayor para coger de la mano a mi padre, pero quiero hacerlo de todos modos.

Se oye un ruido *in crescendo* y una mujer corpulenta me da un empujón para pasar. Tiene el pelo recogido en un moño alto desaliñado, y el penetrante olor de su laca me llega a la garganta. Tropiezo con los adoquines y cuando recupero el equilibrio, mis padres ya no están. Me quedo sin aire y se me enfría tanto la piel que empiezo a temblar. Quiero resistir la oleada de gente, pero si me caigo, me pisotearán. El miedo se hace más grande que mi cuerpo, y el pánico es como una película sobre mis ojos.

Una mano me agarra del brazo y oigo la voz de mi padre a mi lado.

—Tu música —me dice—. La música que oyes y que es solo tuya. Encuéntrala.

Asiento y cierro los ojos. Ya no opongo resistencia y me dejo arrastrar hacia delante, como si la multitud fuera una corriente. Quiero que el ritmo de mi canción me calme el corazón hinchado. Suele funcionar, pero hoy la melodía de los demás absorbe la mía y la ansiedad sigue siendo una masa brillante en los márgenes de mi campo de visión.

—¿Estás bien? —me pregunta mi padre.

Mi madre avanza a grandes zancadas, apartando a la gente de su camino. Mi padre duda; no quiere abandonarme, pero tampoco quiere dejarla a ella.

—Mejor —le contesto.

Mi padre encuentra huecos por los que colarnos y cruzamos la calle. Cuando alcanzamos a mi madre, me giro y veo a Oma Rita observándonos desde la ventana. Incluso desde tanta distancia veo su piel tensa por encima de los pómulos y sus ojos hundidos y vacíos. Seguramente es la única mujer de Berlín cuya música seguirá siendo la misma: una melodía tan confusa que resulta casi hipnótica.

—Papá, no deberíamos dejar a Oma Rita sola en casa.

Se da la vuelta para mirarme y parpadea. El grueso cristal de las gafas le agranda un poco el ojo derecho.

—¿Todavía llevas puesto el pijama? —me pregunta.

—¿Qué? Sí. No me ha dado tiempo a cambiarme.

—No te muevas de aquí —me dice.

Delante de nosotros hay vallas con alambre de espino en la parte superior como dientes puntiagudos. Los soldados permanecen impasibles y procuran no enfrentarse a las hordas de personas que les gritan, les exigen respuestas y les suplican que los dejen pasar.

Hemos llegado hasta donde hemos podido, pero mi madre sigue intentando abrirse paso.

—¿Qué vamos a hacer? —le pregunto a mi padre con voz entrecortada—. ¿Cómo vamos a recuperar a Axel? Tiene que ser temporal, ¿no crees? Papá, no me estás escuchando...

Alguien me tira de la camiseta del pijama. Miro hacia abajo y veo a una mujer débil y encorvada. El cuero cabelludo le brilla a la luz del sol a través del escaso pelo.

—No veo nada —me dice—. Dime qué está pasando. ¿Qué hacen?

—Hay soldados —le contesto—. Muchos. Algunos montan guardia y están armados. Otros están destrozando la calle. Parece que están amontonando adoquines para formar barricadas.

—¡Déjenme pasar! —grita mi madre—. Por favor. ¡Por favor! ¡Tengo que pasar! —Y después aúlla como un perro rabioso.

Otras personas también gritan, pero muchas permanecen en silencio, inmóviles, como si fueran testigos.

—Por aquí —dice mi padre. Como mi madre niega con la cabeza e insiste en abrirse paso entre la pared de cuerpos, añade—: Desde allí veremos mejor.

Subimos los escalones de un edificio cercano. Frente a nosotros se agita un mar de cabezas. Extiendo la mano y le toco el hombro a mi madre, pero ella me la aparta.

—¿Dónde están los aliados occidentales? —grita alguien. No termino de entender si se lo pregunta a mi padre o a Dios—. ¿Por qué no están aquí? ¿Por qué no detienen esto?

Al final aparece un jeep gris destartalado en el lado occidental. Al detenerse, levanta una nube de polvo. Dos hombres uniformados bajan con las características gorras rojas de la policía militar británica. Se colocan a una distancia prudencial de la frontera y todos los observamos conteniendo la respiración. El mayor, con el cuerpo rígido, aspira un cigarrillo con el ceño fruncido. Imagino que oigo el chasquido de su mandíbula al soltar el humo. El otro, más joven y regordete, con una barriga que le tensa la tela del uniforme, se quita la gorra y la retuerce hasta deformarla. Niega con la cabeza despacio y después los dos se dan la vuelta y se acercan para hablar entre ellos. Hago un esfuerzo por adelantarme, como si de alguna manera pudiera captar las palabras que intercambian, pero lo único que oigo es mi respiración entrecortada.

El oficial más mayor lanza la colilla hacia la frontera en un patético gesto de desafío y después ambos suben de nuevo al camión y cierran las puertas al unísono. El motor se pone en marcha y se alejan dejando otra nube de polvo a su paso.

—¿No les importa? —pregunto—. ¿Dónde están los estadounidenses?

—No pueden hacer nada —me contesta mi padre en voz baja—. Nadie quiere otra guerra.

Mi madre empieza a llorar otra vez. Se mueve de un lado a otro rodeándose el pecho, como si tuviera a Axel en brazos. Mi padre y yo nos miramos. Ninguno de los dos sabe qué hacer. Ella no es así. Mi madre no se doblega, no se rompe, al menos no así. Hoy no la reconozco. Quiero intentar consolarla, cogerla de la mano, pero me aterra que me mire y desee que fuera yo la que estuviera al otro lado.

A medida que la mañana avanza hacia la tarde, algunos se dan por vencidos y vuelven a casa resignados, pero siguen llegando más. Mi madre alterna los sollozos con continuos intentos de avanzar murmurando palabras entrecortadas e histéricas.

Al final, mis padres y yo nos acercamos poco a poco a la barrera hasta que llegamos a un metro de distancia.

Mi padre va a hablar con un guardia fornido. El hombre está de pie con las piernas abiertas, la columna recta y una escopeta en el pecho. De un mechón de pelo húmedo que le sobresale del casco caen gotas de sudor.

—Escúcheme, por favor —le dice mi padre en tono firme aunque suplicante—. Mi hijo está en un hospital del Oeste. Es solo un bebé de unas semanas. Está enfermo, y su madre, mi mujer, volvió a casa anoche solo para ducharse y cambiarse de ropa, y pasó esto... Tenemos que cruzar, tenemos que recoger a nuestro hijo.

El guardia ni siquiera lo mira. Se limita a levantar la mano para colocar un dedo regordete en el gatillo de la escopeta. Mi padre retrocede con los hombros encorvados. Quiero probar yo también, pero mi madre me detiene con el ceño fruncido.

Cuando se hace de noche, regresamos por fin a casa. Mi madre apenas puede andar. Imagino que su dolor es como un hombre sentado en sus hombros, cuyo peso la empuja hacia el suelo. Mi padre medio camina y medio carga con ella, y yo los sigo unos pasos por detrás.

En casa, Oma Rita está dormida en su silla junto a la ventana. Ronca fuerte, con la cabeza colgando hacia un lado, y un hilo de saliva se extiende desde el labio inferior hasta la barbilla.

—Volveremos a intentarlo mañana —dice mi padre sentando a mi madre en el sofá—. En cuanto expliquemos nuestra situación y organicen un nuevo sistema de visados, todo se arreglará.

Todo en la casa recuerda a Axel; su cunita está vacía y la alfombra donde juega yace olvidada. Aunque no lleva mucho tiempo con nosotros, parece que nunca hubiéramos existido sin él. Mi madre mira a mi padre con una expresión vidriosa, como si su alma ya la hubiera abandonado.

Voy a la nevera a buscar algo de comer. Saco el estofado de ayer, lo pongo al fuego sin hacer caso de las gotas de grasa que me salpican el pijama y sirvo pequeñas raciones en cuatro platos. Parece poco apetitoso, pero huele a ayer, cuando todo iba bien.

—Todo se arreglará —oigo repetir a mi padre—. Te lo prometo. Recuperaremos a Axel.

Cuando me doy la vuelta, mi padre está llevando a la cama a mi madre, con sus largas y delgadas piernas colgando de su antebrazo como unas medias vacías. Regresa, cierra despacio la puerta de la habitación y enciende la radio. La voz incorpórea del locutor flota por el comedor.

—¿Una «barrera de protección antifascista»? ¿Así la llaman? —El volumen de mi voz sube con cada palabra—. No pretenden que el Oeste quede fuera. Lo sabe todo el mundo. ¡Quieren mantenernos a nosotros dentro!

Mi padre se limita a asentir y se sienta a la mesa conmigo. Coge un tenedor y empieza a separar las zanahorias del estofado, que amontona a un lado con la concentración y la precisión de un cirujano.

De repente un fuerte resoplido rompe el silencio. Oma se levanta de un salto de su asiento con los puños apretados y los ojos desorbitados.

—¿Qué ha sido eso? ¿Qué pasa?

—No es nada, Rita —le contesta mi padre acercándose a ella—. Estabas durmiendo. ¿Quieres comer algo? Hay estofado caliente. Y he separado las zanahorias para ti.

—No, no quiero estofado. Necesito dormir.

—Bien, pues vete a dormir. —Le acerca la mano a la espalda sin tocarla, pero aun así ella se aparta instintivamente.

—¿Dónde estabais? Me habéis dejado sola. —Le tiembla la voz—. Al ver que no volvíais... pensé... ¿Han dejado de caer bombas?

—La guerra ha terminado, Rita. Terminó hace mucho tiempo.

—¿Quién eres? ¿Dónde está Ernst?

—Estás cansada. Te acompaño a la cama.

Ella asiente y deja que la guíe hasta su habitación, pero al llegar entra a toda prisa, cierra de un portazo y mi padre tiene que dar un paso atrás. Se queda mirando la puerta cerrada, se quita las gafas despacio y se frota la nariz.

—Papá, ¿qué vamos a hacer?

Se acerca a mí y me da un beso en el pelo. Me inclino hacia él y respiro su suave loción con aroma a madera. El corazón empieza a latirme más despacio y la opresión que siento en el pecho se reduce.

—No quiero que te preocupes, El. Recuperaremos a Axel. Las fronteras no estarán cerradas para siempre.

—Las cosas han ido mucho mejor en los últimos tiempos —susurro—. Con mamá.

—Lo sé, pero todo se arreglará, te lo prometo. —Me abraza y después me suelta con suavidad—. Nos vemos por la mañana.

Debería fregar los platos o al menos dejarlos en el fregadero, pero me agoto solo con pensarlo. Recojo la comida, tiro las sobras a la basura y el estofado pegajoso se desliza como una babosa.

Me voy a la cama sin molestarme siquiera en ponerme un pijama limpio, pero no puedo dormir. El colchón está lleno de bultos y el aire es húmedo. Quiero tocar el teclado, dejar que el sonido de la música silencie el caos de gritos de todo el día, pero me duelen las extremidades y no puedo moverme.

A través de la pared oigo a alguien en la habitación de Axel.

Me obligo a levantarme. La lámpara está apagada, pero la puerta de la habitación está entreabierta. La empujo y oigo un suspiro en la oscuridad. La cuna de Axel está ahora junto a la ventana. La han trasladado aquí desde la habitación de mis padres. La luz de la luna ilumina el colchón vacío como un foco. El armario está abierto y hay un montón de ropa de Axel desparramada por el suelo. En una esquina veo una pila de peluches; algunos eran míos, tienen la tela desgastada y el relleno sobresale; otros son suaves y aún nadie los ha querido.

En la otra esquina veo una figura encorvada y con la cabeza inclinada.

—¿Papá?

Aunque está muy cerca, apenas oigo su música; el ritmo del tambor se ha vuelto lento y débil, como el pulso de una persona que está desvaneciéndose. Tiene la cara hundida en el pijama de Axel. Le tiemblan los hombros, pero llora sin hacer ruido.

2

Lisette

Tiempo atrás. Berlín, 9 de noviembre de 1938

Ya era noche cerrada y fuera soplaba un viento helado, pero nada podía acabar con mi buen humor. Llevaba el pelo rizado y un sombrero nuevo sujeto con un alfiler, y tenía en el bolso los *reichsmarks* que mi madre me había dado antes de salir de casa. Me veía bien; no guapa, pero sí respetable y quizá mona, como máximo. Caminaba por los bulevares bordeados de árboles con los hombros hacia atrás. Todavía no trabajaba, pero ya no era una colegiala. En lugar de observar el mundo, estaba convirtiéndome en parte de él.

Crucé la calle y esquivé por poco un tranvía que pasaba a toda velocidad. Más adelante, el sombrerero judío de nuestro barrio estaba cerrando su tienda. Me miró de forma extraña. Lo saludé con la mano, pero él se puso a toquetear las llaves con manos temblorosas. Quizá no me había reconocido; ya no era una niña que acompañaba a mi madre a comprar. O tal vez la creciente discriminación contra los judíos lo había puesto nervioso. Últimamente en Berlín el ambiente parecía agitado. Mis amigos Julius y Max decían que las cosas iban a empeorar, pero mi padre aseguraba que al final todo se calmaría.

Gertrud ya estaba en el club cuando llegué, mirándose en el escaparate de una tienda cercana. Se pasaba el día buscando un espejo, una ventana, el dorso de una cuchara o cualquier cosa que confirmara que su aspecto era inmaculado.

—¡Lisette! Me alegro mucho de verte —me dijo besando el aire en dirección a mí—. Y estás tan guapa como siempre. —Decía lo mismo cada vez que nos veíamos, y me molestaba como un pelo suelto que me hace cosquillas en la cara—. Ruth y Karin ya están esperando en la cola. ¿Has comido?

—No...

—Bien, perfecto. Es mejor no beber y bailar con el estómago vacío. Dios mío, creía que en una noche tan fría como esta abrirían las puertas de par en par y entraríamos todos de inmediato. Supongo que querrán asegurarse de que solo entren las personas adecuadas.

—Supongo —le contesté, aunque en realidad no la escuchaba; tenía los ojos puestos en un grupo de jóvenes que estaban fumando puros. El humo se elevaba desde sus bocas hacia el cielo oscuro.

—Vamos —me dijo Gertrud.

Se abrió paso entre la multitud sin hacer caso de los que chasqueaban la lengua. La seguí obedientemente y avancé disculpándome y procurando no pisar a nadie. Al apretujarme en la cola al lado de Karin y Ruth, el tacón del zapato se me enganchó en una grieta de la acera. Me agarré al hombro de un hombre, porque me preocupaba más caerme y hacer el ridículo que atender al decoro social.

—Tranquila —me dijo sujetándome del codo mientras yo liberaba el pie.

Sonreí y le di las gracias, pero él ya dirigía su atención a Karin.

—No te has hecho daño, ¿verdad, Lisette? —me dijo Ruth saludándome con un beso en cada mejilla.

—Lisette, me encanta lo que llevas puesto —me dijo Karin. Me dedicó una sonrisa deslumbrante, aunque cohibida; era evidente que sabía que estaban mirándola, cautivados por su belleza.

Las chicas movían las piernas y se soplaban en las manos con guantes mientras esperábamos, pero la emoción y mi silenciosa ansiedad me mantenían en calor. Mientras Gertrud repartía cotilleos como cartas de una baraja, busqué la cara de Julius. Saber que estaría allí hacía que el corazón me latiera un poco más deprisa.

Gertrud no tardó mucho en convencer al portero de que nos dejara pasar y entramos. Al otro lado de las puertas había un mundo nuevo. El local era más extravagante de lo que había imaginado. El techo era de vidrio reflectante y de él colgaban globos de espejo como diamantes. En la esquina más alejada, chorros de agua subían y bajaban al ritmo de la música, como un extraño ballet de otro mundo. En otra esquina había un tiovivo de tamaño natural en el que hombres y mujeres atractivos montaban caballos adornados. Aunque era temprano, la pista de baile ya estaba casi llena. Yo quería unirme a los que se divertían, sumergirme en ese nuevo reino, pero Gertrud tiró de mí hacia una mesa. Un grupo de hombres nos miró. Ruth se tocó el pelo, Karin no pudo reprimir una risita y Gertrud frunció el ceño.

—Vamos a sentarnos —nos dijo muy seria—. Todavía es temprano. Nos sentamos, echamos un vistazo y esperamos a que alguien nos llame. Todas las mesas tienen teléfono, ¿sabéis? O quizá alguien nos envíe una nota.

—¿Una nota?

—Esto —me dijo Gertrud sentándose a mi lado y señalando un artilugio curvo que parecía una serpiente— es un tubo neumático. Si le gustas a alguien, puede enviarte un mensaje. Y puedes no solo recibir mensajes —siguió diciendo, encantada de ser objeto de nuestra atención. Cogió una carta encuadernada en piel de color rojo oscuro—. También puedes pedir regalos.

Llegó una camarera con el pelo corto ondulado y los labios pintados de rosa. Gertrud pidió brandy para todas, que apareció casi al instante en una bandeja dorada. Karin daba sorbos de su copa, que calentaba con la mano, pero mi licor desapareció de inmediato porque no pude resistirme a su dulzor sutil. Gertrud pidió otra ronda, y mientras las chicas charlaban, yo contemplaba la cúpula de cristal en movimiento situada por encima de nosotras y las bolas de espejos que giraban, y sentía la música correrme por las venas. Tocaba una banda de jazz, y cuando el pianista tomó el relevo con un solo iluminado por los focos, toqué la canción en mis muslos con los dedos. Esperaba tener algún día la confianza y la habilidad necesarias para estar allí arriba, tocando con los mejores.

Karin recibió su primer mensaje, que apareció con un silbido. Pronto, pensé, pronto me tocará a mí. Esperé pacientemente a que sonara el teléfono o a que llegara un mensaje que me sacara del profundo sueño de la infancia. Estaba desesperada por convertirme en adulta, y ¿qué te define más como adulta que ser deseada? Pero el teléfono no sonó para mí y tampoco apareció ningún mensaje.

—¿Ese no es Julius? —me preguntó Gertrud, cuando ya llevábamos más de una hora sentadas, dándome un codazo en las costillas y señalando la pista de baile con la cabeza.

Busqué su cara entre la multitud. En cuestión de segundos, el aleteo que me nació en el pecho creció y me consumió.

—Sí, sí, es él —le contesté poniéndome en pie de un salto y sujetándome el sombrero.

—Por Dios, Lisette, ¿qué haces? —me dijo agarrándome del brazo—. Siéntate. Te gusta, ¿verdad? ¿Como algo más que un amigo? En ese caso, no puedes correr hacia él como una yegua desbocada. Deja que venga él.

—Pero... lo conozco de toda la vida.

Me parecía mal no ir a saludarlo, pero aun así volví a sentarme. No conocía las reglas, y si alguien las conocía era Gertrud.

—Ahora mismo te ve como a una hermana. Quieres que empiece a verte como a una mujer.

—Pero ¿qué tengo que hacer para que me vea como... a una mujer? —le pregunté sintiendo que me ardían las mejillas.

—Tienes que comportarte de otra manera con él. Ser más distante y sofisticada.

Asentí resistiendo la tentación de preguntarle a qué se refería exactamente. Necesitaba su ayuda, pero no quería sentirme en deuda con una persona como Gertrud.

—Está con Max —me dijo quitándose los guantes de seda blanca y doblándolos con cuidado frente a ella—. Estos dos son uña y carne. Mira cómo coquetean con todas las mujeres que se les ponen por delante.

Pasé por alto la punzada que sentí en el pecho y me tragué el dolor.

—Quizá lo mejor sea que sigamos siendo solo amigos —le comenté en voz baja, aunque incluso decirlo me dolió. Bebí otro trago de brandy, y la quemazón en la garganta me proporcionó cierto alivio.

—Me han dicho que Max quiere ser médico —me dijo Gertrud—. Me pregunto si podría echarle un vistazo a mi rodilla.

—¿A tu rodilla?

—Sí, parece más grande que la otra. Es muy raro. Debería echarle un vistazo un profesional...

Karin volvió del baño con el pintalabios retocado y el sombrero bien colocado. Antes de llegar a nuestra mesa, un hombre se le acercó y, tras intercambiar unas palabras, se dirigieron a la pista de baile. Mientras tanto, Ruth hablaba con alguien por el teléfono que estaba colgado en una columna junto a nuestra mesa.

—Voy a empolvarme la nariz —me dijo Gertrud levantándose y alisándose el vestido—. ¿Te importa quedarte sola?

—Claro que no.

Hundí la cara en la carta como si fuera la última novela romántica y no pudiera apartar los ojos de la página, pero a los pocos minutos volví a dirigir la mirada hacia Julius, que hacía girar a una chica tras otra en la pista de baile, con las gafas a punto de resbalársele de la nariz. Sin embargo, ninguna captó su atención durante mucho tiempo y no tardó en tirar de Max hasta el tiovivo. Aunque solo quedaba un caballo libre, Julius insistió en que subieran los dos. Max dudó, pero acabó cediendo. Era imposible decirle que no a Julius.

Miré a Max, el hombre que había ocupado mi lugar. Me caía bien, era divertido y amable, pero antes estábamos solo Julius y yo. Y de repente, hacía unos años, algo había cambiado en nuestra amistad. Al principio había sido imperceptible, pero ahora se abría entre nosotros un vacío que no podíamos cruzar. Yo quería recuperar la comodidad de nuestra amistad, las bromas que solo compartíamos Julius y yo, pero cuando su voz se volvió más grave y mis caderas se ensancharon, nuestros padres nos animaron a buscar otros amigos. Me hicieron sentir que lo nuestro era vergonzoso, aunque no entendía por qué. Al principio nos reímos de lo que decían nuestros padres y nos prometimos que nada cambiaría, pero cambió. Crecimos y ahora yo sabía que lo que quería no era solo su amistad, sino algo más.

Karin y Gertrud volvieron y pidieron más bebidas. Karin le hablaba a Gertrud del hombre con el que había bailado, y Gertrud la escuchaba con atención y de vez en cuando le ofrecía consejos que Karin no le había demandado.

Yo miraba a Julius deseando que me viera.

—Lisette, quizá deberías desabrocharte un botón —me dijo al rato Karin con una risita—. Si quieres que se fije en ti.

—¡De ninguna manera! —exclamó Gertrud dándome una palmada en la mano mientras la dirigía hacia el cuello de la camisa—. Somos chicas educadas. No necesitamos atraer a los hombres haciéndonos las seductoras. No te preocupes, Lisette. Encontraremos un hombre adecuado para ti.

Intenté pasar por alto la irritación que me surgió en el pecho. Tampoco a Gertrud se le había acercado ningún hombre, pero nadie se compadecía de ella.

—¿No es hora de marcharnos? —les pregunté ojeando un gran reloj de pared y abanicándome la cara con la carta.

—La verdad es que sí —me contestó Gertrud mirándose en su espejo de bolsillo. Se puso los guantes y cerró el bolso.

—Pero no cierran hasta dentro de media hora —se quejó Ruth.

—No deberíamos ser de las últimas en marcharse —dijo Gertrud bebiéndose el último sorbo de su copa—. Hacedme caso.

Dirigí la mirada al tiovivo, pero Julius ya se había marchado y la pista de baile empezaba a vaciarse. Al levantarme se me enganchó la media en la silla. Me incliné para mirarla y vi un pequeño agujero que me dejaba al descubierto la piel clara de la espinilla. Al incorporarme descubrí que el tacón se movía y estaba a punto de romperse.

Mientras hacíamos cola para recoger los abrigos, me apoyé en la pared para no tambalearme. El humo de los cigarrillos, el brandy y el calor de tantos cuerpos estaban mareándome un poco. Fue un alivio salir por fin al frío.

—Lisette —dijo una voz.

Me di vuelta y me encontré con Julius apoyado en la pared, con la nariz colorada y un cigarrillo apagado colgando del revés de sus labios. Observé que le había crecido el pelo desde la última vez que lo había visto, y lo llevaba deliberadamente despeinado. Yo había deseado estar a su lado toda la noche, pero ahora que lo estaba, no podía respirar. Era como si él hubiera robado todo el oxígeno del aire.

—Hola —le dije mientras Max le quitaba el cigarrillo de los labios y le daba la vuelta.

Julius me sonrió y el cigarrillo se le cayó de la boca. Intentó atraparlo, pero no lo consiguió.

—¿Has estado aquí toda la noche? No te he visto. Toma, fúmate un cigarrillo —me dijo quitándole el paquete a Max—. Ven con nosotros.

—Estábamos a punto de marcharnos a casa —dijo Gertrud, que permanecía a mi lado, frunciendo un poco el ceño.

—No te vayas a casa. —Sus ojos castaños, del color de las bellotas, parecían vidriosos detrás de las gafas, y su voz sonó demasiado alta incluso entre la ruidosa multitud que iba ocupando la acera—. Quédate con nosotros, Lisette. Te acompañaremos a casa.

No lo dudé. Le dirigí a Gertrud lo que esperaba que fuera una mirada de disculpa y cogí el cigarrillo de entre los dedos manchados de tinta de Julius. Gertrud se dio la vuelta sin decir una palabra, cogió del brazo a Ruth y a Karin y desapareció.

Julius ahogó la risa mientras me encendía el cigarrillo.

—Su mente es demasiado vieja para su cuerpo.

Le di un empujón de broma y moví el pelo de una manera que esperaba que fuera seductora.

—En realidad es maja.

—Si tú lo dices.

—¿Es la primera vez que vienes al Resi? —me preguntó Max con una sonrisa empática, casi de lástima, como si supiera lo que sentía por Julius.

—¿Tanto se me nota?

—Claro que no —me contestó Max apoyándose en la pared, con el pelo oscuro cayéndole en la cara—. Es que nunca te había visto por aquí.

Como Max era más bajo que yo, a veces sentía deseos de encorvar los hombros para convertirme en una versión más pequeña y delicada de mí misma. Me hacía sentir que ocupaba demasiado espacio.

—Vives en la Chausseestraße, ¿verdad? —me preguntó Max—. Creo que está un poco lejos para que vayamos andando si solo tienes esos zapatos.

Tenía razón, por supuesto. Un zapato estaba a punto de romperse, me dolían los pies y no entendía por qué había decidido llevar tacones cuando ya era más alta que todos.

—No, está bien —dijo Julius terminándose el cigarrillo y cogiéndome del brazo—. Solo tardaremos media hora.

Tropezó mientras bajábamos el bordillo de la acera y casi nos caímos al suelo juntos, pero Max lo agarró del otro brazo y lo sujetó.

El brandy me protegía un poco del frío entumecedor, pero el cielo era negro e interminable y estaba un poco mareada. Mientras atravesábamos la Alexanderplatz, nos llegó un olor a humo, el recuerdo de un incendio que traía la brisa helada. Nunca había estado en la plaza de noche. Durante el día parecía el corazón palpitante de Berlín, con enjambres de gente deambulando: mujeres a la caza de gangas, tirando de prendas de ropa y estrujando fruta madura; hombres buscando trabajo mientras niños corrían entre las piernas jugando al escondite; artistas callejeros bailando y cantando por unos pocos *reichsmarks*. Suponía que a esa hora estaría inquietantemente desolada, pero para mi sorpresa grandes grupos de hombres recorrían la plaza. Algo no iba bien. Un hombre pasó corriendo por nuestro lado. Oí una voz. ¿O era un grito?

A lo lejos, una gran columna de humo se elevaba hacia el cielo como un dragón. Me volví hacia Julius para señalársela, pero de repente vi otra espiral de humo detrás de él. Y luego otra. Y otra más. Berlín ardía.

Unos hombres que estaban justo delante de nosotros empezaron a gritar con rabia. Estaban bajo la estatua de Berolina, que parecía decirles con un gesto: «¡Venid, mirad esto!». Deberíamos habernos dado media vuelta y haber elegido otra ruta, pero el caos nos arrastró. Los hombres gritaban a algo o a alguien tirado en el suelo. La luz de una farola les iluminaba el rostro. Estaban enfadados. No, enfadados no, sino poseídos por una furia vengativa.

Apreté con más fuerza el brazo de Julius y me sentí aliviada al ver que Max se había colocado a mi otro lado.

—Vámonos —dijo alejándonos de la multitud vociferante, pero mientras nos marchábamos giré la cabeza. En el suelo, parcialmente oculto por las patadas, vi a un hombre joven. Se sujetaba la cabeza mientras las botas le rompían las costillas. Tenía un ojo hinchado y sangre procedente de su labio partido brillaba en los adoquines. Por un instante, nuestras miradas se cruzaron.

—¿Qué está pasando? —Mi voz era un susurro.

—Revueltas contra los judíos, supongo —me contestó Max.

—¿Qué? ¿Por qué?

Max me apoyó la mano en la espalda y nos condujo a Julius y a mí hacia una calle lateral, pero también allí había tumultos. Soldados, con sus inconfundibles uniformes de las SA. Más adelante, un hombre tiró una piedra a un escaparate. Otro grito lejano atravesó el aire.

—¿Es por el asesinato de Ernst vom Rath? —preguntó Julius subiéndose las gafas. Ya no parecía tambalearse.

—¿El diplomático que estaba en París? —pregunté en voz baja—. Pero ¿qué tienen que ver con eso los judíos de Berlín?

Max me miró como si fuera una niña ingenua. Y supongo que lo era. Había creído a mi padre cuando decía que las cosas pronto mejorarían. Como tantos otros, preferí no saber lo que estaba sucediendo. Era como una niña que se tapa los oídos con las yemas de los dedos y canta en voz alta para ahogar las voces de la verdad. Estaba allí, pero era inconsciente hasta la estupidez.

Nos abrimos paso por las calles, con los cristales rotos crujiendo bajo nuestros pies como nieve recién caída. Pasamos junto a otro grupo de soldados que asaltaban una tienda de ropa. Mantuve la cabeza gacha. Doblamos una esquina y nos encontramos con un soldado de asalto nazi que daba patadas a un anciano tirado en la acera. Nos detuvimos, demasiado conmocionados para movernos. El anciano lloraba agarrándose la cabeza, donde la sangre que brotaba de una herida en la frente le había teñido de rojo mechones de pelo blanco. El soldado levantó la mirada al sentir nuestra presencia, pero no dejó de pegarle. Se limitó a sonreír y continuó, como si estuviera bailando una giga. El anciano se colocó de lado y dobló las rodillas contra el pecho. Le habían escrito «Judío» en la espalda con pintura amarilla chillona.

—Basta.

La palabra se me escapó sin querer. Julius me agarró del brazo y Max me susurró al oído. Me sacaron de allí antes de que el soldado hubiera podido reaccionar.

—Mira hacia delante —me ordenó Julius.

Lo desobedecí por instinto, pero ya habíamos doblado la esquina.

—Tenemos que dejarte en casa —me dijo Max—. Ahora.

—Pero no podemos quedarnos de brazos cruzados.

No sabía si Max estaba enfadado o asustado. El mundo exterior chocaba con mi pequeña e insignificante vida y estaba aterrorizada. Sentía el corazón a punto de estallar en la caja torácica.

Max aceleró el paso. Le aparté el brazo que me sujetaba y lo miré desafiante como una niña testaruda. Los dos chicos intercambiaron una mirada que no entendí.

—Max tiene razón —me dijo Julius, aunque su voz estaba impregnada de remordimientos—. Es peligroso. Tenemos que llevarte a casa. No debemos involucrarnos en... en lo que está pasando.

Miré a uno y después al otro. Quería ser valiente. Quería que ellos también lo fueran. Pero no lo era. Y ellos tampoco.

Tres soldados de asalto se dirigían hacia nosotros con pasos determinados y rostros oscuros. Cruzamos la calle, agachamos la cabeza y desviamos la mirada. Las calles se habían convertido en una zona de guerra: puertas reventadas, ventanas destrozadas y hombres con la cara magullada y ensangrentada. Habían llenado de pintadas las puertas de las tiendas judías. En las aceras había muebles rotos y sillas con las patas torcidas como huesos partidos.

Nos abrimos paso entre el caos sin decir nada, con los labios cosidos por los dedos de la incredulidad. En una esquina habían arrasado una tienda de ropa. La reconocí; allí había comprado mi primer par de zapatos de tacón el día que cumplí trece años, unos elegantes zapatos negros que me habían hecho sentir adulta por primera vez. Me detuve y fingí que me dolía el tobillo para así poder echar un vistazo. Habían arrancado y vaciado cajones, y habían destruido muebles y sombreros. Un maniquí sobresalía por una ventana rota. Un trozo de cortina blanca enganchada en una mano ondeaba al viento como una bandera de rendición.

3

Lisette

Tiempo atrás. Berlín, 9 de enero de 1940

Me senté al piano sin prestar atención al viento que soplaba entre los árboles, racheado, asmático y enganchándose en las ramas. Por un momento creí oír que llamaban a la puerta, pero me dije que era el viento intentando entrar. Aunque los dedos me hormigueaban de frío, seguí tocando y saboreando la melodía como granos de azúcar en la lengua.

—¿Han llamado a la puerta? —preguntó frau Weber mientras se servía el tercer vaso de vino.

La guerra había estallado hacía más de cuatro meses y el vino no estaba racionado, pero mi madre y frau Weber actuaban como si pronto fuera a estarlo.

Frau Weber había pasado toda la tarde con mi madre y, como ella, llevaba puesto un abrigo de piel, sombrero y guantes, como si fuera al teatro. A sus pies tenía una gran jaula para pájaros con forma de cúpula. Yo no entendía por qué se empeñaba en ir a todas partes con su molesto periquito, al que parecía angustiarle que lo arrastraran de un lado a otro, porque su canto era nervioso y balanceaba el cuerpo. O quizá solo quería salir y utilizar las alas.

Yo envidiaba esas alas. La vida no era lo que había imaginado. La Noche de los Cristales Rotos se había encendido una cerilla y nadie se había atrevido a apagarla, o quizá a nadie le había importado. Esa pequeña llama se había convertido en un fuego abrasador de odio y ahora ahí estábamos, dándole la espalda con la esperanza de que el calor no nos quemara también a nosotros. Perseguían a los judíos, nuestros hombres iban a la guerra y yo, en lugar de tocar el piano en una orquesta y viajar por el mundo, me pasaba los días fingiendo que las cosas eran diferentes.

Volví a oír el ruido. Esta vez un golpeteo insistente de nudillos contra madera.

—Sí, llaman a la puerta —dijo Julius mientras sus dedos bailaban sobre la enorme máquina de escribir que tenía en las rodillas. Llevaba tantos jerséis que parecía un oso de peluche, redondo y blandito. De vez en cuando se quitaba los guantes, se subía las gafas, demasiado grandes, y metía los dedos en un cuenco de agua que había calentado en la cocina. Mi madre era demasiado educada para recordarle que habían prohibido calentar agua durante la semana.

Al final mi madre se levantó, se pasó el lápiz labial rojo por los labios y abrió la puerta. Cuando volvió a cerrarla, se había quedado pálida y sus labios parecían una herida abierta. Llevaba una carta en la mano y las lágrimas le resbalaban por las mejillas. Mis dedos se detuvieron. Me acerqué a ella, la cogí del brazo y la llevé de vuelta a su silla.

Se sentó agarrándose con una mano a la esquina de la mesa para no perder el equilibrio. Dejó la carta de reclutamiento en el centro con cuidado, como si fuera un animal con dientes que pudiera morderla si era demasiado brusca.

—Tu padre no sobrevivirá —dijo en un susurro.

—No digas eso —le repliqué—. Claro que sobrevivirá. Sobrevivió a la última guerra.

—No —me respondió—, no sobrevivió.

Horas después estaba en la calle con Julius. El viento había amainado y una niebla vespertina acechaba a los trabajadores que volvían a casa. El olor del *sauerbraten* de mi madre descendía en espiral por las escaleras y sus dedos me incitaban a volver dentro.

—Gracias por dejarme trabajar en tu casa otra vez —me dijo Julius desatando la bicicleta—. Prometí que entregaría el artículo esta semana, pero en mi casa mi padre no deja de darme la lata. Ya sabes cómo es. No van a despedirme si no escribo bien, porque él es el dueño del maldito periódico, pero no quiere que piensen que no merezco este trabajo. Cada vez que intento escribir en la cocina, se coloca detrás de mí a leer por encima de mi hombro y luego finge que está mirando por la ventana. De todos modos, siempre me he sentido más a gusto en tu casa. Me concentro mejor cuando tocas el piano, así que gracias. Y Lisette...

—¿Sí?

—Lamento lo de tu padre.

Sentí que se me sonrojaban las mejillas. Yo no estaba pensando en mi padre.

—¿Tienes un cigarrillo? —le pregunté para impedir que se marchara de la única manera que sabía.

—Claro. —Rebuscó en el bolsillo de la chaqueta, sacó un cigarrillo, se le cayó, lo recogió, se le volvió a caer y al final sacó otro con los dedos manchados de tinta. Se rio mostrando los dientes perfectamente rectos, como una hilera de hermosas teclas de marfil de piano—. Creía que con el tiempo dejaría de ser tan torpe, pero parece que es una enfermedad crónica.

Me encendió el cigarrillo colocando la mano alrededor de la mía para proteger la llama parpadeante. El roce de sus dedos me lanzó pequeñas oleadas de calor por el brazo. El cigarrillo se encendió, pero él no se apartó. Estaba tan cerca que sentía su cálido aliento. Sonrió y le aparecieron pequeñas arrugas alrededor de los ojos.

En momentos como esos le habría resultado muy fácil dar un paso adelante y presionar sus labios contra los míos, pero nunca lo hizo. Gertrud y Ruth creían que Julius no quería echar a perder nuestra amistad. Karin decía que seguramente estaba demasiado centrado en su trabajo para pensar en el amor, que le preocupaba escribir la verdad, pero con cuidado de no llamar demasiado la atención. Yo no sabía qué pensar.

—¿Tienes miedo? —le pregunté mientras él daba un paso atrás y se encendía también un cigarrillo.

—Claro.

Se le formó una arruga entre las cejas. Me entraron ganas de inclinarme hacia él y alisársela con la yema del dedo.

—No quiero luchar —dijo un instante después—. Sé que suena cobarde, pero es verdad. No es mi guerra y no apoyo al hombre que la inició. Y desde luego no estoy de acuerdo con su política. ¿Por qué debería dar mi vida por él?

Me miró como si esperara mi respuesta, pero no pude dársela.

—Espero que alguien lo detenga.

Aunque no había nadie cerca que pudiera oír lo que estaba diciendo, me puse tensa. Era peligroso hablar así. Nunca se sabía quién podría estar escuchando ni quién estaba esperando la ocasión para denunciarte. Me preocupaba Julius, sus opiniones y sus pensamientos, que a veces no podía reprimir. Me hablaba abiertamente, pero a veces sus palabras brotaban como lava de un volcán. Temía que un día la presión fuera excesiva y dijera algo delante de la persona equivocada.

Yo había aprendido a reprimir mis opiniones. Mis padres no eran miembros del partido, pero muchos amigos suyos sí, incluida frau Weber. Decir lo que pensabas tenía consecuencias, y yo no era demasiado joven para entenderlo. Ya no. La guerra nos había despertado a todos.

—Pero no es solo eso —siguió diciéndome—. Me aterroriza morir. No quiero soltar mi último suspiro en un campo de batalla lejos de casa. No puedo asesinar a hombres que no me han hecho nada. Tampoco quiero que me mate una persona a la que no he hecho nada. Quiero vivir. Quiero ir a la universidad, estudiar Literatura y quizá llegar a ser un periodista de verdad en un periódico que no sea el de mi padre... o, mejor aún, ¡poeta!

Miré al cielo. Muy por encima de nosotros, más allá de la niebla, una bandada de pájaros planeaba con los últimos alientos de la tormenta, que se alejaba. Envidié su libertad y su capacidad de huir.

—Mientras necesiten periodistas, es posible que no te recluten. Quizá la guerra termine antes de que hayan tenido ocasión de llamarte —le dije.

—Quizá.

Pero ambos sabíamos que no era cierto. Todos nos empeñábamos en eludir la verdad.

—Tengo que irme —me dijo Julius mirando el reloj. Tiró el cigarrillo a medias a la acera y se montó en la bicicleta—. ¿Nos vemos pronto?

Se marchó antes de que hubiera podido contestarle.

La noche se acercaba con sigilo y tiré del cuello del abrigo para protegerme la garganta de las garras del invierno.

—Buenas noches, Lisette. —La voz de frau Weber interrumpió mis pensamientos—. He salido a buscar unas cosas. ¿Te importaría ayudarme con estas bolsas?

—Claro que no —le contesté—. Perdone, no la había visto. Suba y descanse las piernas. Yo me ocupo de las bolsas.

—No soy una inválida —me replicó—. No es necesario que las subas todas, pero te agradecería que cogieras una o dos.

Sonreí amablemente pasando por alto su tono. Cuando me acerqué para coger las bolsas, su potente perfume me hizo cosquillas en la nariz. Estar demasiado cerca de ella era como meter la cara en un ramo de flores viejas y mohosas; era casi imposible no estornudar.

Las bolsas pesaban tanto que le habían agarrotado los dedos y le habían dejado profundas marcas rojas en la piel. Era una mujer bajita y delgada, aunque sin duda fuerte. Las viudas de guerra solían serlo. Llegamos a su rellano y buscó las llaves. Esta vez no me ofrecí a ayudarla.

—Nunca te amará, ¿sabes? —me dijo mientras metía la llave en la cerradura.

—¿Qué? ¿Quién?

—Tu amigo. Julius. —Se volvió hacia mí—. He visto cómo lo miras, pero él no te ama. No te lo digo porque sea cruel. Todo lo contrario. Te tiene mucho cariño, pero veo que no está enamorado de ti. Eres como una hermana para él. Oh, no me mires así. Estoy diciéndote las cosas como son, y cuando lo entiendas, podrás seguir adelante, encontrar a otra persona y ahorrarte el dolor.

De repente me entraron ganas de empujarla por la barandilla y verla caer. Todos dirían que había sido un accidente. Una anciana que había tropezado.

—Tus padres también quieren que encuentres a un buen hombre. Al fin y al cabo, tu deber es darles nietos. Lo único que te digo es que no pierdas el tiempo con un hombre al que no le interesas. Por cierto, voy a presentarte a un sobrino mío muy majo. Tengo la sensación de que seríais perfectos el uno para el otro.

Encontré a mis padres en la mesa del comedor, con la carta de reclutamiento entre ellos. El *sauerbraten* de mi madre hervía a fuego lento en la cocina, y el olor a cebolla y clavo impregnaba el aire. Me sentí mal por tener hambre, como si mi cuerpo me estuviera defraudando. Mi padre se marcharía pronto, se convertiría en un soldado más en un campo de batalla, y yo solo pensaba en mi estómago.

También pensaba en Julius, por supuesto. Siempre pensaba en Julius. Las palabras de frau Weber resonaban en mi mente, pero las aparté. Se equivocaba. Era una vieja idiota y se equivocaba.

Mi madre sirvió la cena y nos sentamos a comer. No hablamos de la carta, sino que nos tragamos lo que cavilábamos con la comida. Entre bocado y bocado, mi madre llenaba el silencio con cotilleos triviales. Se pasaba el día recopilando información para ofrecérnosla cada noche como pequeños regalos, en su mayoría no deseados. No me importaba que Antoinette, la vecina de al lado, se hubiera hecho un corte de pelo espantoso ni que Erna hubiera servido sin darse cuenta carne podrida en una cena, pero esa noche todos necesitábamos un poco de trivialidad, y por un momento se lo agradecí.

Mi padre se remangó y se sirvió otra ración. Me estremecí al verle los brazos, llenos de cicatrices en forma de burbuja, todavía rojas y furiosas veinte años después de que lo hirieran. Aunque siempre lo había conocido con esas cicatrices, no podía evitar estremecerme cada vez que las veía. Lo que yo sabía sobre los horrores de la Gran Guerra lo había leído, porque mi padre nunca hablaba de sus años en el ejército, ni del tiempo que pasó en las trincheras, ni del gas mostaza que le había devorado la piel, pero las cicatrices en su cuerpo y en su mente estaban siempre presentes, por más que intentara ocultarlas. Aunque era un hombre muy fuerte, por la noche se convertía en un niño que lloraba y llamaba a su madre. Era una contradicción andante: fuerte pero débil, amable pero cruel, mirando al futuro pero estancado para siempre en el pasado. Y en menos de una semana volvería a ser soldado y volverían a mandarlo a una guerra de la que quizá no regresaría.

—Lisette, podrías tocar el piano. Algo alegre.

—Claro, papá.

Mi madre recogió la mesa, la limpió hasta sacarle brillo y se sentó al lado de mi padre para escucharme tocar. Yo prefería tocar sola y dejar que la música me envolviera, pero a los pocos minutos ya no importaba quién estuviera conmigo, porque todo el mundo desaparecía y yo me trasladaba a otro lugar, un lugar privado.

Más tarde, con los dedos doloridos pero el alma renovada, nos sentamos alrededor de la chimenea. Todavía necesitábamos varias capas de ropa para combatir el frío, pero la comida nos había calentado un poco y el fuego crepitaba y lanzaba un calor magnífico. Mi padre cortó la punta de un puro y lo encendió frunciendo los labios alrededor del extremo y aspirando, lo que hizo unos ruidos que sonaron a hueco.

Fuera estaba a punto de empezar el apagón, que sumiría Berlín en la oscuridad. Hacía más de cuatro meses que se apagaban las luces. Todas las noches la ciudad contenía la respiración hasta la mañana siguiente, y yo todavía no me había acostumbrado. Miraba por la ventana y observaba la creciente penumbra con inquietud. De vez en cuando veía un destello del S-Bahn o el resplandor de un cigarrillo danzando en la calle como una luciérnaga, pero por lo demás la oscuridad era total, densa, pesada y sofocante. Algunos la aceptaban o la idealizaban, pero el color había desaparecido de la ciudad que amaba y me sentía perdida.

Justo cuando mis padres estaban a punto de retirarse a su

habitación sonó la sirena. Mi padre se quedó rígido y mi madre ahogó un grito. Aún no había caído ninguna bomba en Berlín, pero cada vez que oía la alarma, se me oprimía el pecho. Me acerqué a la ventana y miré hacia la noche medio esperando ver un avión. Teníamos que bajar al sótano, pero mi padre siempre se resistía. Algo le pasaba cuando sonaba la sirena. Su mirada se volvía salvaje y se quedaba inmóvil, como si se hubiera convertido en piedra. Si una simple sirena podía infundirle tanto miedo, ¿cómo iba a sobrevivir en un campo de batalla?

Oímos pasos en la escalera; nuestros vecinos estaban bajando al sótano. Cogí de la mano a mi padre fingiendo no darme cuenta de que le temblaba y lo conduje a la puerta.

—Será otra prueba —le dije—. No hay de qué preocuparse, pero bajemos de todos modos. Estoy segura de que frau Weber agradecerá tener compañía.

—Sí —añadió mi madre cogiendo el sombrero y metiéndose un pintalabios en el bolsillo de la chaqueta—. Vamos, Ernst. Bajemos.

Cogió a mi padre de la otra mano y juntas lo guiamos como a un niño pequeño hasta la puerta y descendimos hacia la oscuridad.

Bajo tierra encontramos a nuestros vecinos acurrucados y con máscaras antigás colgando del cuello. Un grupo de mujeres aprovechó la inesperada cita nocturna para ponerse al día de los cotilleos y jugar a las cartas.

—¿Quieres jugar, Rita? —le preguntó una de ellas a mi madre, que miró a mi padre y negó con la cabeza.

Herr Fischer, que vivía en el tercer piso y era el encargado de los ataques aéreos, había traído una botella de whisky, que compartió con los demás hombres. Mi padre les sonrió, pero no habló; no habló con nadie. Se sentó en un rincón y se quedó mirando la pared con la cara pálida, la mandíbula apretada y la luz de las velas proyectando sombras fantasmales sobre sus rasgos. Mi madre se puso a hablar en voz baja con frau Weber, que estaba sentada y sujetaba la jaula en la que su periquito saltaba y piaba nervioso. Yo las escuchaba distraídamente solo por entretenerme un poco.

—No hay de qué preocuparse —aseguró frau Weber pasando los dedos por la insignia del Partido Nazi que llevaba en la solapa del abrigo—. No van a atacar Berlín. Estamos totalmente a salvo. Mi sobrino Egon, que pronto será oficial, ¿sabe?, dice que tenemos muchas armas antiaéreas para defendernos.

—No, no estoy preocupada —le contestó mi madre atusándose el pelo para asegurarse de que todo estaba en su sitio—. Berlín siempre estará a salvo. Lo que ocurre es que estoy cansada de todo esto. Ya hemos pasado por una guerra. ¿Tenemos que empezar otra?

—Debemos confiar en nuestro Führer.

—¿Debemos? —intervine.

Mi madre me miró fijamente y supe que más tarde me reñiría. No ser miembro del partido era una cosa, pero criticarlo en público era peligroso.

—Quiero decir que todos queremos al Führer —añadí enseguida—. Está claro. Pero nadie quería otra guerra.

Frau Weber resopló como si la hubiera ofendido personalmente.

—No sé si la política es un tema adecuado para una jovencita.

—Estoy de acuerdo —añadió mi madre para dar por concluida la conversación.

Aunque algunos dormían, el miedo y la ansiedad eran como manos que me apretaban la garganta, y sabía que no iba a poder conciliar el sueño. Me abracé las rodillas, me las envolví con el abrigo y hundí la cara en él. En algún sitio había una gotera, y el sonido del agua goteando se acentuaba de manera extraña. En un momento dado me levanté y empecé a buscarla como una loca. Al final me rendí, volví a sentarme y cerré los ojos. Vi mentalmente mi piano. Dejé que mis dedos se deslizaran por sus teclas. Estaba componiendo una melodía para Julius, pero no me salía bien. Era demasiado melancólica y quería algo triunfal.

El sonido del fuego antiaéreo distante me desconcentró. Imágenes de trincheras y cadáveres ensangrentados invadieron mi mente. Miré a mi padre, sentado en un rincón y rígido de miedo. Las bombas todavía no habían llegado, pero algún día llegarían. Aunque temía que una bala lo encontrara antes.

4

Elly

Ahora. Berlín Este, 14 de agosto de 1961

Mi madre está de pie en el comedor, con el camisón manchado de amarillo en las axilas y el pelo alborotado. Abre la boca, pero de sus labios no sale un solo sonido. Se señala la garganta, como si ahí estuvieran las palabras, pero su lengua se niega a pronunciarlas.

—¿Estás bien? —le pregunta mi padre soltando la tostada. Se limpia las migas de los dedos con el mantel y Oma Rita frunce el ceño.

Mi madre mira a su alrededor, pero no encuentra lo que busca. Se toca los labios agrietados con los dedos y mueve la cabeza.

—¿No puedes hablar, Lisette? —le pregunta mi padre—. ¿Otra vez?

5

Elly

Ahora. Berlín Este, 17 de agosto de 1961

Hace tres días que mi madre dejó de hablar, pero por las noches sigo oyendo sus lamentos. Se ha convertido en un fantasma que ronda por la casa. Nunca la veo, solo oigo sus llantos. Sus gritos parecen inhumanos, como si estuviera poseída. El dolor de mi padre es más silencioso, pero no menos inquietante. Solo Oma Rita sigue tranquila, aparentemente imperturbable ante el desarrollo de los acontecimientos. Se sienta junto a la ventana, como siempre, observa y espera.

La mayoría de los días mi madre va de un ministerio a otro y hace cola junto a cientos de personas con una libreta en la mano, pero casi nadie lee sus desesperados garabatos. Como tengo vacaciones en la escuela, me he ofrecido a acompañarla para hablar por ella, pero se limita a negar con la cabeza. No puedo evitar sentirme aliviada. Quiero que Axel vuelva y quiero ayudar a recuperarlo, pero mi presencia parece ponerla nerviosa.

—No lo entiendo —digo apoyándome en la encimera de la cocina—. ¿Cómo puede perderse el habla así, sin más?

Oma Rita se encoge de hombros y toma un sorbo de té, aunque hace mucho calor.

—No es la primera vez —me contesta un momento después frotando el carmín del borde de la taza—. Ya pasó antes. Hace mucho tiempo.

—¿Cómo? ¿Por qué? ¿Y cómo recuperó la voz?

Oma Rita no me contesta. Deja la taza de té en un posavasos y mira por la ventana. Es como si un recuerdo la hubiera cogido de la mano y se la hubiera llevado.

—¿Oma Rita? ¿Oma...?

Pero sigue sin contestarme.

Le doy la espalda y me sirvo un vaso de agua. Cierro los ojos y empiezo a tararear *Ein Schiff wird kommen*. Al principio es solo una vibración en mis labios, pero pronto recorre todo mi cuerpo y me relaja los músculos. Cuando llego al estribillo, me entran ganas de mover las caderas y cantar. También me gustaría estar en un puerto y ver un barco. Que algo me llevara lejos.

Como alemanes del Este, desde hace mucho tiempo no podemos salir de Alemania, pero mi padre siempre ha dicho que un día se levantarán las restricciones y seremos libres. Quiero ver el mundo; quiero ver todo lo que pueda. Ahora que la barrera está ahí, me cuesta imaginar que suceda alguna vez. Si pienso mucho en ello, se me calientan los ojos y siento que me ahogo.

Tengo la sensación de que hay alguien detrás de mí y al darme la vuelta se me cae el vaso. Se rompe contra el suelo y pequeños trozos saltan y me pinchan las piernas desnudas. Mi madre está a un palmo de distancia. Me mira como una serpiente lista para atacar.

—Lo siento, lo siento —digo agachándome a recoger los trozos—. Se me ha caído. Estaba pensando en otra cosa y...

Veo que intenta controlar la rabia y calmar la mano, que tiembla de ganas de darme una bofetada. Cierra los ojos, gira la cabeza y respira hondo el aire contaminado de Berlín. Junto con su voz, también se ha silenciado su música. La canción estridente y furiosa que imagino que la define ha enmudecido; nunca pensé que la echaría de menos, pero así es. El silencio es inquietante.

Me escabullo a toda prisa con un puñado de vidrios rotos en la mano para que cuando mi madre abra los párpados yo ya no esté y solo sea una pesadilla fugaz que pueda olvidar.

—Elly —me dice mi padre casi chocando conmigo en el pasillo. Tiene la piel grisácea y lleva la camisa mal abrochada—. Voy a salir. ¿Te quedas aquí? ¿Vigilas a tu madre? Me ha costado bastante convencerla, pero hoy se quedará en casa.

Los dos sabemos que mi madre no quiere que yo esté aquí, pero no lo digo. Me limito a asentir.

—¿Adónde vas? —le pregunto.

—Al puesto de control de la Bornholmer Straße.

—¿No fuisteis los dos ayer?

—Sí, pero... tenemos que seguir intentándolo. Quizá los británicos o los estadounidenses hagan algo pronto.

—Seguro que sí. —Le digo estas palabras como un regalo, aunque todos sabemos que cada hora que pasa sin que el mundo exterior nos desafíe es un indicio de que la barrera seguirá ahí.

Voy a mi habitación y tiro los trozos de vidrio a la papelera. Aparto de una patada la ropa desperdigada por el suelo, me dirijo a la ventana y la abro de golpe para que salga el aire caliente y viciado. En el patio no hay nadie, pero el jardín está en plena floración e incluso desde esta altura percibo el dulce aroma herbáceo del apio de monte.

Me tumbo boca abajo en la cama, muevo las piernas y hojeo el último número de la revista *Bravo*. El teclado me llama, pero intento pensar en mi madre. Sé que odia oírme tocar. Oma Rita dice que tiempo atrás mi madre también tocaba y que en el comedor había un piano de cola. Ya no está, aunque a veces sé que mi madre todavía lo ve. En sus «momentos» la pillo mirando el espacio vacío.

Unos golpes en la puerta me sacan de mis pensamientos. Levanto la vista, por un segundo desorientada. Mientras atravieso la corta distancia hasta el comedor, me doy cuenta de lo sucia que está la casa. Un olor a podrido me hace cosquillas en la nariz. En el alféizar de la ventana, a un palmo de donde Oma Rita está sentada con un libro cerrado en el regazo, las moscas revolotean alrededor de los restos de un bocadillo. Una fila de decididas hormigas avanza por el suelo. Me molesta esta dejadez. Si mi madre u Oma Rita estuvieran en su sano juicio, les horrorizaría cómo está la casa.

Otto y Monika están al otro lado de la puerta. Me llevo la mano al pelo sucio e intento apartármelo de la cara.

—¿Podemos entrar? —me pregunta Otto.

Dudo, veo la puerta cerrada de la habitación de mi madre y recorro el desorden con la mirada.

—O podríamos salir... —me dice Monika lamiéndose los labios agrietados. Me doy cuenta de que está reprimiéndose las ganas de mirar por encima de mi hombro.

—Sí, salgamos. —Aunque todas las ventanas están abiertas, no corre el aire. No voy a quedarme en casa todo el día. Sé que le he prometido a mi padre que me quedaría, pero me aseguraré de volver antes que él. Tampoco es que mi madre vaya a echarme de menos—. ¿Me esperáis un minuto?

Dejo a mis amigos en el rellano y empujo la puerta, pero sin cerrarla del todo. Cojo un vestido rojo de verano de la pila de ropa tirada en el suelo de mi habitación y una cinta para el pelo gruesa que espero que me cubra la peor parte. El vestido está un poco arrugado y Oma Rita pensará que es demasiado corto, pero es lo que hay.

—Lo siento —les digo a Otto y Monika mientras salgo al

rellano—. Ahora mismo todo es un caos. Mi madre ha... —Me detengo—. No es buena idea recibir visitas.

Una sombra se mueve detrás de la mirilla de la puerta de mi vecino. Otto saluda con la mano hacia la puerta cerrada.

—*Guten Tag, herr Krause!* —grita sin hacer caso de mi codazo en las costillas. Se agarra a la barandilla y baja los escalones de dos en dos. Monika y yo corremos tras él.

—Es evidente que es un espía de la Stasi —dice sin molestarse en bajar la voz.

—Solo es un cotilla —susurro—. Y también se siente solo.

Cuando salimos, el calor nos golpea como un muro. El aire huele a lignito y a metal quemado, y el humo de la acería lejana nos envuelve. Más allá se acumulan nubes oscuras que anuncian lluvia.

Antes éramos cuatro, pero Hans se mudó a Düsseldorf, en Alemania del Oeste, como tantos otros amigos. Lo echo de menos, todos lo echamos de menos, pero no hablamos de él. Es una regla tácita. Cuando alguien nos abandona, hacemos como si nunca hubiera existido. Así es más fácil y menos doloroso.

Todo el mundo dice que por eso han cerrado las fronteras, porque era la única forma de impedir que la gente se fuera. Alemania del Este lleva años perdiendo ciudadanos. ¿Cómo no lo vimos venir?

—Al menos no hace frío —dice Monika cogiéndome del brazo.

Le sonrío y finjo no haber visto el moratón en forma de mano que tiene en el brazo, las huellas dactilares de color azul oscuro que le marcan la piel. Tampoco hablamos de eso, de la violencia en casa de Monika, de la rabia que su padre no siempre puede contener.

Mientras caminamos, hablo de todo y de nada. Mi música se mezcla con la de mis amigos y me siento más ligera a cada paso. La canción que le he asignado a Otto es rápida, alegre y decidida, el tipo de música que te hace sentir que puedes enfrentarte a cualquier cosa, que es lo que todos necesitamos hoy. La melodía de Monika es un adagio dulce y tranquilo, con un toque de tristeza adherido a las notas.

Al principio vemos poca gente en las calles. El nuevo curso escolar aún no ha empezado y lo normal sería que las cafeterías estuvieran llenas y las mesas abarrotaran las aceras, pero todo está inquietantemente tranquilo. Somos una ciudad de luto. Me corrijo: media ciudad. La peor mitad.

Mientras paseamos por el ancho bulevar adoquinado, veo que hay hojas de papel tiradas por el suelo. Cojo una polvorienta. Aunque la tinta está borrosa, distingo algunas palabras impresas: «Muralla de Protección Antifascista: protegemos a nuestra población de los ideales fascistas».

—¿Qué es? —me pregunta Monika.

—Así la llaman: la barrera —comenta Otto—. Dicen que quieren protegernos, que es por autodefensa, pero solo quieren encerrarnos.

Tiro el panfleto y pisoteo las palabras con el zapato. Mientras avanzamos, intento pasar por alto las hojas de papel que corren tras nuestros pies, las mentiras que nos roban la libertad. Comienzo a tararear una canción. Monika se une a mí y enseguida estamos cantando a todo pulmón.

—¿En serio? —nos pregunta Otto—. ¿Es necesario? —No se adelanta, como suele hacer, sino que mira las calles laterales como si buscara una vía de escape.

A medida que nos acercamos a la frontera, aparece más gente y nuestro canto se desvanece. Las calles están abarrotadas de ciudadanos de todas las edades unidos por la incredulidad. Más allá de la multitud, la Puerta de Brandemburgo, que restauraron hace poco, se alza a veinte metros de altura. Nos separa de ella una alambrada de espino, una boca abierta con dientes afilados como cuchillas.

—¿Qué pasa? —le pregunto a un transeúnte, pero entonces lo veo.

Un grupo de albañiles flanqueados por soldados está construyendo algo; están sustituyendo la alambrada de espino por un muro de ladrillos.

—He oído que varias personas han escapado —dice Otto mirando a los soldados, como si en este mismo instante deseara huir hacia la libertad.

—¿No son solo rumores?

—Ayer el hijo de un vecino cruzó el Spree nadando —añade Monika—. Le dispararon, pero no le dieron. Y me han dicho que algunos saltan desde las casas de la Harzer Straße.

—Están tapiando esas casas —murmura un hombre a nuestro lado. Es alto y ancho de hombros, y lleva la mitad de la cara tapada por un sombrero bien calado hasta cubrirle la frente, no sé si para protegerse del sol abrasador o para ocultar su identidad—. Hace un par de días también saltó un guardia fronterizo.

—¿Saltó? ¿La alambrada? —le pregunto.

Él asiente.

—Yo lo vi. Justo allí.

—¿No lo detuvieron?

—Creo que los pilló por sorpresa —me contesta—, pero no volverá a pasarles. Pronto no habrá forma de cruzar sin recibir un tiro en la cabeza.

El hombre se aleja arrastrando los pies y se convierte en un cuerpo más sin rostro entre la multitud.

—Deberíamos habernos ido hace meses, hace años —dice Otto—. Cuando teníamos la oportunidad.

Me limito a asentir. Lo que dice es tan cierto que cuesta soportarlo. Aunque mis padres llevan años hablando de marcharnos, Oma Rita se mantenía constante en su negativa. No podíamos abandonarla. Y jamás imaginamos que llegaríamos a esto. En el Este continuamente hemos tenido que andar con cuidado con lo que decíamos. Los soviéticos y la Stasi estaban ahí de forma permanente, teníamos los teléfonos pinchados y había informantes en cada esquina, pero para mí durante toda mi existencia ha sido así. Nunca he vivido en un mundo sin ellos. Hasta donde recuerdo, las líneas telefónicas con el Oeste siempre han estado cortadas, los artistas se han exiliado y los plátanos son tan escasos como una sonrisa entre desconocidos, pero si queríamos respirar libremente, escuchar grupos de rock, comprar una revista de moda o hablar con un familiar del extranjero, solo teníamos que cruzar la frontera y ser turistas por un día en la otra mitad de nuestro país. Hasta ahora.

Nos quedamos un buen rato mirando sin decir nada. Hasta ahora no había visto a Otto callado tanto tiempo y me resulta desconcertante. Es probable que mi silencio también inquiete a mis amigos. No nos movemos hasta que sentimos las primeras gotas de lluvia, momento en el que la multitud empieza a dispersarse, lo que nos permite acercarnos un poco más.

Los soldados están firmes y con la ametralladora pegada al pecho. Detrás de ellos, los trabajadores construyen el muro en silencio y solo se detienen para secarse el sudor de la frente. Se les saltan las lágrimas, pero no se las limpian; les resbalan por las mejillas, desafiantes, y dejan un rastro limpio en una piel por lo demás sucia y polvorienta.

Aunque el cielo es sofocante y la lluvia arrecia, todavía no quiero volver a casa. No tengo nada que hacer allí. Ya no. Mi madre nunca había sido una madre de verdad para mí hasta la llegada de Axel. Él abrió una puerta dentro de ella y entramos los dos. Mientras observo, comienzo a dar vueltas a una idea. No puedo quedarme aquí, en el lado equivocado del muro, esperando a que abran la frontera. Tengo que pasar al otro lado. Tengo que traer a Axel a casa.

6

Lisette

Tiempo atrás. Berlín, 14 de enero de 1940

—Bueno, eran judíos, ¿no? —dijo frau Weber, que estaba sentada a la mesa del comedor tomándose una taza de café cargado. Su periquito saltaba y graznaba en la jaula, a sus pies. Me entraron ganas de cogerlo, abrir la ventana y soltarlo.

—¿Lo eran? —le preguntó mi madre frotando con un trapo una mancha invisible de la mesa—. No puede ser. Lo habríamos sabido.

—¿Quiénes? —pregunté sirviéndome un trozo de tarta seca. No quería meterme en su conversación, pero a veces las palabras se me escapaban de la boca.

—Los Becker —me contestó mi madre—. Utiliza un plato. No quiero pasarme toda la tarde recogiendo migas. Esta mañana he visto que habían metido por debajo de nuestra puerta su llave y una nota que decía: «Perdón». Deben de haberse ido durante la noche.

—Que les vaya bien —añadió frau Weber. Jugueteó con la insignia del Partido Nazi como si su vida dependiera de llamar la atención sobre ella—. Seguro que son judíos. No lo sabíamos, por supuesto, pero sin duda parecían judíos. Sospecho que han huido a Inglaterra o a algún lugar así. Pronto encontraréis inquilinos de mejor gusto.

—¿En estos tiempos? Lo dudo mucho.

—No te preocupes por encontrar nuevos inquilinos —dijo mi padre saliendo de su habitación. Tocó suavemente el hombro de mi madre—. Las cosas marchan bien en la fábrica. Lo único bueno de esta guerra es que todo el mundo necesita piezas de locomotora. Y también recibirás mi sueldo mensual del ejército. Todo irá bien. La guerra no durará mucho más.

Mi madre extendió la mano para sujetar la de mi padre, que seguía en su hombro. Odiaba que la tocaran (decía que le desagradaba esa intimidad), pero vi que ahora lo aceptaba y cerraba los ojos un instante. Mi padre se había consumido en las semanas transcurridas desde que había empezado la guerra. Estaba más delgado, más pálido y más débil. No hablaba de sus miedos, pero su cuerpo mostraba todo lo que intentaba ocultar.

Yo quería que frau Weber se fuera, que dejara que mis padres pasaran su último día solos, pero ella seguía ajena a las necesidades de los demás. Su pequeño cuerpo dominaba la sala y su enfermizo perfume me agredía. Junto con su parloteo incesante, su olor me provocaba dolor de cabeza.

Llamaron a la puerta. De repente recordé que tenía que dar una clase de piano a la hija de un vecino. Dar clases no era tan divertido como había creído; la mayoría de los niños a los que les daba clases no tenían talento y solo cumplían las órdenes de sus padres, pero necesitaba desesperadamente ahorrar algo de dinero. La guerra no duraría para siempre y quería independizarme cuando terminara. Si quería llegar a ser pianista profesional, necesitaba poder practicar a cualquier hora del día.

—Será Krista —dije levantándome del sofá—. Una nueva alumna. Lo siento, debería haberlo cancelado.

—No, no, no hay problema —me dijo mi madre—. Tu padre y yo iremos a dar un paseo.

—¿Con este tiempo? —le preguntó frau Weber resoplando ruidosamente—. Nunca había oído nada tan ridículo.

Al ver que mi madre no la invitaba a ir con ellos, dejó la taza en el platito con un gesto brusco y el café que quedaba se derramó por el borde. Recogió sus cosas como si tuviera prisa y esperó con los labios apretados mientras yo abría la puerta.

En el pasillo encontré a una niña, alta para sus ocho años, vestida muy elegante, con leotardos de lana y dos trenzas apretadas enmarcándole la cara. Era tan típicamente alemana que casi me hizo reír. Frau Weber salió con su periquito chillando sin prestar atención al hombre alto y rubio que estaba apoyado en la pared de enfrente. Tenía la piel lisa y sin manchas, y sus ojos parecían castañas brillantes detrás de las gafas. Al verme, me tendió la mano y esbozó una sonrisa torcida. Me recordó a Julius.

—*Guten Tag*. Soy Wilhelm. Esta es mi hermana, Krista. Tú y yo íbamos al mismo colegio, no sé si me recuerdas. Seguro que no. Yo era un año más joven. Bueno, soy un año más joven. En fin, que me llamo Wilhelm.

Me reí y se ruborizó.

—¿Paso a buscar a Krista dentro de una hora?

—Puedo volver a casa sola —replicó Krista poniendo los ojos en blanco.

—No, no hay problema —dijo él, y su tupido pelo, que parecía suave, le cayó hacia delante—. Volveré dentro de una hora.

—Pues hasta luego. —Le sonreí y lo observé marcharse.

Krista entró y deambuló por el comedor pasando el dedo índice de la mano derecha por los muebles, como si los inspeccionara en busca de polvo.

—Le gustas —me dijo sin molestarse en bajar la voz, y a mi pesar sentí que esbozaba una sonrisa.

—¿Empezamos? —le pregunté señalando el piano.

Mis padres pasaron por detrás de mí en dirección a la puerta.

—¿Tardaré mucho en aprender? —me preguntó Krista colocándose bien la falda mientras se sentaba.

—Depende de ti. ¿Tienes piano en casa para practicar?

—Claro. Mi padre dice que no tiene sentido aprender si no vas a ser el mejor. Dice que exige práctica.

—Vives en el edificio de al lado, ¿verdad? ¿Tienes una hermana pequeña?

Arrugó la nariz, como si la mera palabra fuera a provocarle mal sabor de boca.

—Sí. Gisela... Es malísima. Nunca me deja en paz, pero mi padre me dice que tengo que ser buena con ella. Dice que un día será mi mejor amiga, pero, entre tú y yo, lo dudo mucho.

—Pareces muy madura para tener ocho años —le dije ocultando mi sonrisa con las yemas de los dedos.

—Tengo casi nueve. Los cumplo dentro de dos meses, el 20 de marzo. Mi padre asegura que nací a las tres de la mañana, pero mi madre dice: «Él no estaba allí, así que ¿cómo demonios va a saberlo?». Te he visto con un hombre en la calle... Es muy guapo. ¿Es tu novio? También te he visto en el refugio antiaéreo. Lo llaman «refugio antiaéreo», pero solo es un sótano, ¿verdad? Te sientas al lado de tu padre, que siempre parece asustado.

—¿Empezamos? —volví a preguntarle.

—Sí, empecemos.

Se echó las trenzas hacia atrás y se sentó muy recta, como si estuviera a punto de actuar frente a un auditorio lleno de gente. Entrecerró los ojos, se concentró y posó los dedos, largos y delgados, en las teclas. Durante el resto de la clase me escuchó en silencio y me obedeció. Mis demás alumnos tocaban sin respetar los sonidos que producían, pero Krista acariciaba las teclas de marfil con suavidad, entendiendo intrínsecamente su poder.

Me recordaba a mí a su edad. Envidié su juventud, esa época en la que todo parecía sencillo. Me sentía atrapada en el umbral de la edad adulta, incapaz de acabar de cruzarlo. Mis amigas estaban dejándome atrás. Casi todas tenían novio, algunas ya trabajaban y a mí ni siquiera me habían besado todavía. Me consumía pensando en Julius. No quería solo su amor. Necesitaba poseerlo y que fuera totalmente mío. Debería haber intentado conocer a un hombre adecuado. Al fin y al cabo, mis padres decían que la función más importante de las mujeres alemanas era tener hijos. Era una de las pocas ideas nazis con las que estaban de acuerdo. Pero ninguno podía compararse con Julius; él era mi adicción.

—¿Estás bien? —me preguntó Krista interrumpiendo mis pensamientos.

—¿Qué? Dios mío. Perdona. Estaba a kilómetros de distancia. Deberíamos terminar por hoy. ¿Te ha gustado? ¿Te gustaría volver?

—Me encantaría volver. Aún no soy buena, pero mi padre dice que las niñas tienen que tocar el piano y creo que podría llegar a ser bastante buena. ¿No te parece?

—La verdad es que sí. Tienes manos para serlo.

Sonrió de oreja a oreja, como solo una niña puede sonreír, sin inhibirse. Tenía los dientes torcidos y un gran espacio entre los dos delanteros, pero aún no había llegado a la edad en la que se siente la necesidad de ocultarlos.

—Mi padre dice que han llamado a filas al tuyo —me dijo mientras se dirigía a la puerta.

—Sí, se va mañana.

—Seguramente no tardarán en llamar al mío. Y a Wilhelm también.

Asentí. No quería mentirle. Era solo cuestión de tiempo. Como la Parca, al final la guerra acabaría alcanzando a todos. Y ahora que a mi padre se le había agotado el tiempo, el turno de Julius no tardaría en llegar. No sabía cómo iba yo a sobrevivir.

7

Lisette

Tiempo atrás. Berlín, 18 de agosto de 1940

—Pasa, pasa —me dijo frau Weber abriendo la puerta de par en par mientras su periquito graznaba y bailaba en la jaula detrás de ella. Me dio un beso seco en la mejilla que me dejó una mancha de pintalabios rojo anaranjado que tendría que limpiarme después.

Nunca había estado en su casa. El olor a flores mohosas era tan penetrante que ya me irritaba la nariz, y ahora entendía por qué. Por todas partes había cuencos de cristal con una mezcla de flores secas, en su mayoría repletos de pétalos de rosa secos y lo que parecían virutas de madera, aunque en algunos también había pieles de naranja y limón. Me pregunté qué olor intentaba enmascarar. Aparte del olor, el piso no se parecía en nada a lo que esperaba. Los muebles eran de buen gusto y las paredes estaban llenas de los cuadros más bonitos que había visto jamás. En todas las pinturas o dibujos aparecía agua (lagos, ríos o el mar), y la mayoría mostraba el amanecer o el atardecer, cuando el cielo era una explosión de tonos rosados y violetas. El piso estaba tan lleno de color que era como entrar en un arcoíris. Rodeé el comedor observándolo todo.

—Son preciosos —le dije sin poder evitar que se me notara cierta incredulidad en la voz—. Son todos de la misma persona, ¿verdad? ¿Quién es el artista?

Me contempló de una forma algo extraña, frunciendo el ceño e inclinando la cabeza.

—Yo, por supuesto.

—¿Es usted artista? Pero…

—Deja de dudar —me interrumpió—. Ven a conocer a mi sobrino.

Mi madre había llegado antes y ya estaba en el comedor, debajo de la lámpara de araña. Aunque habían pasado siete agonizantes meses desde que mi padre se había ido, ella seguía teniendo la costumbre de girar la cabeza buscándolo dondequiera que fuéramos. Sonrió cuando entré y miró detrás de mí. Cuando descubrió el espacio vacío, desvió la mirada y se bebió de un trago el vino que le quedaba en el vaso.

En los últimos meses, Alemania había invadido Dinamarca, Noruega, Luxemburgo, los Países Bajos y Francia. Habíamos visto imágenes de nuestros militares marchando por los Campos Elíseos y colgando una esvástica en el Arco del Triunfo. Muchos alemanes se sintieron muy orgullosos al verlo (por fin se rectificaban las injusticias del Tratado de Versalles), pero yo no lo percibía así. Para mí París era una ciudad de amor, no de violencia y odio. Había soñado con tocar en la Salle Pleyel junto a Casadesus y Stravinsky, pero en mi imaginación nunca había soldados ni nazis entre el público, y tampoco grupos de músicos exclusivamente arios, sin judíos talentosos. ¿Cuándo acabaría todo aquello? ¿Cuándo volvería mi padre a casa?

Un joven oficial de las SA atravesó el comedor a grandes zancadas. Su feo uniforme marrón era una mancha sucia que destrozaba las vibrantes obras de arte que lo rodeaban. Era un hombre bajo y rechoncho, como una garrapata llena de sangre, pero mantenía el cuerpo erguido y la columna rígida con superioridad. Me miró como si admirara una chaqueta en el escaparate de una tienda, como si yo fuera algo que se pudiera poseer y exhibir. Era lo contrario de Julius en todos los sentidos.

—Me llamo Egon —me dijo—. ¡*Heil*, Hitler! —Levantó rápidamente el brazo haciendo el saludo nazi y por poco me da un golpe en el ojo derecho. Yo lo levanté también sin mucho entusiasmo.

Mi madre se fue a la cocina con frau Weber. Egon se acercó a mí. El calor sofocante de la tarde le había teñido la cara de rojo y en las finas líneas de la frente se le formaban gotas de sudor. Era al menos una cabeza más bajo que yo, pero no parecía molestarle en absoluto.

—Es un placer conocerla, fräulein. Es usted aún más hermosa de lo que mi tía me había dicho. —Su voz era demasiado aguda para ser un hombre que sin duda quería hacer alarde de su hombría—. Me han dicho que su padre participa en la campaña del norte de África y que lucha con valentía por nuestro país —siguió diciéndome sin inmutarse por mi evidente indiferencia ante él.

Quizá creía que era tímida.

—La guerra va bien, así que puedo asegurarle que su padre volverá pronto a casa. Hitler es un gran líder y nos conducirá a la victoria.

Dio un trago de vino y se secó la baba que se le escapó de la boca.

—Mmm —le contesté evitando mirarlo a la cara. Me dediqué a contemplar los cuadros que adornaban las paredes.

—Lo he visto. A Hitler, quiero decir. Muchas veces, de hecho. Un verdadero héroe.

Era como un niño buscando aprobación y yo no sabía cómo reaccionar. Su atención me desconcertaba, sobre todo porque mi corazón estaba en otra parte.

—Egon —lo llamó frau Weber desde la cocina—, acompaña a Lisette a la mesa, por favor. Serviremos la cena enseguida.

Él me lanzó una sonrisa de depredador hambriento que observa a su presa. Me había parecido desagradable pero inofensivo, un colegial regordete disfrazado con un uniforme de soldado, pero esa sonrisa insinuaba algo más: una confianza inquebrantable en su autoridad en este mundo y la convicción de que podía coger lo que quisiera.

Frau Weber sirvió una cazuela humeante que difícilmente podía refrescarnos en el calor sofocante, pero la carne estaba deliciosa. Incluso el olor alimentaba, y la calidad era la mejor que habíamos comido desde el inicio de la guerra. Ventajas de tener un sobrino que es oficial de las SA, supuse.

—Tía, está delicioso —dijo Egon antes de dirigir la atención a mi madre—. Frau Richter, mi tía me ha dicho que también usted cocina muy bien.

Mi madre se ruborizó y sonrió. Tenía una mancha de carmín en un diente. Yo no sabía si no era consciente de su tono adulador o si había decidido complacerlo. Todos sabíamos que conocer a una persona poderosa tenía sus ventajas.

—Como todo buen alemán, mi sobrino aprecia mucho la comida —comentó frau Weber en voz alta y llena de orgullo.

El periquito, ahora posado en su hombro, como si fuera el anfitrión de la cena, pio para dar su aprobación.

Sentía la mirada hambrienta de Egon, que me provocaba náuseas. Se metió más estofado en la boca.

—¿Cuánto tiempo está de permiso? —le preguntó mi madre.

—Solo dos semanas —le contestó—, pero en el frente las cosas van muy bien. Pronto la victoria será nuestra.

Su voz me irritaba como una mosca zumbando en el comedor. Me entraron ganas de darle un manotazo.

—Oh, no sabía que luchaba en el frente —le dije—. Su tía comentó que su trabajo era más… ¿administrativo?

Se removió en su silla y tiró del cuello del uniforme.

—El trabajo de todo soldado es parte del esfuerzo de guerra —me contestó—. Le aseguro que mi trabajo no es administrativo.

—Oh —intervino frau Weber—, estoy segura de que nunca dije «administrativo». Egon no se encuentra en el frente, no está hecho para cavar trincheras. ¿Verdad que no, querido? Pero es muy importante en el partido.

El sobrino frunció los labios y miró su plato, ahora vacío. Por un momento creí que iba a echarse a llorar. Era una visión extraña. Su vergüenza era tan visible como la estúpida insignia del partido que llevaba en la solapa. Durante un segundo me compadecí de él.

El pájaro de frau Weber eligió ese momento para hacer caca en la mesa y dejó una mancha verde en el impoluto mantel blanco. Mi madre mojó de inmediato la servilleta en su vaso de agua y frotó la mancha.

—Qué tonto es mi niño —dijo frau Weber extendiendo un dedo escuálido. El pájaro saltó a su mano y ella se lo acercó a la cara, donde el animal empezó a picotearle los labios secos.

Mi madre me hizo un gesto disimuladamente y me puse a recoger los platos. Lo apilé todo al lado del fregadero y busqué un cepillo y un trapo de cocina. Oí a Egon sirviéndose otro vaso detrás de mí.

—Debe de ser duro quedarse en la ciudad —dijo ahogando un eructo. Parecía haber olvidado su breve humillación—. Pero, como le he asegurado a mi tía muchas veces, nunca bombardearán Berlín. Aquí están a salvo. Tenemos muchísimos misiles antiaéreos. El propio Göring dijo que ningún bombardero enemigo puede llegar a Berlín.

—Es un alivio —le contestó mi madre—. ¿Verdad, Lisette?

No me molesté en contestar. Como periodista, Julius tenía acceso a más información que nosotros y decía que era solo cuestión de tiempo que bombardearan Berlín. Debíamos prepararnos. Yo se lo había comentado a mi madre, pero ella prefería seguir ciega.

Julius me había explicado otras cosas que nunca le conté a mi madre. Lo arrestarían por haberlas dicho. Criticar al Gobierno nazi era ilegal, incluso contar un chiste sobre Hitler se consideraba traición, pero no era esa la única razón por la que no revelaba nada sobre las cosas horribles que según él estaban sucediendo. No decía nada porque mientras las palabras permanecieran dentro de mí, podría negar que fueran ciertas.

—Solo deben preocuparse si oyen el fuego antiaéreo —siguió diciendo Egon—, pero nunca lo oirán.

Estaba tan hinchado de fe y fervor que me entraron ganas de reventarlo como un globo, pero coloqué los platos en el armario y dije que era hora de volver a casa.

—¿Tan pronto? —preguntó frau Weber—. Egon ha traído bombones.

Tuve que hacer un gran esfuerzo para resistirme a los bombones, pero no podía soportar pasar un minuto más con ellos.

—He de irme, de verdad —le dije—. Mañana a primera hora tengo una clase de piano con una alumna.

—Si de verdad tiene que irse —me dijo Egon doblando la servilleta manchada y poniéndose en pie—, quizá en algún momento podría pasarme por su casa con los bombones. Me encantaría oírla tocar el piano. La música es uno de mis grandes placeres.

Dudaba que supiera distinguir a Schubert de Chopin, pero antes de que se me hubiera ocurrido una excusa mi madre intervino.

—Seguro que a Lisette le encantaría.

No contestar me pareció la respuesta más adecuada, así que recogí mis cosas y cogí a mi madre del brazo. La sacaría de allí a rastras si era necesario.

El cansancio y el vino me habían dado sueño, así que cuando Egon me rozó las nalgas con sus dedos regordetes mientras salía al pasillo, no me dio tiempo a apartarlos de un manotazo. Me miró con lascivia mientras cerraba la puerta. Temí que pensara que me había gustado su mano errante.

—Dios mío, has sido muy maleducada haciendo que nos marcháramos a toda prisa —me dijo mi madre mientras bajábamos a nuestra casa—. Debemos tener cuidado, Lisette. Las cosas van a empeorar antes de que empiecen a mejorar. La comida del racionamiento es cada vez más escasa. Ahora es verano, pero el invierno está a la vuelta de la esquina. Y Egon... no es tan malo.

—Es un nazi insoportable —susurré—. Siempre andas con miembros del partido. ¿Por qué no te afilias tú también?

Mi madre metió la llave en la cerradura. Como dentro el calor era sofocante, abrió las ventanas de golpe, pero apenas consiguió que el aire se enfriara.

—Sabes que no estoy de acuerdo con sus ideas —me dijo sirviéndose un vaso de agua—. Tu padre tampoco. Y no quiero formar parte de un sistema injusto que trata mejor a los vagos solo por su afiliación política.

—Pero no tienes ningún problema en juntarte con esa gente.

Sabía que estaba pasándome de la raya incluso mientras lo decía, pero el alcohol me había soltado la lengua.

—Necesitamos... amigos. —Mantuvo el tono calmado, aunque una vena le latía en la sien. Sacó un pañuelo, levantó el vaso a la luz y limpió el carmín del borde—. Sobre todo si ocupan puestos altos. Inclusive personas con cuyas políticas no estamos de acuerdo.

No tenía sentido discutir con ella. Aunque a veces sus palabras me hacían enfadar, ella siempre se mantenía tranquila y razonable. Resultaba exasperante discutir con una persona que nunca perdía el control.

—Hasta mañana —le dije colocando mis zapatos de tacón en el zapatero y asegurándome de que quedaran alineados, como a mi madre le gustaba.

—Lisette, espera.

—¿Sí?

Suspiró. El suspiro no era de irritación, sino de cansancio.

—Olvidas que ya he vivido una guerra —me dijo con los ojos brillantes—. Tenía tu edad. Tú nunca has sentido miedo ni has pasado hambre de verdad. No como yo. No sabes lo que el hambre puede hacerle al cuerpo… y a la mente. Perdí cinco bebés antes de tenerte a ti. El dolor casi me mata. —Parpadeó rápidamente, pero aun así le cayó una lágrima.

Asentí, pero persistí en mi silencio. No quería romper ese frágil momento.

—Tenemos que aceptar ayuda donde la encontremos —siguió diciéndome—. Tenemos que sobrevivir a esto. Tú y yo.

8

Lisette

Tiempo atrás. Berlín, 25 de agosto de 1940

Una semana después me desperté con un estruendo de sirenas y los aullidos de los proyectiles antiaéreos. Me precipité hacia la ventana y vi los reflectores bailando borrachos en el cielo nublado.

Mi madre entró corriendo en mi habitación muy pálida y con los ojos muy abiertos. Oímos el rugido del motor de un avión.

—¡Deprisa!

Cogí las bolsas antiaéreas mientras mi madre agarraba el sombrero y bajamos las escaleras hasta el sótano apoyando las manos en la pared.

Esa noche nadie jugaba a las cartas y nadie cotilleaba. El miedo era una persona y se unió a nosotros en la oscuridad. Nuestros vecinos estaban acurrucados juntos; algunos temblaban, otros tenían los ojos cerrados y otros rezaban en voz baja.

Mi madre y yo nos sentamos donde siempre, yo en un rincón y frau Weber con su pájaro gritón a la izquierda de mi madre. Aunque todos habíamos intentado que fuera acogedor, en el sótano hacía frío, era húmedo y olía a podrido. Supuse que en algún lugar había una rata en descomposición.

—Lisette, ¿puedo sentarme contigo?

Aunque mis ojos todavía estaban adaptándose a la penumbra, reconocí la cara de Krista.

—Claro.

Me moví un poco para hacerle sitio. Se sentó a mi lado y me pasó el brazo por encima de su hombro para poder apoyarme la cabeza en el pecho. Me llegaba el olor del jabón afrutado en su piel y del aceite que su madre le aplicaba en el pelo. Le coloqué la manta sobre las rodillas y la apreté bien. Como yo no tenía hermanos ni primos cercanos con los que hablar, mi experiencia con niños era escasa y su abrazo me dio fuerza y me tranquilizó. Aparte de la mano errante de Egon, hacía mucho tiempo que nadie me tocaba. Sabía que mi madre me quería, pero no le gustaban los abrazos. Yo había dado por sentado que tampoco necesitaba el contacto de los demás, pero el calor de Krista me hizo sentir casi segura, aunque solo fuera por un momento.

Miré a la madre de Krista temiendo que no le pareciera bien, pero se limitó a asentir agradecida, con la hermana de Krista dormida en su regazo. Wilhelm estaba sentado a su lado. Me sonrió con tanta calidez que me ruboricé. Él ya tenía dieciocho años y la carta de reclutamiento le había llegado la semana anterior. Otra cosa en la que me negaba a pensar.

Miré a Krista. No pude evitar imaginarme a una futura hija mía, una niña preciosa con mis ojos y la nariz de Julius. Un pequeño ser humano que me querría mucho más de lo que yo me quería a mí misma.

—Mi madre dice que mi padre volverá a casa algún día. Volverá, ¿verdad? —me susurró Krista.

Le acaricié el pelo; era la primera vez que se lo veía suelto, sin las trenzas.

—Claro que volverá a casa —le contesté, porque a veces es necesario mentir.

Al final, ella empezó a roncar suavemente, con las piernas cruzadas por encima de las mías y su cálido cuerpo presionado contra mi pecho. Aun así, a mí me resultaba imposible dormir. Nunca llegaría a acostumbrarme al sonido de las sirenas; era como si la ciudad misma llorara.

Antes, cuando las alarmas sonaban y aullaban, corríamos medio dormidos al sótano y nos quedábamos allí aburridos hasta el amanecer. Esa noche era diferente. Todos oíamos el rugido de los aviones y el lejano estruendo de bombas cayendo.

Göring se había equivocado. Egon se había equivocado. La guerra por fin nos había encontrado.

9

Lisette

Tiempo atrás. Berlín, 6 de julio de 1941

Estaba dándole clase a Krista cuando Julius apareció en mi puerta con las gafas empañadas por el aire húmedo y el sombrero apretado entre las manos. Krista no se marchó a su casa, sino que se metió en mi habitación para brindarnos un poco de intimidad. Incluso ella reconoció la expresión de su rostro y entendió por qué había venido.

—No lo digas. —Sentía ya las lágrimas brotándome de las comisuras de los ojos.

—Tengo que decírtelo —me contestó—. Me voy. Parece que se me acabó la suerte.

—¿A Rusia?

—No lo han dicho, pero supongo que sí.

—¿Y no podemos hacer nada?

—No. —Su suspiro llenó la habitación, el piso y el mundo—. Ha llegado mi hora.

Como los dos sabíamos que sucedería. Habíamos vivido otro año de guerra, noches atemorizados mientras las bombas silbaban en el cielo y demasiado a menudo daban en el blanco; otro año esperando a que todo acabara; otro año en el que yo había esperado que Julius me viera no como a una amiga, sino como a una mujer a la que quizá podría amar. Nos veíamos a menudo y él nunca me hablaba de ninguna chica, aunque a veces un pensamiento o un recuerdo le tiraba de la comisura de la boca hasta hacerle sonreír, y a mí me preocupaba que estuviera enamorado de otra persona, que tal vez en algún lugar de Berlín hubiera una mujer que hiciera cantar a su corazón.

—¿Cuándo? —le pregunté con la garganta dolorida por el esfuerzo de hablar como si todo fuera normal.

—Mañana. Max también. Estamos en la misma unidad.

Le indiqué con un gesto que se sentara en el sofá y corrí al baño. Me agarré al lavabo, me incliné y respiré hondo, aunque no iba a bastar para apaciguar el tsunami de dolor que crecía dentro de mí. Sabía que este día llegaría, me había preparado para él como había podido, pero había sido inútil.

—Siéntate conmigo —me dijo cuando volví con la piel enrojecida y temblorosa—. No puedo quedarme mucho rato. Mi madre me quiere en casa. Pero siéntate conmigo. Solo un minuto.

Me hundí en el sofá a su lado. Me apretó contra su pecho. Tenía la camisa húmeda, pero olía a jabón y a cigarrillos.

—Te escribiré —me dijo, y sus palabras se enredaron en mi pelo.

—Más te vale. —Intenté que mi tono fuera serio, pero acabé sollozando y con el cuerpo convulsionando de angustia.

—Oye, oye —me dijo levantándome la barbilla—. Todo irá bien. Volveré. Te lo prometo.

Me recorrió la mandíbula con los dedos, suaves como una pluma. Me secó las lágrimas y me colocó un mechón húmedo de pelo detrás de la oreja. Contuve la respiración y mantuve el cuerpo inmóvil. Me dio un beso en el pelo y me acarició la nuca. Aunque el aire era cálido, tenía frías las yemas de los dedos. Un escalofrío de deseo me recorrió la columna vertebral. Se me contrajo el pecho, como si no pudiera hacer entrar suficiente aire en los pulmones. Me aparté para mirarlo y memorizar su cara: sus ojos castaños, del color del otoño, sus dientes rectos y la pequeña abolladura roja en el puente de la nariz, debajo de las gafas.

Y entonces ambos nos inclinamos y nuestros labios se rozaron.

—Lo siento —me dijo retirándose—. No debería haberlo hecho.

Apenas fue un beso, terminó demasiado pronto, pero había sucedido. Por fin había sucedido.

—No lo sientas.

Se quitó las gafas y se frotó los ojos.

—Tengo que irme —me dijo levantándose. Detrás de él, más allá de la ventana, el sol perdía fuerza y el cielo se desvanecía hacia el anochecer.

—No te vayas, por favor, no te vayas —le rogué intentando que no se notara mi desesperación—. Quédate. Solo un poco más.

Abrió la boca y supe que quería decirme algo. ¿Que me amaba? ¿O que no? Parpadeó y negó con la cabeza.

—Te escribiré en cuanto pueda.

Y después salió por la puerta, que chasqueó suavemente.

—¿Puedo hacer algo? —me preguntó Krista cuando me encontró mirando la puerta y escuchando el eco de los pasos de Julius en la escalera. Como no le contesté, me cogió de la mano y me llevó al sillón de mi padre—. Te traeré un vaso de agua. Parece que vayas a desmayarte.

Aunque Krista solo era una niña que nunca había conocido el amor romántico ni el dolor que puede nacer de él, había visto marcharse a su padre y a su hermano, así que reconoció el miedo grabado en mi rostro.

Cerré los ojos y me toqué los labios con las yemas de los dedos. Todavía sentía un hormigueo; el recuerdo de la boca de Julius estaba impreso en ellos. ¿Cómo podía la vida ser tan cruel para concederme lo que todo átomo de mi cuerpo había deseado, pero a la vez la marcha de Julius, lo que más había temido?

El beso encarnaba la esperanza y me sostendría durante los meses oscuros que sabía que se avecinaban, pero ¿y si Julius no regresaba de la guerra? ¿Sobreviviría su cuerpo? ¿Y su alma? Entendía lo que los horrores de la guerra podían hacerles a los hombres. No había conocido a mi padre antes de la Gran Guerra, pero era innegable que después de ella se había convertido en un hombre destrozado.

—Es joven y fuerte —me dijo Krista dándome el vaso y sentándose a mi lado—. Volverá.

Alguien le había dicho esas palabras, quizá su madre. Las mismas palabras que se decían en toda Alemania y en todo el mundo.

10

Lisette

Tiempo atrás. Berlín, 18 de octubre de 1941

—Se van —me dijo frau Weber cuando la saludé en la escalera.

—¿Quiénes?

—Los judíos, claro.

Yo bajaba y ella subía, pero sus palabras me detuvieron como una ráfaga de viento salvaje.

—¿Qué quiere decir? —le pregunté.

—Ahora mismo hordas de judíos marchan por las calles. Los he visto con mis propios ojos. Lo único que puedo decir es que les vaya bien. —Resopló y una fugaz mirada de repulsión se dibujó en sus rasgos.

Dudé y pensé en volver a casa, pero me picó la curiosidad. Era lo que querían los nazis, que los judíos se marcharan. Me ardía el pecho. Sabía lo que decían los miembros del partido: que eran los judíos los que nos habían hecho perder la Gran Guerra, que eran alimañas avariciosas y decididas a envenenar nuestra cultura. Sabía que a muchos alemanes les daban asco, pero Julius me había hecho ver las cosas de forma diferente. Y aún recordaba la Noche de los Cristales Rotos como si hubiera sido el día anterior. Aún recordaba la cara de aquel anciano mientras lo golpeaban y el horror que sentí.

De modo que tal vez era mejor que se marcharan, y quizá así estarían a salvo por fin. No sabía adónde los deportaban, pero seguramente sería mejor para ellos que quedarse aquí. El odio a los judíos no había hecho más que aumentar desde que habían enviado a Julius al frente. El mes anterior se había emitido un nuevo decreto que les prohibía utilizar el transporte público, y ahora los obligaban a llevar una estrella amarilla en la ropa. Al principio, la persecución había sido lenta pero constante, cada nueva ley era un pequeño paso sutil, pero en ese momento veía el panorama general, la magnitud de lo que les habían hecho en los últimos años y cómo los habían despojado de sus derechos progresivamente. Y todos habíamos mirado hacia otro lado, como si nos avergonzáramos. Por primera vez me sentí aliviada de que Julius estuviera luchando en Rusia. A diferencia de todos los demás, él no habría podido quedarse de brazos cruzados observando cómo desalojaban de sus hogares a personas inocentes. Habría dicho algo, habría hecho algo sin pensar en las consecuencias.

Fuera, el cielo estaba gris. Empezaba a llover, pero no me molesté en ir a buscar una chaqueta. Cogí la bicicleta, me sujeté el sombrero y pedaleé hacia el barrio judío más cercano.

Cuando llegué a la Große Hamburger Straße, por fin los vi: una enorme multitud de personas marcadas con estrellas amarillas y empapadas por la lluvia conducidas por soldados. Parecían cansadas, agotadas y asustadas.

Me bajé de la bicicleta y la empujé para avanzar en paralelo a ellas.

Pasaron por delante del hospital St. Hedwig, donde un tapiz de hojas otoñales trepaba por la fachada, y después las condujeron hacia el cementerio judío, donde se unieron a una multitud más numerosa.

Mi mirada se posó en un anciano de ojos hundidos, brazos como palos y arrugas tan profundas que parecían cicatrices. Se aferraba al brazo de un hombre más joven; su hijo, supuse. Tenían los mismos pómulos altos y las mismas cejas pobladas. El anciano parecía desconcertado y perdido. Detrás de él, una madre llevaba en brazos a un niño pequeño con un pijama azul claro. El niño tenía las mejillas sonrosadas y la cabeza ladeada, como si acabara de despertarse de una siesta.

La madre me miró. «¡Fräulein! Lléveselo. Por favor». El viento arrastró su voz hacia mí y me entregó las palabras como un regalo no deseado. Vi el miedo en sus ojos extendiéndose por delante de ella, incapaz de contenerlo.

Quería ayudar, pero me faltó valor. No respondí. Giré la cabeza.

A esas alturas otros transeúntes se habían acercado a ver lo que sucedía. Muchos se jactaban. Nunca olvidaré sus caras. Otros se alegraban. Los judíos se marchaban y eso significaba que quedarían más cosas para los demás. Otros parecían indiferentes. La situación de los demás apenas les afectaba. Para ellos, la multitud era solo una molestia menor, como la lluvia. Fácil de evitar y que se olvida de inmediato.

La mujer me llamó dos veces más, y dos veces más volví la cabeza, con la cara ardiendo de vergüenza. Después un soldado la amenazó, ella siguió avanzando y la multitud la engulló.

El mal me exigía poco. Solo me pedía que guardara silencio y que no hiciera nada. Y yo obedecí.

Volví a casa pedaleando despacio, con un torbellino de pensamientos en la cabeza. ¿Adónde los llevarían? Eran judíos, sí, pero también alemanes. Me repetí que seguramente estarían mejor en otro lugar, que a la larga sería mejor para ellos. No podría haberme llevado al niño. Nunca se debe separar a un niño de su madre.

Aparqué la bicicleta frente a nuestro edificio, me quité el sombrero y sacudí el agua que se había acumulado en la tela.

Subí las escaleras hasta mi casa sintiéndome muy cansada. Dentro encontré a mi madre junto a la chimenea, quitando el polvo de las fotografías de la repisa. Unas sombras trepaban por la pared detrás de ella. Asintió con la cabeza al verme, pero siguió limpiando. Me senté al piano con la esperanza de que si tocaba con suavidad, no se quejaría. Toqué para deshacerme de la ansiedad, toqué hasta que la extraña sensación en el estómago se disipó. Después me fui a la cama y dejé que el Hombre de Arena se llevara el resto y me sumiera en el sueño.

11

Elly

Ahora. Berlín Este, 21 de agosto de 1961

Hojeo la agenda de cuero de mi madre, con las páginas amarillas y agrietadas por el paso del tiempo. Encuentro la dirección que estaba buscando, la anoto en un trozo de papel y me lo guardo en el bolso. Miro mi teclado y me duele el estómago. He hecho y deshecho la mochila más de diez veces, pero nunca habrá suficiente espacio para él.

Miro el reloj. Faltan horas para que anochezca. La tarde se estira perezosamente como un gato al que no le interesa el paso del tiempo, ajena a mi necesidad de que se dé prisa.

Aunque el aire es cálido y pegajoso, no quiero abrir la ventana para que no se escape el agradable aroma a flores. Camino de un lado a otro con la mente como un enjambre de abejas. Cierro los ojos y me recuerdo por qué estoy haciendo esto. Recuerdo las semanas anteriores a la barrera, cuando Axel llegó a nuestras vidas y mi madre se suavizó un poco. Su amor por él de alguna manera encendió su amor por mí. Sus pasos eran más ligeros, su música ya no era una furiosa tormenta y sus «momentos» eran escasos y espaciados. Por una vez nos sentíamos una familia, y saber que podríamos recuperarlo, que yo puedo conseguirlo, evita que el corazón me explote y se me salga del pecho.

Mi madre está en su habitación. Ayer rechazaron su solicitud de visado y se pasó toda la noche marcando el número de teléfono del hospital. Mi padre se sentó a su lado para hablar por ella si conseguía comunicarse. Aunque las líneas con el Oeste llevan cortadas casi diez años, ella siguió intentándolo sin dejar de retorcerse el cable del teléfono alrededor de los dedos hasta impedir que la sangre circulara por ellos.

No hemos recibido ninguna carta ni sabemos nada del hospital. El correo desde el Oeste siempre ha estado censurado y ha sido esporádico, pero ahora parece que no llega nada. Ni siquiera sabemos si Axel está vivo.

Abro la puerta procurando no hacer ruido, pero se me resbala de las manos y el picaporte golpea la pared.

—Perdón —susurro.

Mi madre no se mueve. Está tumbada encima de la sábana arrugada, de cara a la pared, como una mujer muerta que respira. Me subo a la cama como solía hacer de niña. Tengo ganas de abrazarla, de respirar el olor cítrico de su pelo ondulado y de fingir que todo va bien, pero solo le toco el hombro.

—¿Mamá? ¿Te traigo algo de comer?

Se pone rígida, pero extiende la mano y me la aprieta. No se vuelve para mirarme, pero este contacto me basta. Me quedo tumbada a su lado todo el tiempo que me atrevo, parpadeando para contener las lágrimas, escuchando su respiración agitada y deseando que su canción regrese.

De vuelta en el comedor, Oma Rita se mueve en su silla junto a la ventana. El tintineo tranquilo y esperanzado de su melodía está siempre presente.

—Lisette, ¿estás preparando la comida?

—Soy Elly.

—¿Elly? —Oigo la confusión en su voz, pero no me molesto en explicarle quién soy.

—Te haré un bocadillo —le digo—. ¿Solo queso? —Sé que si tiene demasiadas opciones se estresa. Bastante confundida está sin tener que tomar decisiones.

—Me parece fantástico.

Me mira de forma extraña cuando le llevo el plato. Veo que observa mis rasgos buscando alguna pista en su memoria, pero no me pregunta quién soy. Debe de ser inquietante encontrar a un extraño en tu casa. Antes se lo explicaba una y otra vez, la guiaba de vuelta al presente con migajas de información, pero ya no. Si no regreso, al menos no le costará olvidarme.

—Esperaba que me tocaras una sonata —me dice mordisqueando el pan con desconfianza—, pero parece que el piano de cola ya no está.

—Hace mucho tiempo que aquí no hay ningún piano —le contesto—. ¿Quieres que abra una ventana para que entre un poco de aire fresco?

—No, por Dios, el pájaro se escapará.

—¿El pájaro?

—El pájaro de frau Weber. Ella nunca nos lo perdonaría.

—¿Quieres algo más? —le pregunto agachándome a su lado. Le toco la mano con suavidad, pero la aparta como si la hubiera pellizcado. En esta casa a nadie le gusta que le toquen, aunque a mí me encantaría.

—Yo no necesito nada, pero estoy segura de que alguien debería cuidar el huerto. Quiero que esté bonito para cuando vuelva Ernst. —Se pasa las manos por el pelo y se alisa la falda, como si esperara que él apareciera en cualquier momento.

No tengo valor para decirle que ya no tenemos huerto, que pasó meses sin ir y que al final mi madre dejó de pagar el alquiler. Tampoco le digo que su marido también ha desaparecido, que nadie lo ha visto desde hace casi veinte años.

—He ido al huerto esta mañana —le miento—. Está precioso, así que no hace falta volver hoy, pero podríamos bajar al patio a quitar malas hierbas y coger flores frescas para la mesa.

Mientras ella va a buscar el sombrero, yo cojo unos guantes y las tijeras de podar.

—Voy a marcharme un tiempo, Oma —le digo sin mirarla. Intento mantener la voz neutra, pero se me queda atrapada en la garganta—. Unos días. Quizá semanas. No lo sé.

Se queda junto a la puerta mirándome. No me contesta, pero veo que está escuchándome.

—Te prometo que volveré.

Me acerco a ella, que me coloca una mano reseca en la cara y me limpia una lágrima de la mejilla con el pulgar.

Lo olvidará, como siempre, pero quizá mi promesa de volver se quede encerrada en algún lugar dentro de ella. Una promesa es una promesa, aunque la olviden.

Más tarde, cuando ya ha anochecido, me tumbo en la cama totalmente vestida y me pellizco para no quedarme dormida. Observo las cortinas revoloteando en el aire caliente y seco, y escucho a Oma Rita roncando en su habitación, al otro lado del pasillo. Aunque la puerta está cerrada, sus ronquidos resuenan en toda la casa. El sonido me resulta extrañamente reconfortante y me gustaría poder guardarlo en una caja y llevármelo conmigo, como un recuerdo de mi hogar que pudiera guardarme en el bolsillo.

Son casi las dos de la mañana. No debería retrasarlo más. Es ahora o nunca.

Hago la cama (al menos esto quizá haga sonreír a mi madre) y dejo encima del teclado la carta que he escrito. Es hora de marcharme, pero no puedo evitar acariciar la tapa una última vez. Este teclado es el único objeto que echaré de menos. Las teclas están desgastadas por el uso, y el sonido no es tan puro y nítido como antes, pero siento que mi alma está en su interior. Me digo a mí misma que volveré. Después me cuelgo la mochila al hombro y salgo de mi habitación sin hacer ruido.

Me detengo en el pasillo frente a la habitación de mis padres. Apoyo la mano en la madera áspera de la puerta y susurro un adiós silencioso. Oigo crujir la cama, un cuerpo que se mueve incómodo. Retrocedo a toda prisa y salgo de casa.

Fuera el aire es cálido; el calor del sol sigue atrapado en las aceras. Nunca he salido sola a estas horas y el silencio me desconcierta. Me monto en la bicicleta y pedaleo despacio por las calles pasando por alto que los adoquines hacen que me tiemble el cuerpo. De vez en cuando me llega un olor a cloaca. Dicen que lo único peor que el verano en Berlín es el invierno; es cierto, pero solo en parte. La ciudad apesta en verano, pero no solo por las cloacas, sino también por el olor a podrido de la basura que la gente deja en la calle, que atrae moscas que después ponen huevos que eclosionan y se convierten en gusanos que se retuercen. En invierno hace tanto frío que se te congelan los pelos de la nariz y el aire te quema los pulmones. En otoño llueve y la primavera dura muy poco. Quiero vivir en cualquier sitio menos aquí, pero antes quiero ver mundo: las playas de Grecia, los Alpes franceses y la ciudad de Nueva York con sus luces brillantes y su deslumbrante libertad.

Enseguida veo a un grupo de soldados. Son al menos cuatro y están apoyados en una pared, fumando. Me desvío hacia un callejón y me bajo de la bicicleta, que se cae al suelo antes de que pueda sujetarla. No sé si decidirán venir a ver qué ha sido este ruido, pero si lo hacen, no hay toque de queda; no lo ha habido desde 1953. Ninguna ley prohíbe ir en bicicleta por la ciudad de noche. No he hecho nada malo. Todavía.

Pero no espero a descubrirlo. Me escabullo entre las sombras y avanzo con la espalda pegada a la pared de un bloque de pisos.

Me acerco a la Bernauer Straße desde el sur. La calle parece desierta, salvo por dos soldados sentados debajo de un árbol. Uno tiene un cigarrillo encendido entre los dedos, una mota de oro brillante. El otro está un poco encorvado y claramente se ha quedado dormido.

Estoy sudando y temblando. Tengo unas ganas de correr tan incontrolables que me duelen las piernas, pero he de hacerlo. Debo hacerlo. Pienso en mi padre en la esquina de la habitación de Axel y en la voz perdida de mi madre.

La puerta principal del edificio que busco se abre fácilmente, con un chasquido casi imperceptible, aunque me da la sensación de que he tocado una campana. Espero conteniendo la respiración. No pasa nada. Dentro, la pintura de las paredes está desconchada y los escalones se desmoronan. La escalera es ancha y demasiado fastuosa para el lamentable estado del edificio. Subo la escalera muy despacio. No oigo nada, pero imagino que mi respiración resuena en las paredes como un grito.

Me detengo en el tercer piso. Hans y su familia huyeron al Oeste hace casi un año, así que es posible que ahora vivan otras personas en su casa, aunque lo dudo. Como tantos edificios que recibieron impactos de bombas durante la guerra y todavía no se han restaurado, la casa no es segura. ¿Y quién quiere asomarse a la ventana todos los días y ver Berlín Oeste a solo unos metros de distancia, un lugar donde todo es mejor y donde las personas no solo existen, sino que viven?

Estoy dispuesta a empujar la puerta del piso una y otra vez hasta que las bisagras cedan y la madera se astille, pero cuando acciono el picaporte, la puerta se abre. No puede ser tan fácil.

Dentro, las ventanas están cubiertas con cortinas y la oscuridad es tan profunda y completa que mis ojos tardan unos minutos en adaptarse. El comedor es grande, pero está vacío. El suelo de madera es algo irregular. Ahora el piso es solo un cascarón y me cuesta recordar cómo era cuando era un hogar. También me llega un olor extraño que no puedo identificar y que me desconcierta.

A través de la tela de la mochila siento los contornos de la cuerda. Aquí no hay nada a lo que pueda atarla. ¿Por qué no lo pensé antes? En el peor de los casos, salto.

Doy un paso adelante y el suelo cruje. ¿Hay vecinos abajo? ¿Se despertarán? ¿Llamarán a los soldados? Me quedo inmóvil, espero a que mi respiración se calme y escucho la noche, pero cuanto más espero, más me arriesgo a que me descubran. Quizá la velocidad sea mejor que el sigilo. Doy otro paso y corro la cortina.

Una pared de ladrillos.

Corro las demás cortinas de un tirón, pero detrás de cada una de ellas hay una pared donde debería haber una ventana. Toco los ladrillos, siento la superficie pegajosa bajo los dedos y caigo en la cuenta de que el olor a humedad y tierra es el del cemento secándose.

Debería haberlo sabido. La semana pasada tapiaron las casas de la Harzer Straße. Era cuestión de tiempo que lo hicieran también aquí. Llego demasiado tarde.

—¿Quién anda ahí? —La voz es profunda y grave, pero tiembla de incertidumbre, como si el asustado fuera él.

No muevo ni un músculo.

—Te veo. —La voz es más violenta ahora, más segura de sí misma—. Sé por qué estás aquí. No eres el primero.

Entra en la habitación y la puerta se balancea detrás de él. La luz de la luna que se cuela por una pequeña claraboya del pasillo lo ilumina. Aún está oscuro, pero veo que tiene la piel lisa y sin manchas, y la nariz afilada aunque un poco torcida. Cuando enciende una linterna, sus ojos son los más azules que he visto en mi vida. Es joven, de unos veinte años. Su uniforme de Grenztruppen es inconfundible, incluso con esta luz.

En la otra mano lleva una pistola. La levanta y me apunta al corazón.

El terror me paraliza y me llena la boca, de modo que no puedo decir ni una palabra. Espero a que una bala me atraviese la carne, pero no pasa nada. El soldado y yo nos miramos.

Está tan cerca que oigo su respiración. Y solo puedo pensar en el vecino de Monika, al que dispararon mientras cruzaba a nado el río Spree. Los guardias fronterizos tienen órdenes. Disparar a matar, eso dicen todos.

Pasan varios segundos agónicos, pero ninguno de los dos hace nada. Inexplicablemente, empieza a picarme la nariz y después siento el cosquilleo delator de un estornudo a punto de estallar.

Él da otro paso adelante y baja el arma.

—Eres solo una niña —me dice. Aunque su alemán es perfecto, oigo el áspero acento ruso de fondo—. No deberías estar aquí.

—Me he perdido —le contesto intentando mantener la voz firme—. Estoy viviendo en casa de mi tía, pero me he confundido. Este no es su edificio. Se parece mucho. Todos parecen iguales por la noche. Me he perdido, eso es todo.

No me cree. Me doy cuenta por cómo inclina la cabeza y por la sonrisa que se le dibuja en las comisuras de la boca.

—En ese caso, en tu mochila no encontraré una cuerda ni nada parecido a un paracaídas...

El estornudo que tanto me he esforzado por contener estalla por fin, y ambos nos quedamos sorprendidos.

Se ríe. Es un sonido tan extraño y fuera de lugar que el terror que me consumía se destensa un poco.

Y en ese momento oigo su música. No se parece a nada que haya oído antes: una hermosa melodía con un ritmo fuerte y constante. Cuenta con una orquesta completa: oigo violines solemnes, flautas ligeras y sibilantes, incluso un trombón suave pero potente. Su canción es una sinfonía compleja con tantas capas que llena la habitación, me recorre las venas y se mezcla con mi canción. Solo puede ser de una persona buena, estoy segura.

Sé que él no oye nuestras canciones chocando, pero me doy cuenta de que lo siente, del mismo modo que una persona sorda puede percibir la música a través de las vibraciones. Algo desconocido pasa entre nosotros, y por un instante todo se desvanece y olvido por qué estoy aquí y qué estoy haciendo.

Oigo un ruido detrás de él y su música se interrumpe. Pasos fuertes en las tablas del suelo y la luz oscilante de una linterna. Vuelvo a ser consciente de que estoy en un piso prohibido en plena noche. Mi intento de fuga ha salido mal.

El otro soldado es más bajo, pero más corpulento, con un bigote ralo y una enorme y rebelde mata de pelo oscuro.

—Andréi —dice el hombre, y después escupe más palabras, un aluvión de sílabas ásperas.

Otra pistola me apunta al pecho. No entiendo las órdenes que me da, pero puedo adivinarlas.

—No pasa nada, Boris —le contesta Andréi en alemán, en tono suave y tranquilo—. Es Ida, mi novia. Le dije que no viniera a verme, pero... —Se encoge de hombros. Me tiende la mano y la cojo sin pensarlo. Le apoyo la cabeza en el pecho y le paso el brazo por encima de mis hombros.

—Lo siento, Boris —le digo en tono tranquilo—. No podía dormir y sabía que Andréi patrullaba por aquí esta noche. Solo quería verlo para... darle un beso.

Boris me mira, mira a Andréi y vuelve a mirarme moviendo el bigote. No dice nada, pero casi oigo sus pensamientos, las preguntas que está haciéndose. Su pistola sigue levantada, con el dedo en el gatillo.

—Boris, baja el arma, por favor. Estás asustando a la pobre Ida.

Sus uniformes son iguales, así que su rango debe de ser el mismo, pero está claro que el que toma las decisiones es Andréi. Rezo para que hoy no sea el día en el que Boris se imponga.

—Mejor me voy —digo—. No quiero causaros problemas a ninguno de los dos.

Suelto la mano de Andréi y paso despacio junto a Boris, como si fuera una trampa para ratones que tengo que esquivar de puntillas porque sé que en cualquier momento podría partirme en dos.

Justo cuando llego a la puerta, Boris me propina un golpecito en la cadera con la culata de la pistola.

—¿Se lo has dado? —me pregunta.

—¿El qué?

—El beso.

Se me escapa una carcajada demasiado aguda para que parezca natural.

—Pues no, la verdad es que no.

Me giro, me echo el pelo hacia atrás y, antes de que me acometa un ataque de pánico y cambie de opinión, sujeto del cuello a Andréi y acerco su cara a la mía. Mis labios encuentran los suyos. Mi primer beso.

Salgo del edificio sin mirar atrás, pero antes de llegar a la esquina una mano me agarra del hombro. Me doy la vuelta, lista para pelear o gritar.

—No puedes marcharte sin decirme tu verdadero nombre —me dice Andréi.

Se coloca debajo de una farola para que lo vea mejor. Es guapo, no puedo negarlo, pero también es un guardia fronterizo soviético. El enemigo. Miro más allá de él, pero la calle está vacía y no veo a Boris.

—Gracias —le susurro—. Gracias por no arrestarme.

—Ni dispararte —me contesta con una sonrisa.

—¿Son esas vuestras órdenes?

—¿Para los que intenten escapar? Sí.

No me molesto en negar mis intenciones.

—Bueno, pues entonces gracias por no dispararme.

Me volteo para marcharme, pero me detiene una vez más.

—¿Tu nombre?

Debería mentir, pero no lo hago.

—Elly. Elly Lange.

12

Lisette

Tiempo atrás. Berlín, 19 de mayo de 1943

La guerra se prolongaba y el racionamiento disminuía. Las bombas eran implacables. Habían arrasado prácticamente Colonia, millones de personas se habían quedado sin casa en todo el país y en las calles se rumoreaba que nuestro ejército estaba en un callejón sin salida en Rusia. Estados Unidos se había unido a la guerra. Estábamos perdiendo. Y todos lo sabíamos.

Yo pasaba los días preocupada por Julius y mi padre. Por Wilhelm y Max también. Julius me escribía todas las semanas, y para mí era importante. No eran cartas de amor, pero demostraban que pensaba en mí, y eso me reconfortaba un poco. A menudo me hablaba de Max, y yo me alegraba de que no estuviera solo en las trincheras. Aunque me contaba detalles cotidianos de la guerra, como que estaban a la espera y que las noches eran muy frías, yo sentía el miedo oculto detrás de cada palabra y la tristeza encerrada en cada carta.

—¿De Julius, de Egon o de mi hermano? —me preguntó Krista mientras yo doblaba la carta y la metía con cuidado en el sobre.

Se sentó detrás de mí en el sofá y me cepilló el pelo. El suelo estaba duro y me movía incómoda, pero me encantaba que me cepillaran el pelo; me sentía de nuevo como una niña. Cuando era pequeña, mi madre se ponía rígida y contenía la respiración cuando la obligaba a abrazarme, aunque me mostraba su amor de otras maneras; cepillarme el pelo era una de ellas. Al final dejé de intentar subirme a su regazo, aunque de vez en cuando esa ausencia hacía que me sintiera perdida. A veces me descubría chocando con gente en la calle solo para sentirme viva. No sabía por qué mi madre odiaba la sensación de piel contra piel, pero aprendí a aceptar sus limitaciones y añoraba las horas en las que se sentaba a cepillarme el pelo hasta convertirlo en seda mientras me susurraba cuentos de hadas al oído.

Krista continuamente quería abrazarme. Se había convertido en la hermana pequeña que siempre había soñado tener.

—Es de Julius —le contesté. Su nombre, de modo inevitable, iba acompañado de una sonrisa y de latidos acelerados—. ¿Te he contado que quiere ser poeta? Hasta sus cartas parecen poéticas. Me encanta cómo enlaza las palabras.

—Deberías pedirle que te escriba un poema —me sugirió Krista.

Frau Weber salió del baño y volvió al comedor. El periquito soltó un chillido y arañó los barrotes de la jaula a modo de saludo. Había adelgazado; todos habíamos perdido peso, incluso su estúpido pájaro.

—Supongo que te habrás enterado —me comentó volviéndose a sentar a la mesa—. *Judenrein*. Por fin en Alemania no quedan judíos.

Parecía extrañamente triunfante, como si lo hubiera conseguido ella sola.

—Hum —murmuró mi madre arrimándose a la ventana. Había adquirido la costumbre de sentarse en el sillón de mi padre durante horas y mirar a través del cristal buscando su rostro en la calle. Le habían devuelto las tres últimas cartas que le había mandado y no saber lo que había pasado nos pesaba a las dos.

—¿Adónde cree que han ido los judíos? —le pregunté procurando que mi tono fuera tranquilo.

—Me da igual —me contestó frau Weber quitándose la pelusa de la chaqueta.

Me esforcé por no pensar en los rumores que se habían filtrado a través de las paredes sobre el destino de los judíos. Se chismorreaba sobre cosas horribles y actos bárbaros. Intentaba hacer oídos sordos, pero cada noche, cuando empezaba a quedarme dormida, veía a aquella mujer con su hijo, los ojos suplicantes de ella y el pijama azul del niño, y me preguntaba qué habría sido de ellos.

—¿Dos trenzas o una? —me preguntó Krista.

—Las que quieras —le contesté acercándome las rodillas al cuerpo.

—Una vecina nuestra no tiene un cuadro de Hitler en la pared —comentó Krista—. Mi madre dice que todo el mundo debería tener uno en casa.

—Quizá se le cayó —le sugerí— y lo ha llevado a arreglar.

—Me sorprende —me interrumpió frau Weber—. ¿Qué vecina? Me gustaría saberlo. Los denunciaré de inmediato.

Pasó los dedos por la insignia del Partido Nazi, como si le diera fuerzas.

—No creo que sea necesario —le dije en el tono más amable que pude—. Estoy segura de que la madre de Krista les recordará que es importante la próxima vez que los vea.

—De todas formas, no recuerdo quién es —dijo Krista percibiendo la tensión en la sala.

Su madre había insistido en que se uniera a la Jungmädelbund, pero yo sabía que lo odiaba. Ahora tenía doce años, su cuerpo estaba creciendo y era torpe; era demasiado alta, como yo, y las demás chicas no dejaban de meterse con ella. Mientras que para sus compañeras unirse a las Juventudes Hitlerianas probablemente las hacía sentirse importantes y les proporcionaba cierto sentido de pertenencia, yo sabía que Krista se sentía cada vez más aislada. Venía a menudo a mi casa, no solo para las clases de piano, y descubrí que yo disfrutaba de su compañía. Más que de la compañía de mis amigas, de las que en los últimos tiempos me había alejado. Sus bromas sobre mi amor no correspondido por Julius me habían hecho sentir inferior a ellas. Quería contarles lo del beso, decirles que Julius quizá me amaba, pero algo me lo impedía. Ese beso me parecía demasiado sagrado y frágil para hablar de él en voz alta.

—Este café no es bueno —dijo frau Weber sujetando con las dos manos la taza favorita de mi padre.

Llevaba razón, no era bueno. Tenía un olor flojo y extraño, y yo había dejado enfriar mi taza.

—Es *Ersatzkaffee* —le contestó mi madre en tono cansado. Volvió a la mesa y se llenó la taza—. Lo hacen con bellotas y semillas de cebada.

—¿No se acabará nunca? —preguntó frau Weber metiendo un dedo nudoso entre los barrotes de la jaula del periquito—. El racionamiento, la guerra…

Antes dejaba la jaula en el suelo, a sus pies, pero en los últimos tiempos le había concedido un lugar de honor en la mesa del comedor. El pájaro amarillo saltaba y le picoteaba el nudillo arrugado. Aunque frau Weber no dejaba de quejarse y sus lamentos me crispaban los nervios, ya agotados, yo estaba segura de que le gustaba nuestra situación. Berlín se había convertido en una ciudad de mujeres. Sin padres, maridos ni hijos, las mujeres se habían unido y frau Weber ya no se sentía tan sola. Hasta que nuestros hombres volvieran a casa y demostraran lo contrario, todas éramos viudas de guerra.

Llamaron tímidamente a la puerta. El periquito silbó, nervioso. Intercambiamos miradas de alivio: sabíamos que la Gestapo aporreaba las puertas y las echaba abajo, así que se trataba de una persona que no buscaba problemas. Sabía que Egon no tardaría en volver de permiso, pero siempre llamaba y entraba directamente, con los hombros hacia atrás y el estómago hacia fuera, sin esperar a que lo invitaran a entrar.

Me dirigí a la puerta olvidando que ahora llevaba el pelo recogido en seis ridículas trenzas.

Al principio no reconocí al hombre huesudo y con barba que tenía delante, pero se subió las gafas y me sonrió.

El tiempo avanzó, retrocedió y se derrumbó sobre sí mismo.

No podía moverme, aterrorizada de que fuera solo un sueño y el más mínimo temblor lo hiciera desaparecer.

—Lisette.

Oír mi nombre de sus labios lo convirtió en real. Estaba aquí y estaba vivo. Tenía las mejillas hundidas y los ojos, aumentados por las gafas, parecían enormes y angustiados; casi veía en lo más profundo de ellos las cosas de las que había sido testigo. Tenía los hombros encorvados, su arrogancia había desaparecido y no tenía los dedos manchados de tinta, pero seguía siendo mi Julius. Y estaba aquí.

—Bueno, invítalo a pasar, querida —me dijo frau Weber—. No te quedes ahí mirándolo.

—Claro, claro —le contesté cogiéndolo de la mano y tirando de él.

Lo llevé al sofá y lo senté, como si fuera un niño. Krista se levantó de un salto y en algún momento debió de marcharse, aunque no me di cuenta.

—¿Qué quieres tomar? ¿Café? ¿Aguardiente? No me puedo creer que estés aquí. ¿Quieres comer? Debes de tener hambre. ¿Cuánto tiempo vas a quedarte? ¿Quieres un trozo de pan? ¿O solo agua? —Mis palabras tropezaban unas con otras como los pies de un borracho en la calle—. No, no, no te levantes. Descansa. Te lo traeré todo, así no tienes que decidir. Estás aquí. Estás en casa.

Para mi consternación, descubrí que yo estaba llorando. Me obligué a desviar la mirada; él no necesitaba ver mis tontas lágrimas.

Mientras frau Weber volvía a presentarle su pájaro a Julius y lo bombardeaba a preguntas, yo me metí en la cocina. Preparé más café y busqué en los armarios algún dulce que ofrecerle. Estaba más delgado que la última vez que lo había visto y tenía la piel amarillenta, como si hubiera perdido el color.

—Vamos a dar un paseo y dejemos que estos dos se pongan al día —le sugirió mi madre a frau Weber tocándole el hombro.

Le lancé una sonrisa para agradecérselo y fingí no ver el ceño fruncido de frau Weber. Antes de que le hubiera dado tiempo a protestar, mi madre levantó la jaula del pájaro, cogió las chaquetas del perchero, abrió la puerta y prácticamente empujó a frau Weber hacia el rellano. Antes de salir, mi madre me señaló el pelo con un gesto para recordarme que parecía Medusa con la cabeza llena de serpientes.

Me deshice las trenzas a toda prisa. En cualquier otra situación, Julius se habría burlado de mí, pero no pareció darse cuenta. Le llevé el café, pero lo dejó en la mesa sin dar un sorbo. Supuse que tampoco tocaría el *Stollen*, ya un poco seco.

Permanecí en pie sin saber qué hacer, dónde sentarme ni qué decir. Me había quedado sin palabras.

—¿Te apetece tocar el piano para mí? —La voz de Julius era más calmada y suave de lo que la recordaba—. A veces, por la noche, en las trincheras, cerraba los ojos y me imaginaba que estaba aquí escuchándote. Y ahora por fin estoy aquí. Me encantaría oírte tocar.

—Por supuesto.

Yo siempre tocaba para Julius, tanto si estaba como si no. Tenerlo presente hacía que mis dedos se iluminaran de alegría. Mi cuerpo y el instrumento se fundían en uno hasta que ya no sabía si era yo la que tocaba el piano o si él me tocaba a mí. Interpreté todas las melodías que había compuesto para Julius durante años, las que lloraban de melancolía y las que cantaban con esperanza. Cada vez que me volvía para mirarlo, él tenía los ojos cerrados y una ligera sonrisa en los labios, y en esos momentos yo era más feliz que nunca.

Podría haber tocado durante horas, pero también quería hablar con Julius y ver su hermoso rostro, así que al final dejé que la música saliera por la ventana abierta y cerré la tapa del piano.

—Gracias —me dijo abriendo los ojos—. Ven, siéntate conmigo. Cuéntame qué ha pasado en este tiempo.

Quería sentarme a su lado en el sofá y cogerle de la mano, pero me senté en un sillón frente a él.

—¿Cómo estás? —le pregunté.

Se le hundieron los hombros, la columna se le curvó de dolor y deseé poder tragarme mis palabras. Era evidente que no estaba bien. Era evidente que nunca lo estaría.

—Bien —me contestó, y la mentira nos alejó—. Cansado, pero bien.

—¿Y Max?

Se le iluminó un poco la cara.

—Está vivo. La verdad es que no sé cómo habría sobrevivido a todo esto sin él.

—Me alegro de que no hayas estado solo.

Me levanté y recogí su café intacto. La tarde avanzaba hacia la noche, y la luz cambiaba en el comedor. La brisa que entraba era fresca y amenazaba con una noche fría.

La puerta se abrió y apareció mi madre. Oí a frau Weber detrás de ella, subiendo hacia su piso con pasos lentos pero decididos.

—Te quedarás a cenar, Julius —le dijo mi madre. Fue una afirmación, no una pregunta—. Prepararé también la habitación de invitados.

Y él, como un caballero, aceptó.

Mientras yo ponía la mesa y mi madre cocinaba (el estofado burbujeaba en la cocina y el suculento olor invadía toda la casa), Julius y yo charlamos en voz baja. No tardé en darme cuenta de que no era solo su aspecto lo que había cambiado. Mi hombre vibrante y dinámico se había vuelto retraído y estaba abatido. Su fuego había desaparecido; solo quedaban brasas apagándose.

Después de cenar (la cena más sibarita que habíamos comido en meses), mi madre nos dejó solos y me senté con Julius en la penumbra, con una vela parpadeante haciéndonos compañía.

—¿Cómo ha sido la guerra? —le pregunté.

—Ha sido... Es... —Negó con la cabeza.

—Háblame, por favor —le rogué—. Quizá te ayude. No puedes guardártelo todo dentro. Estoy aquí y sé escuchar.

Suspiró y se subió las gafas. Sacó del bolsillo un paquete de cigarrillos arrugado y extrajo el último. Le pasé unas cerillas, pero no conseguía encender ninguna. Le temblaban las manos y la llama no prendía. Le quité la cerilla de la mano con suavidad y se la encendí.

—He visto cosas que me gustaría poder quitarme de la cabeza —me dijo aspirando con fuerza el cigarrillo—. No soy especialmente religioso, pero siempre he creído en Dios. Hasta ahora. Sabía que la guerra sería fea, pero, Lisette, es mucho peor de lo que imaginaba.

Hablaba en voz tan baja que tuve que inclinarme hacia él para oírlo.

—Este invierno hemos pasado un frío insoportable —siguió diciéndome—. No puedo describir el horror. Y cuando las personas están desesperadas, hacen cosas terribles.

Le serví un poco de vino, que se bebió como si fuera agua. Volvió a sentarse y continuó hablando.

—Estábamos ganando terreno, pero llegó el invierno y cambiaron las tornas. Los rusos están acostumbrados a la nieve, a las ventiscas y al frío intenso, pero nosotros no lo soportábamos. Nos dolía respirar. Empezaron a hacernos retroceder y no tuvimos más remedio que retirarnos. Encontramos un pueblo y necesitábamos refugio. Soy un buen hombre, pero permití que pasaran cosas. Solo quería volver a entrar en calor.

Bebió más vino, que le manchó los dientes como si fuera sangre. Mientras hablaba, miraba más allá de mí, como si estuviera viendo la escena allí mismo, en el comedor. Por un instante, el cigarrillo quedó olvidado y el humo se movía y se arremolinaba, como reaccionando a la respiración de fantasmas invisibles.

—Nos dispersamos y fuimos en busca de casas en las que entrar en calor y descansar. Un oficial nos llevó a lo que solo puedo describir como una gran cabaña, pero tenía chimenea. A las mujeres y los niños que vivían allí... los echó. Gritaron, lloraron y suplicaron, pero él apuntó con la pistola a la cabeza del niño más pequeño. No tuvieron otra opción. Salieron a la nieve. Debía de hacer al menos cuarenta grados bajo cero. Un frío en el que no se puede sobrevivir mucho tiempo. Tropezamos con sus cuerpos a la mañana siguiente. Junto con cientos de otros.

Empezó a llorar. Las lágrimas le brotaban de los ojos y no intentaba secárselas.

—Destruimos pueblos, matamos a miles de personas, pero no puedo quitarme de la cabeza a esa familia. No puedo dejar de oírla. Nos dijeron que eran nuestros enemigos, miserables infrahumanos, pero solo eran personas. Civiles.

Entonces se volvió para mirarme con el rostro como papel arrugado. Deseé poder alisarle las arrugas.

—Ya no puedo mirarme en el espejo, Lisette. No sé quién soy.

Le quité las gafas, las dejé en la mesita y le sujeté la cara con las dos manos.

—Yo sí sé quién eres —le dije mirándolo a los ojos—. Has sido mi mejor amigo durante años. Te conozco. Y eres un hombre bueno.

Le sequé una lágrima de la mejilla, lo abracé y lo dejé llorar en mi hombro. Quería arrebatarle el sentimiento de culpa, envolverlo y enterrarlo en un lugar donde nunca lo encontrara.

Estuvimos así mucho rato, dos cuerpos unidos por su dolor. A pesar de su tristeza, yo no podía evitar cierta alegría. Estaba conmigo, en mis brazos. Después levantó la cara y nuestros labios se encontraron. Su barba me hizo cosquillas en la barbilla y saboreé sus lágrimas saladas y el vino de su aliento. Me apreté contra él con el cuerpo en llamas. Le coloqué las manos en mi pelo y fundí sus labios con los míos. ¿Sentía mi hambre? Él había cerrado los ojos, pero yo los mantuve abiertos; no quería perderme ni un segundo. No me importaba que mi madre estuviera a unos metros de distancia, en su habitación; solo existíamos él y yo.

Y de repente me apartó y se incorporó. El hechizo se rompió y el momento se partió en dos.

—No puedo, Lisette. —Se levantó evitando mis ojos y alisándose la ropa—. Lo siento. Hay otra persona... Lo siento mucho.

El peso de sus palabras me aplastó. Me acerqué a él una vez más, busqué sus labios con los míos, pero sentí sus manos empujándome suavemente por los hombros. Bien podría haberme dado un puñetazo.

Lo había amado la mitad de mi vida, pero él amaba a otra.

13

Lisette

Tiempo atrás. Berlín, 3 de junio de 1943

Apreté contra mi pecho nuestro menguante racionamiento semanal y empujé la puerta con mi huesuda cadera. Dentro encontré a mi madre frotando con furia una mancha invisible en el sillón de mi padre, con las manos enrojecidas y los dedos despellejados. El olor a lejía era acre; notaba su sabor en la lengua. Ella gemía como si sintiera un gran dolor y tenía la cara húmeda de lágrimas. Solté las bolsas junto a la puerta y el contenido se desparramó por el suelo de madera.

—¿Qué te pasa? ¿Qué ha pasado? —Me agaché a su lado y sujeté sus manos dañadas entre las mías.

Levantó la cabeza y lo vi; no fue necesario que me lo dijera.

—¿Papá?

Asintió y después susurró:

—Lo han declarado desaparecido en combate. En algún lugar de Túnez.

—Pero ¿muerto no?

—Desaparecido. ¿Qué significa eso? —Se le quebró la voz e inclinó la cabeza hacia delante como si pesara demasiado para su cuello.

—Quizá lo han capturado.

—Sí. Capturado. Debe de ser eso.

Mi sugerencia fue un regalo al que se aferró con las dos manos. Si hubiera sabido cuánto la haría sufrir esa esperanza, habría recuperado mis palabras y las habría tirado por la ventana.

—Sí —repitió—. No está muerto. Lo han capturado.

Dejó de frotar y las lágrimas disminuyeron. A los pocos minutos se levantó, se alisó el pelo y se secó las mejillas. Recuperó la compostura tan rápido que pensé que por un momento había estado poseída.

—¿Qué ha pasado con la compra? —me preguntó al ver el desorden junto a la puerta—. Por Dios, vamos a recogerlo todo ahora mismo.

La seguí y me arrodillé a su lado para ayudarla sin dejar de mirarla esperando a que las lágrimas volvieran a aparecer. Sentía un peso en el pecho y me escocían los ojos, pero me mantuve firme. Juntas cerramos la puerta a la verdad y la dejamos fuera, a la intemperie, donde seguramente caería en el olvido y acabaría muriendo en silencio.

—¿Ya es la hora? Debemos prepararnos; nos esperan en casa de frau Weber en una hora.

—Cancelémoslo, por favor. No quiero ver a Egon. No me interesa, pero él no se dará por vencido. Y… después de las noticias de hoy…, quedémonos las dos solas esta noche.

Vi la batalla interna en su rostro. Mi madre nunca era brusca. Para ella los modales eran más importantes que las emociones, pero estaba agotada. Todos lo estábamos. Había escasez de alimentos, agua y suministros básicos. Los bombardeos eran constantes, era imposible pasar por alto la progresiva destrucción de nuestra ciudad y los edificios marcados por la metralla, y vivíamos con el temor constante de que nuestro hogar fuera el siguiente.

Julius había vuelto ya al frente. Mi padre estaba desaparecido.

—De acuerdo —me contestó mi madre.

Y después de decir estas palabras su compostura se desvaneció, se le desplomaron los hombros y si no la hubiera cogido del brazo y la hubiera llevado al sofá, dudo que las piernas la hubieran sostenido.

—¿Quieres tocar el piano para mí? —me preguntó—. Me encanta que toques.

—Claro.

Pronto caería la noche y yo sabía que lo único que nos esperaba era un abismo de oscuridad, pero cuando me sentaba a tocar, podía pensar en otras cosas. En Julius y en ese beso que quedaría grabado para siempre en mi alma. Mientras mis dedos danzaban sobre las teclas, reviví ese instante. Él me había dicho que había otra persona, yo había oído las palabras, pero no terminaba de creérmelas. Quizá él temía morir en la guerra y no quería que el dolor me destruyera. Cuando tocaba el piano y dejaba vagar mi mente, veía a nuestros futuros hijos, la vida que viviríamos y la felicidad que crearíamos.

Sabía que mientras tuviera mi música, mi madre y yo podríamos superar todo aquello. Encontrarían a mi padre, Julius volvería a casa y las matanzas concluirían. La guerra llegaría a su fin.

14

Elly

Ahora. Berlín Este, 29 de agosto de 1961

El sobre está en la mesa, con mi nombre escrito con una letra pulcra. Falta la dirección, así que deben de haberlo entregado en mano. El hecho de que no esté abierto significa que lo ha recibido mi padre; es el único que cree en la privacidad en esta casa.

Lo abro en mi habitación, sentada en la cama y con las palmas de las manos sudorosas. La Stasi arrancaría la puerta de sus goznes, no enviaría una carta, pero no puedo domar el caballo que me galopa en el pecho.

> Fräulein Elly Lange, me gustaría mucho volver a verte. Esta tarde estaré de patrulla por Teltowkanal, Johannisthal. Espero que vengas a verme.
>
> Liebe Grüße,
>
> EL SOLDADO QUE NO DISPARÓ

Aún siento un peso en el pecho y mis manos están húmedas, pero una sensación diferente que no reconozco se apodera de mí. Empieza en los dedos de los pies y enseguida llega a la cara y me inunda de calor. Quizá tengo fiebre.

Rompo el papel con cuidado en trozos minúsculos que después lanzo ceremoniosamente al váter, como un puñado de confeti, y tiro de la cadena.

Mientras salgo de casa y me monto en la bicicleta, que he recuperado hace muy poco del callejón en el que la abandoné, me digo que no puedo ir a verlo. ¿Y por qué iba a querer? En cualquier caso, he hecho planes para hoy. Se me acaba el tiempo y debo encontrar una manera de cruzar la frontera. Hoy tengo una misión de reconocimiento y nada bueno puede salir de la amistad con un soldado soviético.

Intento parecer despreocupada, una adolescente en bicicleta tarareando una melodía. El calor es agobiante y la lluvia de esta mañana apenas ha refrescado la ciudad. El vapor se eleva de las aceras mojadas como si la tierra estuviera ardiendo. Esquivo con habilidad los socavones llenos de agua de lluvia sucia haciendo eses como un borracho.

Cruzo el gran bulevar de Unter den Linden y pedaleo por la Gendarmenmarkt. Mi padre dice que fue la plaza más bonita de Europa, pero ahora está en ruinas. Aunque la guerra terminó hace dieciséis años, en las calles sigue habiendo escombros y en los edificios se ven marcas de bombas y balas. Vivir en Berlín es un recordatorio constante de lo que se hizo hace muchos años y de la necesidad de que se nos castigue. Durante toda mi vida, los soldados han rondado por las calles y la ciudad ha estado dividida. Odio ser alemana; odio cargar yo también sobre mis hombros con la vergüenza de nuestro país. Nací después de la guerra; la culpa no debería ser mía, y sin embargo lo es.

He soñado con marcharme de esta ciudad, con escapar del pasado que se cierne sobre ella como una tormenta inminente. Quiero ver océanos, montañas y selvas tropicales llenas de vida, no estos edificios en ruinas. Quiero saborear la libertad, esa libertad anónima que solo puede conseguirse lejos de aquí. Pero ¿y si nunca logro salir? ¿Y si este muro es permanente y me quedo aquí atrapada para siempre?

Paso por delante del puesto de control Charlie y veo la multitud desesperada. Imagino sus canciones, pero en lugar de una orquesta es un caos de ruido frenético. La gente sigue reuniéndose aquí a todas horas para pedir en vano que los dejen pasar, entre ellos mis padres.

Debo alejarme y encontrar un punto débil. Es imposible que controlen todo centímetro de esta cortina de metal.

Pedaleo sin rumbo hacia el sur manteniéndome lo más cerca posible de la frontera sin levantar sospechas. No soy consciente del paso del tiempo, solo del sudor de mi frente y del hambre, que me golpea el estómago. Hasta que el agua turbia del Teltowkanal aparece en la distancia no me doy cuenta de que he llegado a Johannisthal. Ahora que estoy aquí, algo más me impulsa hacia delante. Me bajo de la bicicleta. Se me engancha la falda en el pedal y oigo que se rasga. Mi madre se enfadará; es la tercera falda que he roto en unos meses. «ERES MUY POCO CUIDADOSA», escribirá en mayúsculas, porque todavía no ha recuperado la voz y necesita gritar. Soy poco cuidadosa, ruidosa, desordenada e incapaz de limpiar lo que ensucio. Soy todo eso, pero a veces me pregunto si he caído en el papel de adolescente desconsiderada. Era lo que se esperaba de mí, así que en eso me he convertido. No sé por qué, pero mi madre quiere odiarme, y a veces quiero darle razones para ello.

Dejo la bicicleta en la hierba alta y húmeda y me dirijo al canal. Me esfuerzo por aparentar despreocupación, pero mis movimientos parecen acentuados, como si fuera un payaso de circo. Espero no ver a Andréi. No he venido a verlo; esto forma parte de mi plan de exploración. El Teltowkanal es el lugar perfecto para cruzar al Oeste.

El agua, habitualmente tranquila, se ve alterada por lanchas patrulleras y guardias apostados a los lados. Algunos fuman y otros charlan, pero todos están alertas, con pesadas armas en las manos. Es verano; debería haber gente descansando en las orillas y nadando en el agua, pero estamos encarcelados y el canal es solo uno de los barrotes de nuestra jaula.

—Elly Lange.

Está apoyado en un árbol, con un cigarrillo colgando de la comisura de los labios. Lleva uniforme, pero el sombrero está torcido y los cordones de las botas desatados. Su arma está tirada a sus pies. Inclina la cabeza, como hace unas noches, y cuando me mira se me corta la respiración. Una parte de mí sabía que venía hacia aquí.

Oigo el ritmo fuerte y constante de su música y me doy cuenta de que deseaba volver a escucharla. Es una melodía que no debería existir solo en mi mente. Necesito atraparla y aprender a tocarla.

—Tenía la esperanza de que aparecieras —me dice dando una última calada al cigarrillo antes de apagarlo bajo la bota—. Estoy en un descanso. ¿Me acompañas?

Mi cuerpo se mueve hacia él antes de que tome conscientemente la decisión de moverme. Quizá podría serme útil hacerme amiga suya.

—Gracias —le digo—, por lo de la otra noche. —Me esfuerzo por mirarlo a los ojos—. Andréi, ¿verdad?

Cambio el peso de un pie a otro, como en un baile infantil. De repente soy dolorosamente consciente de que no me he cepillado el pelo, de que me acabo de desgarrar la falda y de que llevo la mochila del colegio, no el moderno pero nada práctico bolso de mano que mi padre me regaló cuando cumplí quince años. Me da igual lo que piense, desde luego, pero si voy a hacerme amiga suya, quizá debería cuidar más mi aspecto.

—¿Sueles besar a chicos sin saber cómo se llaman? —me pregunta con una sonrisa en los labios.

Estoy tan cerca de él que veo que sus ojos son aún más llamativos a la luz del día: un destello de azul cerúleo en un mundo despojado de color.

—Solo a soldados —le contesto.

Se ríe, levanta las cejas y yo me descubro riéndome también.

Caminamos por el sendero que bordea el agua. Apenas cabemos los dos, y mientras caminamos le rozo el brazo con el mío. Me siento como si hubiéramos estado aquí antes.

—Bueno, Elly Lange, ¿cómo van tus planes de fuga? ¿Hoy pensabas cruzar el canal nadando?

Aunque nadie puede oírnos, siento una punzada de miedo. Este hombre puede meterme en la cárcel o hacer que me envíen a un correccional de menores. Tengo que andarme con cuidado.

—En serio, ¿por qué? —me pregunta—. ¿Te arriesgarías a morir por una vida mejor? Berlín Este no está tan mal.

—Lo dice el soldado soviético que puede marcharse cuando quiera.

—Puedo marcharme de aquí —me replica—, pero no puedo viajar. Solo me permiten volver a casa. Aquí estoy mejor. —Se da vuelta para mirarme con tristeza en los ojos—. Créeme.

Dos soldados avanzan hacia nosotros en el camino. Son mayores que Andréi, así que nos hacemos a un lado. Nos saludan con la cabeza, le lanzan a Andréi una mirada cómplice y siento que me ruborizo. Es un alivio estar tan lejos de casa, en un sitio donde es poco probable que me encuentre con algún conocido. Los soviéticos son nuestros enemigos. Ya no estamos en guerra con ellos, pero patrullan nuestras calles y ahora son nuestros captores. Mi madre se pondría furiosa si me viera y mis amigos se quedarían horrorizados. Lo sé, pero no puedo ponerle una excusa y largarme.

—Mi hermano, que es solo un bebé, está en un hospital al

otro lado. Nació prematuro y creen que tiene problemas de corazón. Mi madre estaba con él en el hospital, pero la noche en que levantaron la barrera había vuelto a casa. Vino solo a pasar esa noche. Era la primera vez que se separaba de él. —Lo miro y observo su cara en busca de alguna reacción—. Por eso tengo que cruzar. Tengo que traerlo de vuelta.

No parece sorprendido; se limita a asentir. No somos la única familia que ha quedado separada. Es guardia fronterizo, así que supongo que ha escuchado muchísimas historias de este tipo. Quizá ya sea inmune a ellas y a la devastación que ha causado este bloqueo.

—Entonces ¿quieres encontrar una manera de cruzar y después... volver?

—Sí. —Dudo y miro a mi alrededor—. Bueno, sé que parece ridículo, pero sí, eso es lo que quiero hacer. ¿Tú no lo harías? Mis padres están angustiados, obviamente. Mi madre ha dejado de hablar y mi padre... No creo que puedan sobrevivir a esto. Axel, que así se llama mi hermano, solo es un bebé. Necesita estar con mi madre. Con nosotros.

—¿Y por qué recuperarlo es responsabilidad tuya? ¿Vas a arriesgar tu vida?

—¿Quién más va a hacerlo?

Andréi se detiene y saca un cigarrillo del paquete que lleva en el bolsillo del pecho. Me ofrece uno, pero niego con la cabeza. En la orilla de nuestro lado se ha quedado basura atrapada en los juncos y en el agua se ha formado una película verde que, por raro que parezca, huele a jabón.

No le he pedido nada, pero se vuelve hacia mí y me dice:

—De acuerdo, Elly Lange, te ayudaré.

Lo dejo en la orilla y voy a buscar la bicicleta. Siento sus ojos en mi espalda mientras me alejo, pero no es el único que me observa. Boris camina despacio hacia mí blandiendo su arma. Tiene los hombros caídos y la cabeza inclinada hacia delante, como un toro listo para embestir.

—Ida —me dice. Se acerca a mí, tanto que me hace sentir incómoda, moviendo el bigote. El aliento le huele a cebolla cruda y resisto la tentación de dar un paso atrás—. ¿Molestando a Andréi otra vez?

—Solo han sido unos minutos. Estaba en un descanso.

—Siempre está en un descanso. —Acaricia el arma con un dedo regordete, como si fuera una mascota—. Deberías tener cuidado. Con Andréi. Si quieres un novio soldado, hay otros mucho mejores por ahí. —Infla el pecho y pienso en las asquerosas palomas que se pasean por el parque buscando restos de comida.

—Lo tendré en cuenta.

Lo esquivo y cojo la bicicleta. Estoy a punto de montarme cuando algo en el canal me llama la atención. Los juncos se mueven, pero no es por el viento. Algo grande se desliza por la orilla. Por absurdo que parezca, creo que es un caimán y aprieto el manillar. Las uñas se me clavan en las empuñaduras de goma. Giro la cabeza.

Boris también lo ha visto.

El agua forma ondas y la planta acuática que flota bajo la superficie se agita. No veo al hombre deslizarse por el canal (los juncos me lo impiden), pero veo la parte de atrás de su cabeza justo antes de que se sumerja. Boris levanta el arma y avanza. Andréi no se ha dado cuenta; está a veinte metros de distancia, caminando en dirección contraria con la gorra bajo el brazo. Abro la boca para advertir al hombre que está en el agua, pero no sale nada. Boris está ahora en la orilla, observando la corriente, que se mueve despacio. Tiene la culata del arma apoyada en el hombro y el dedo en el gatillo. Es imposible que el hombre pueda contener la respiración y nadar bajo el agua toda la anchura del canal, pero sigo mirando el otro lado y rezando para que sea allí donde lo vea aparecer, seguro y libre.

El primer disparo es un silbido agudo.

El agua sale despedida hacia arriba.

Una masa de pelo oscuro mojado. Una cabeza. Hombros. Un chapoteo de brazos.

—¡No disparen! —grita el hombre—. Por favor, no disparen.

Vuelve a sumergirse. El agua está demasiado turbia para ver nada debajo de la superficie, así que Boris empieza a disparar indiscriminadamente. Andréi ha desaparecido, pero otros tres soldados corren hacia Boris con las armas en alto. Mis piernas son bloques de hielo y tengo el corazón encogido.

Un maletín sube a la superficie y el hombre aparece de nuevo jadeando.

—*Da drüben*, ¡allí! —grita un soldado.

Boris parece torpe, es demasiado pesado, pero blande el arma con destreza.

Apunta.

Dispara.

La bala impacta en el hombro del hombre. Debería volver a sumergirse y seguir nadando, pero inexplicablemente se vuelve para mirar a su verdugo. Más tarde imaginaré que vi la bala volar por el aire, que oí el momento en el que impactó en el cráneo del hombre, que vi la piel de su frente chamuscada y la herida desgarrada con un anillo de sangre, pero en realidad lo único que veo son sus ojos, abiertos y asustados. Y después desaparece. Su cuerpo se hunde hasta el fondo del canal, y en la superficie no queda ninguna huella de su vida, solo una pequeña mancha roja que se extiende.

15

Lisette

Tiempo atrás. Berlín, 8 de marzo de 1944

Gertrud me alcanzó cuando salía del mercado con una bolsa de verduras mohosas apretada contra el pecho como un recién nacido. El viento soplaba con fuerza y todo el mundo agachaba la cabeza, recogía su racionamiento y volvía rápidamente a casa. Ya no nos bombardeaban solo de noche. No había un momento del día ni un lugar seguro. Berlín había quedado reducida a escombros y las calles estaban llenas de bombas sin explotar. Nuestro ejército había sufrido importantes derrotas, el asedio de Leningrado había terminado, el Ejército Rojo avanzaba desde el frente oriental y los aliados se acercaban desde el Oeste.

—¿Va a venir Egon hoy? —me preguntó Gertrud colocándose a mi lado.

—Creo que sí —le contesté mirando la comida que llevaba en la bolsa. Mi hambre era una bestia rugiente; cuanto más intentaba silenciarla, más fuerte rugía.

—Por aquí no —me dijo agarrándome del brazo—. Toda la calle ha desaparecido. Tendremos que dar la vuelta.

—¿Vienes a mi casa?

—Sí, bueno. Habíamos quedado. —Frunció el ceño—. ¿No lo recuerdas? Egon dijo que intentaría traer bombones...

—Ah, sí. —Sentí que en los labios se me dibujaba una sonrisa que me estiró la piel seca y escamosa, e imaginé que la visión asustaría a un niño pequeño. No quería ver a Egon, pero su presencia agradaba a mi madre y la promesa de los bombones era demasiado tentadora para resistirse.

—Quizá ha llegado el momento de que le des una oportunidad a Egon —me dijo Gertrud ayudándome a pasar por encima de un montón de ladrillos rotos. La nieve se había derretido hasta convertirse en aguanieve sucia, por eso resbalaban, y habría perdido el equilibrio si Gertrud no me hubiera agarrado del codo. Era muy fuerte y me alegré de que estuviera conmigo. Habían transcurrido casi seis años desde el comienzo de la guerra, y la ciudad estaba llena de personas hambrientas y desesperadas; mejor si éramos dos—. Se ha esforzado mucho —siguió diciéndome—. Y no es tan malo, ¿no?

—La verdad es que...

—Sí, estoy de acuerdo. Un soldado destacado. Y de una familia decente, según me han dicho.

—No es Julius —me limité a contestarle.

—Bueno, es evidente que no, pero... —Se encogió de hombros—. A buen hambre no hay pan duro.

Habían transcurrido sesenta y tres días desde que había recibido la última carta de Julius. Cada mañana, mi madre y yo mirábamos el buzón esperando el zumbido y el sonido metálico que nunca llegaban.

—Quería preguntarte una cosa —me dijo Gertrud—. Tengo un sarpullido aquí, en la nuca. Me preocupa que sea meningitis. ¿Te importaría echarle un vistazo?

—Preferiría no hacerlo.

—Sí, tienes razón. Aquí, en la calle, no. Te lo mostraré cuando lleguemos a tu casa.

Algo después, Krista corrió hacia nosotras.

—Lisette, Lisette.

Había crecido en los últimos meses, pero también había adelgazado; parecía como si la hubieran estirado como un trozo de masa.

—Mira —me dijo deteniéndose de repente delante de nosotras—. Botas nuevas.

Levantó un pie, lo movió de un lado a otro y después repitió el proceso con el otro pie. Las botas eran de color burdeos oscuro, toscas y demasiado grandes para ella, pero las suelas eran gruesas y serían la envidia de todos los niños del barrio.

—Son muy bonitas.

—Gracias. —Sonrió de oreja a oreja dejando al descubierto sus dientes grandes y separados—. ¿Puedo ir a tocar el piano esta tarde?

—Hoy no. Ha venido Gertrud. Pero puedes venir mañana.

Miró a Gertrud con timidez.

—Vale. Nos vemos mañana. —Me abrazó un instante con cariño y se marchó corriendo sin mirar atrás.

—Dios, qué niña tan pesada —me dijo Gertrud volviendo a cogerme del codo, como si yo necesitara un guía que me llevara a casa.

—¿Krista? Para nada. Es un encanto. Es vecina nuestra y...

—Ah, bueno. Me alegro por ti.

—¿De qué te alegras?

—Pues mira, no sé. Supongo que de que tengas paciencia.

Delante de nosotras, una anciana llevaba una bolsa con sus pertenencias. El peso la obligaba a caminar casi doblada. Mientras la mirábamos, la bolsa se le cayó al suelo. Ollas, sartenes y ropa se desparramaron por la acera. La mujer tenía una mirada conmocionada que yo conocía bien, la mirada de una persona cuyo hogar había desaparecido, destrozado por una bomba.

Quise correr hacia ella, pero Gertrud me detuvo negando con la cabeza.

—Nos pedirá ayuda —me susurró Gertrud—. Y no podemos ayudarla.

La mujer se arrodilló y empezó a recoger sus cosas. Nadie la ayudó y me pregunté adónde iría y cuánto tiempo sobreviviría.

—Deberíamos haberla ayudado —le dije al doblar la esquina.

—Apenas tenemos comida para nosotras. No podemos acoger a vagabundos.

—La próxima vez podríamos ser nosotras.

—Está claro que nuestros enemigos empiezan a desesperarse —dijo Egon mientras yo caminaba de un lado a otro del comedor.

No podía dejar de pensar en que tenía hambre; sus uñas me arañaban el estómago y su voz era un tambor hueco. El racionamiento se había reducido durante los meses de invierno y el aire que salía de la estufa, casi sin carbón, era patéticamente tibio. Sentía calambres en el estómago y temblaba a todas horas, pero después llegaron las bombas, y el hambre y el frío dejaron de ser lo que más temía.

—Sí, estoy de acuerdo —le contestó Gertrud atizando el fuego y dándole golpecitos como si intentara despertar a un animal muerto.

Egon estiró los brazos por encima del respaldo del sofá y apoyó las botas en la mesita.

—Saben que están perdiendo la guerra.

—¿No seremos nosotros los que estamos perdiéndola? —le pregunté.

Gertrud levantó la mirada de golpe.

—Lisette, no digas esas cosas.

—Basta de hablar de guerra —dijo Egon—. No es propio de señoritas encantadoras como vosotras. Y, como prometí, he traído regalos.

Dejó una caja de hojalata decorada en la mesa. Tenía una tapa profunda con una línea hundida alrededor de la parte superior y un dibujo en relieve que representaba a una pareja abrazándose. Debajo estaba escrito en cursiva: *Una mujer nunca olvida al hombre que recuerda.* Solo con ver la caja se me hizo la boca agua. A Gertrud le pasó lo mismo. Aunque iba inmaculadamente vestida, la guerra también estaba pasándole factura. El agotamiento le había amoratado la piel bajo los ojos y sus afilados omóplatos parecían alas cortadas debajo del vestido. Egon parecía ser la única alma con energía e intacta en Berlín. Mientras los demás nos consumíamos, él seguía teniendo papada. Y mientras otros empezaban a flaquear, él seguía siendo fiel a su Führer. Aun así, tenía las uñas mordidas hasta la piel, y los dedos rojos y agrietados. Pensé que quizá algo le carcomía el alma.

—Toma, coge uno —me dijo ofreciéndome la caja.

La abrí, pero tener que elegir me abrumó. Me quedé mirando los bombones como una idiota. Lo que de verdad quería hacer era metérmelos todos en la boca antes de que cualquier otro lo hiciera.

—Prueba el de tofe —me dijo Egon hurgándose los dientes con una uña sucia.

Lo cogí, me lo metí en la boca e intenté resistir la tentación de tragármelo entero. Cerré los ojos y saboreé el chocolate suave y cremoso, y el tofe pegajoso, que se me enganchaba al paladar y me cubría los dientes de un dulzor casi demasiado placentero para soportarlo. Me dolía la mandíbula por el poco frecuente esfuerzo de masticar, pero no quería parar.

Volví a caminar de un lado a otro, ahora con la boca insoportablemente vacía.

—Lisette, deja de ir de un lado a otro, por favor —me dijo Gertrud—. Me estás mareando.

—Perdona.

Me obligué a sentarme en el alféizar de la ventana. El cristal cubierto de escarcha me escocía en la espalda. ¿Cuánto tiempo podría esperar hasta comerme otro bombón?

—La verdad es que últimamente me mareo mucho —dijo Gertrud—. Empieza a preocuparme que algo vaya muy mal. Hoy en día es imposible encontrar a un buen médico que sepa lo que hace.

—Tienes razón —le contestó Egon—. Y los mareos no pueden pasarse por alto. Tengo contactos. Preguntaré por ahí a ver si encuentro a un buen médico para ti.

Egon hinchó el pecho como un pájaro que se prepara para una danza de apareamiento. Gertrud sonrió. De repente recordé lo irritante que me resultaba.

—Se buscan trabajadoras sanas de entre veinte y cuarenta años para una base militar —leyó Gertrud en el periódico que tenía en el regazo—. Deberíamos presentarnos, Lisette, ¿no crees?

—Pues...

—Yo creo que sí. El sueldo es bueno y además te dan la comida.

—Déjame ver —dijo Egon extendiendo la mano para coger el periódico. Se le habían formado manchas oscuras alrededor de las axilas y el olor enfermizo a sudor llenaba el espacio que nos separaba—. Ah, sí, es en Ravensbrück, donde yo trabajo. —Le sonrió a Gertrud, cuyo rostro pareció iluminarse—. Sin duda deberíais presentaros. Los vigilantes viven en unas casitas preciosas con balcones que dan a un bosque y un lago. Estoy seguro de que os encantaría, e incluso podría recomendaros.

—Sería maravilloso, Egon —dijo Gertrud mordiendo otro

bombón—. Todos debemos ayudar en la guerra. Al fin y al cabo, es nuestro deber.

Esta última parte era para Egon, y si antes había tenido alguna duda, ahora estaba muy claro que entre ellos empezaba a gestarse un romance. Por un instante sentí un cosquilleo de traición, pero después lo miré (sus ojos pequeños, sus labios estrechos, que sus mejillas se tragaban cada vez que sonreía, el sudor brillando permanentemente en el labio superior, incluso en esa tarde fría) y recordé lo mucho que me repugnaba. Que se lo quedara Gertrud.

—Tú también te presentarás, ¿verdad, Lisette? —me preguntó—. El racionamiento será mucho mejor.

—No lo sé.

—¿Por qué no?

Corrían rumores. Y aunque intentaba negarles su espacio entre mis otros pensamientos inquietantes, revoloteaban en mi mente como un grupo de abejas insistentes y punzantes.

—Bueno, Ravensbrück es un... campo de trabajo, ¿verdad? —dije—. Para judíos.

—No solo para judíos —me contestó Egon mordiendo un bombón—. También para otros criminales.

—He oído cosas. Sobre el trato que reciben.

—Por Dios, no puedes creer todos los rumores que oyes en Berlín —intervino Gertrud—. No es más que propaganda enemiga. ¿Verdad, Egon?

Sentí el peso de sus dudas sobre mis hombros. Me preocupaba que ese breve silencio encerrara la verdad.

Pero de repente dijo:

—Bueno, por supuesto. Los judíos son muy felices entre los suyos. Me atrevería a decir que lo prefieren. Y pronto los reasentarán en otro lugar. Unos meses de trabajo duro no le hacen daño a nadie.

Sus palabras no me tranquilizaron. Estaban pasando muchas más cosas de las que nos contaban. Estaba segura. Aún veía la cara de la madre con el niño en brazos que me había llamado en la calle. Historias de atrocidades llegaban a Berlín y nos seguían como sombras. Habría sido más fácil pasarlas por alto, pero no podía. Otros, por miedo, ignorancia o puro egoísmo, optaban por mirar al sol para que las sombras cayeran detrás de ellos, invisibles pero igualmente presentes.

—Vamos. Será muy divertido trabajar juntas. —Gertrud insistía, pero sin mucho entusiasmo. Ese trabajo daría a su romance con Egon la oportunidad de florecer; sabía que yo solo sería un estorbo.

—No. No puedo. No quiero formar parte de... esto. De todos modos, no puedo dejar a mi madre sola cuando mi padre... No puedo.

Cogí dos bombones más y esta vez me los tragué sin saborearlos. Me pregunté con una punzada de pánico cuántos deberíamos dejarle a mi madre.

Me di la vuelta y miré por la ventana. Aunque era primera hora de la tarde, en esos días una oscuridad humeante se cernía persistente sobre la ciudad que una vez había amado. Berlín estaba herida de muerte. Las carreteras estaban destrozadas, los autobuses y los tranvías ya no funcionaban, las calles estaban llenas de escombros y los incendios constantes oscurecían la ciudad, como si el sol nos hubiera abandonado. Enfrente vi un espacio vacío. Un montón de vigas, ladrillos y metal retorcido donde antes se alzaba un edificio. La casa de al lado no tenía tejado, y a otra le faltaban varias paredes. Berlín se convertía en una ciudad llena de casas de muñecas, con las fachadas de los edificios arrancadas para que todos pudiéramos echar un vistazo al interior.

¿Cuánto faltaba para que nuestro edificio también cayera de rodillas? ¿Cuánto faltaba para que la muerte nos alcanzara también a nosotros?

16

Lisette

Tiempo atrás. Berlín, 18 de marzo de 1945

Me senté en la orilla del Spree con los pies colgando y escuché la música del gorgoteo del agua. Fingí que estaba en otra época y en otra vida. La hierba húmeda y fría iba a mancharme la falda, pero no me importaba. Era maravilloso estar al aire libre y lejos de todo.

Me tumbé, cerré los ojos y respiré hondo sin pensar en que me picaba la garganta, en que el polvo me irritaba los ojos y en que olía a humo. Me concentré en los pájaros, en el murmullo de la rápida corriente del río y en la promesa de la primavera. Habían destruido el zoológico y habían arrasado el Café Kranzler, pero no podían llevarse el Spree.

Aunque intentaba dejar la mente en blanco, me descubrí preocupándome por mi madre. No debería haberla dejado sola en casa. Parecía encogerse y desvanecerse ante mis ojos; la ropa le quedaba grande, tenía los pómulos afilados y la mayoría de los días llevaba el pelo suelto y sin cepillar, y los labios sin color, lo que de alguna manera me angustiaba más. Seguramente Krista también estaba buscándome, porque le había prometido una clase de piano, pero necesitaba tomarme un momento para respirar.

Sentí la primera bomba antes de oírla. El suelo vibró como si temblara de miedo. El corazón me dio un vuelco y abrí los ojos. Por encima de mí, decenas de aviones descendían en picado y disparaban. Tenía que correr a buscar refugio, pero no podía moverme.

Otra explosión sacudió la tierra y seguí sin moverme.

Mi casa estaba demasiado lejos. Debía encontrar un sitio más cerca, pero mi mente no funcionaba; estaba demasiado confundida.

Quise arrastrarme, pero me obligué a ponerme en pie. La Friedrichstraße. Ya habían bombardeado la estación, así que seguramente no volverían a hacerlo. Empecé a correr.

Los bombarderos surcaban el cielo ladeándose hacia la izquierda y después hacia la derecha. Oía los cañones antiaéreos de las torres. Ahora los manejaban adolescentes, niños mucho menores que yo; eso nos habían dicho. Armas en manos de las Juventudes Hitlerianas, porque todos nuestros hombres estaban en el frente. ¿Sabían esos niños lo que estaban haciendo? ¿Serían capaces de protegernos?

Las calles eran un mar de escombros. Tropecé con unos ladrillos y caí de rodillas. Un sollozo se elevó en mi pecho. Las ondas expansivas de las bombas sacudían el suelo y vi con horror cómo un edificio al fondo de la calle se derrumbaba con un rugido de hormigón. Me alcé a duras penas, con las manos y las piernas húmedas de sangre, aunque no sentía dolor. Una nube de polvo me envolvió.

—¡Por aquí!

La voz incorpórea de una mujer y después el tacto de una mano en la mía.

No veía nada, así que tropecé y volví a caerme, pero la mano me levantó y me empujó hacia delante. Yo tenía los ojos llenos de arenilla, la garganta me ardía y cada vez que respiraba sentía un tirón en los pulmones, pero me obligué a seguir adelante.

Estábamos bajando una escalera y, aunque no podía verlos, sentía la presión de cuerpos en movimiento tanto delante como detrás de mí. Me apoyé en la sólida pared de ladrillos de mi derecha. Si alguien perdía el equilibrio, todos caeríamos.

La escalera llegó a su fin y supe que estaba en un andén del U-Bahn. Sentía el espacio abierto a pesar de que estaba ocupado por una marea de gente que me arrastraba.

Cuando llegué a una pared, me apoyé, me deslicé hacia abajo y me senté. Apreté las rodillas contra el pecho y esperé a que mi respiración se calmara y el corazón dejara de latirme con fuerza.

El aire era más fresco allí abajo, el polvo ya no me asfixiaba, pero olía a orina y a sudor. Oí otro rugido atronador y las paredes temblaron. Un escalofrío recorrió la columna vertebral de la estación. La multitud enmudeció, como si el enemigo pudiera oírnos y el silencio pudiera salvarnos.

Otra explosión, esta vez más cerca, y agaché la cabeza instintivamente. Pensé en mi madre y en Krista. Esperaba que hubieran bajado al sótano y recé para que estuvieran a salvo. Y pensé en Julius, en algún lugar del frente. En mi padre y en Wilhelm también. Vivos... porque tenían que estar vivos.

El tiempo parecía interminable. A mi lado, un niño lloraba en voz baja mientras su madre le hablaba al oído: «Y Alicia nunca había visto un conejo con un bolsillo en el chaleco del que saliera un reloj», le susurró a su hijo.

Al otro lado, un anciano estaba sentado con la cabeza inclinada y los brazos apoyados en las rodillas. Le costaba respirar y le temblaba todo el cuerpo. Le cogí la mano y la sostuve con fuerza entre las mías. No sabía si por mí o por él.

—Pronto terminará —le dije—. Pronto.

Cerré los ojos y dejé de oír el sonido de la guerra que se extendía por encima de nosotros. Y de repente oí algo más. Música. El sonido tembloroso y agudo de una armónica.

Y después alguien empezó a cantar. La voz de una mujer joven, pura y hermosa. *Es geht alles vorüber*, cantó. «Todo pasará, todo llegará a su fin». Contenía la voz y después soltaba las notas, que flotaban con suavidad en el aire como delicadas plumas. «A todo diciembre lo seguirá un mayo. Cuando acabe la guerra, los soldados volverán a casa».

Las bombas continuaban cayendo y el suelo aún temblaba, pero durante un rato solo oí la música.

Emergí de la tierra, cubierta de polvo y aturdida, antes de lo que mi instinto me decía que sería seguro, pero el cielo estaba despejado y los aviones se habían ido. De momento. Parecíamos cadáveres salidos de nuestras tumbas subterráneas con los ojos vacíos y la piel gris. El mundo estaba extrañamente silencioso.

Supuse que era la última hora de la tarde, pero no tenía manera de saberlo con seguridad. Me abrí paso entre ladrillos rotos y cemento. No sé cuánto tardé en llegar a casa. Doblaba una esquina y veía que toda una calle había desaparecido y que donde deberían haber estado los edificios había cráteres. También cadáveres, pero desviaba la mirada y me centraba en la carretera destrozada. No me atrevía a pensar en el olor a pelo quemado.

Cuando por fin llegué a la Chausseestraße, tuve que escalar un montículo de escombros. Al llegar arriba, varios ladrillos se desprendieron y cayeron delante de mí. Avancé unos metros intentando agarrarme a algo estable, y el cemento que se desmoronaba provocó una pequeña avalancha de polvo.

Me levanté y me hundí los nudillos en los ojos, desesperada por ver. ¿Seguía en pie? El polvo se asentó y un gemido se me escapó de los labios. Y después de mis ojos brotaron lágrimas de alivio. Mi casa seguía allí. Toda la fachada del edificio de al lado se había desmoronado y veía los pisos por dentro.

El bloque era como un cuerpo sin piel, con los órganos a la vista, pero mi casa estaba intacta.

—Lisette, Lisette —gritó una mujer que corría hacia mí.

Al principio no la reconocí, pero enseguida vi sus ojos. Era la madre de Krista y Wilhelm. Patricia, así se llamaba.

—¿La has visto? —Me agarró de los hombros y me sacudió con fuerza—. Contéstame. ¿Has visto a Krista? ¿Estaba contigo cuando empezó?

—¿Conmigo? ¿Qué? No, no la he visto.

Comenzó a llorar.

—Fue a buscarte —me dijo sollozando—. Se suponía que teníais clase. No estabas en casa, así que fue a buscarte.

—La encontraremos —le dije intentando concentrarme—. Seguro que se refugió en algún sitio cuando empezó. Es una chica lista —añadí, como si su inteligencia pudiera haber evitado una bomba.

A nuestro alrededor, los muertos vivientes seguían saliendo de los sótanos protegiéndose los ojos de la luz repentina o quizá de la destrucción que los rodeaba.

De repente Patricia se quedó en silencio. Seguí su mirada hacia un montón de escombros al otro lado de la calle.

Y entonces lo vi. Una bota de color burdeos. Y al lado, blanquecino y pequeño, un pie entre los escombros. Me acerqué sin pensarlo, me agaché y tiré del pie esperando que le siguiera una pierna y un torso, pero solo salió el pie. El pie de una niña, cubierto de polvo y todavía tibio. Mientras lo sostenía, se quedó frío como una muñeca de porcelana. No tenía sangre, solo polvo. Más allá vi la parte posterior de una cabeza, dos trenzas rubias, y lo supe. Lo supe.

Mi madre me encontró una hora después, todavía con el pie de Krista en la mano. Era como si el mortero me hubiera destrozado y esas piedras me hubieran aplastado a mí. No era mi hija, ni mi hermana, pero el dolor me parecía insuperable. No podía ni imaginarme la oleada de emociones que estaba viviendo su madre. Se había desplomado y unos vecinos se la habían llevado. Sus gritos aún resonaban en la calle.

Había oído hablar de la muerte de otros niños y corrían rumores de que el ejército de mi país asesinaba a niños, pero fue la muerte de esta niña, una niña a la que conocía y a la que quería, lo que me mostró en qué horrible mundo vivíamos. Mi sentimiento de culpa había quedado silenciado hasta ese momento, enterrado bajo los ladrillos rotos de mi negación. Éramos espectadores, no actores. Pero en ese instante me di cuenta de que todos éramos culpables. Y de que recibiríamos nuestro castigo.

17

Elly

Ahora. Berlín Este, 10 de septiembre de 1961

Mi madre lleva veinte minutos de pie en el comedor mirando con persistencia un punto de la pared. Desde que Axel no está con nosotros lo hace con más frecuencia. No sé si se pierde en una neblina de recuerdos o si se le queda la mente en blanco. En cualquier caso, desaparece y solo mi padre consigue convencerla de que vuelva. Pero mi padre no está aquí.

Miro el reloj: son casi las diez de la mañana. No quiero llegar tarde, pero no me parece bien dejarla así. Oma Rita está en casa, pero eso no me tranquiliza precisamente. Al final, mi madre volverá en sí y actuará como si nada hubiera pasado, pero sin voz y con su música silenciada me preocupa.

—¿Mamá?

La cojo de la mano y tiro con suavidad. Su mano sigue flácida y sus pies son dos bloques de hormigón. Comienzo a enfadarme. Estoy arriesgando todo por ella y no es capaz de reponerse lo suficiente como para moverse de este cuadrado de moqueta descolorida.

Vuelvo a tirar, esta vez un poco más fuerte. Siento que se

me humedecen las axilas y que el maquillaje que acabo de aplicarme empieza a correrse.

—La sangre —me dice Oma Rita desde su silla junto a la ventana. El sol entra a raudales a través del vidrio y las partículas de polvo giran por encima de su cabeza como un extraño halo viviente—. Eso es lo que mira. La sangre de la pared.

—¿Qué sangre?

—Sigue ahí. He frotado una y otra vez, pero se ha filtrado en el yeso.

Se levanta de la silla apoyándose en las dos manos. Oma Rita no es tan mayor, pero en los últimos tiempos le cuesta moverse. Sospecho que lo mismo le pasaría a cualquiera que nunca fuera a ninguna parte. El patio suele ser lo más lejos a lo que Oma Rita se aventura, e incluso eso es poco frecuente; no parece darse cuenta de que este piso se ha convertido en una cárcel que ella misma se ha creado.

—La música a veces ayuda —me dice Oma Rita—. El piano no, por supuesto. Seguro que el piano no, pero sí cantar. Creo que es lo que hace tu padre.

—¿Le canta?

Nunca lo he oído cantar. Estoy segura de que no tiene el más mínimo talento para la música. Pero cuando mi madre se pone así, suelo irme a otra habitación y dejar que él se ocupe de ella. Estos momentos suyos no son normales, lo sé, y prefiero no empeorar la situación con mi presencia.

Oma Rita se coloca delante de mi madre y le impide ver la pared y lo que esté mirando, sea lo que sea. Está a punto de cogerla del brazo, pero se detiene en seco y deja la mano flotando a un palmo de los dedos sin vida de mi madre. Empieza a tararear una melodía que reconozco vagamente, aunque no consigo identificarla. El gesto es tan íntimo que doy un paso atrás y desvío la mirada.

La melodía es hermosa, tranquila pero animada, y la memorizo prometiéndome tocarla más tarde en el teclado. Mi madre parpadea una vez, dos veces, y mueve la cabeza. El hechizo se ha roto.

—No hay problema, Elly. La tengo —me dice Oma Rita.

Sin tocarla, guía a mi madre hasta el sofá. Mi madre parece aturdida, como si acabara de despertar de un sueño profundo. Me resulta extraño ver sus papeles invertidos. Quizá algún día a la que guiarán será a mí.

—Vete —me dice Oma Rita sentando a mi madre, y después me acompaña hasta la puerta—. No lo hagas esperar. Lisette estará bien.

—¿A quién? —El rubor me sube por el cuello.

—Has quedado con un chico.

Es una afirmación, no una pregunta, y no lo niego; no tardará en olvidarlo.

—¿Por qué lo dices?

—De entrada, te has cepillado el pelo y te has maquillado. Siempre tienes hambre, pero hoy no has comido nada. Y conozco esa mirada. Yo también la tuve. Pero ten cuidado. Los hombres son unos tramposos.

Me sonríe, y en este raro intervalo de lucidez veo a la mujer que una vez fue, a la persona que es detrás de la confusión y de la pérdida de memoria que tan a menudo la mantienen fragmentada. Estoy tentada de quedarme un rato, porque no sé cuándo volverá a estar tan presente, pero el tiempo avanza y el soldado que no disparó me espera.

Cuando llego, ya está sentado a una mesa a la sombra de un árbol, con un gran trozo de pastel de chocolate intacto delante de él, un cigarrillo en una mano y un libro en la otra. Tiene las piernas estiradas, cruzadas a la altura de los tobillos. Lleva el uniforme, limpio pero arrugado, y la gorra está en la mesa. Parece que está muy a gusto.

Aunque la cafetería está llena, las mesas de al lado de la suya están vacías; nadie quiere relacionarse con un guardia fronterizo de las Grenztruppen, y menos soviético. Además, el tiempo está cambiando; los días son más cortos y las hojas de los árboles empiezan a amarillear y a rizarse. Durante el día hace cada vez más fresco y las noches empiezan a ser frías. Pronto nos quedaremos todos en casa para protegernos del invierno.

Me quedo un minuto observándolo. Tiene la nariz un poco torcida, como si se la hubiera roto y no se le hubiera enderezado bien. Me repito que no me parece atractivo (un ruso nunca me parecería guapo), pero es imposible negarlo. Desde que lo besé, en ningún momento he dejado de pensar en ello, por más que intente pasarlo por alto. Fue mi primer beso, así que es comprensible que me cueste olvidarlo, aunque no significara nada. Pero me fascina su música y sé que también por eso mis pensamientos vuelven a él una y otra vez.

Aunque estoy lejos de casa, en un barrio al que rara vez vengo, miro a mi alrededor y me aseguro de no ver a nadie conocido. Me bajo el sombrero y me recojo el pelo antes de acercarme a él.

Sonríe al verme. Tiene un hoyuelo en la barbilla que le hace parecer más joven, más amable y menos peligroso de lo que sé que es. Todas las noches, justo cuando mi conciencia comienza a desvanecerse, recuerdo al hombre del canal. No fue Andréi quien le disparó, pero podría haberlo sido. No debo olvidarlo.

Apaga el cigarrillo en un cenicero repleto, se levanta y retira la otra silla, cuyas patas de metal raspan la acera con un chirrido desagradable. Nadie había hecho algo así por mí y no puedo evitar reírme. Frunce el ceño y me preocupa haberlo ofendido.

—Elly Lange, me alegro de verte.

Me encanta que diga mi nombre completo, como si fuera el más bonito que ha oído jamás y no el aburrido nombre alemán de clase media de una donnadie.

—Siento llegar tarde —le digo mientras me siento—. ¿Llevas mucho esperando? Mi madre estaba..., me necesitaba para una cosa. Y después he tenido que fregar los platos, preparar algo de comida para mi abuela y terminar una melodía que estaba escribiendo. Y había una rata en la cocina, y además...

—¿Había una rata en la cocina?

—No, pero podía haberla, porque vi cacas.

Andréi se ríe y detrás de su risa vuelvo a oír su música. Su ritmo sólido e inquebrantable calma mi corazón palpitante mientras finjo mirar la carta. Escucho cómo nuestras melodías convergen y se enroscan entre sí hasta convertirse en una sola canción. La nueva melodía que se crea es hermosa y no quiero dejar de escucharla. Me pregunto qué ve u oye cuando estoy con él. ¿Siente nuestra extraña conexión? ¿Por eso quiere ayudarme?

—¿Habías estado aquí? —me pregunta haciendo un gesto al camarero para llamarlo—. Prenzlauer Berg es mi zona favorita de Berlín. Es la menos... destruida.

Me encojo de hombros.

—Sigue siendo gris y fea, como toda esta ciudad.

Sonríe.

—¿Y dónde preferirías estar?

—En cualquier sitio menos aquí —le contesto—. ¿Tú no? —Pero no es verdad. Ahora mismo no preferiría estar en ningún otro sitio. Tal vez sienta ya nostalgia por Berlín Este porque sé que pronto me marcharé—. Quizá en Nueva York. Un lugar creativo y colorido. Un lugar donde ningún tipo de música sea un delito.

—Eres muy musical. ¿Qué instrumento tocas?

—El piano. Bueno, el teclado. Es lo que quiero hacer cuando sea más mayor. Componer música y viajar por el mundo tocando en una orquesta. O quizá en una banda.

Me sonrojo, pero él me sonríe e inclina la cabeza.

—Espero que lo consigas algún día.

—Yo también.

Llega el camarero, un chico con gafas y la piel fea, pero con unos preciosos ojos castaños y una melenita corta. Me recuerda a Otto y siento una punzada de culpabilidad. Otto, Monika y yo nunca hemos tenido secretos, somos amigos desde siempre, pero de repente estoy ocultándoles no solo mis planes de escapar, sino también mi amistad con este soldado.

El camarero carraspea y espera a que pida. Veo que no aprueba mi conducta; lo oigo en su música, en las notas cortas, nerviosas y entrecortadas que componen su canción. Mira a Andréi, que parece ajeno a su odio. El camarero no dice nada, pero sé lo que está pensando: un soldado ruso y su puta alemana.

—Tomará un café —le dice Andréi.

Mi madre suele pedir por mí. Porque pierde la paciencia cuando no me decido. Quizá comparten este rasgo o puede que solo quiera librarse del camarero.

Asiento, aunque sé que no me lo beberé. He tenido la estúpida ocurrencia de ponerme una blusa blanca, y me tiemblan tanto los dedos que seguro que me lo echaría encima.

—¿Qué estás leyendo? —le pregunto cogiéndole el libro cuando el camarero ha vuelto a entrar en la cafetería.

—En realidad es para ti —me contesta—. Yo ya lo he leído. Creo que te gustará.

Me confunde y me conmueve a partes iguales. No nos conocemos, ¿cómo va a saber qué libros me gustan?

—*En el camino*. ¿De qué trata?

—De música, poesía y libertad. Léelo rápido —me dice guiñándome un ojo—. La RDA no tardará en prohibirlo.

Sin pretenderlo, me relajo. Quiero pasarme el día entero con Andréi y descubrir todo sobre él. El conocimiento es poder, y si voy a utilizarlo para conseguir mi objetivo, debería averiguar todo lo que pueda sobre él, pero debo hacerlo rápido. El corazón me late como un reloj, un recordatorio constante de que se me acaba el tiempo. No sabemos cómo está Axel, ni siquiera si está vivo, pero si quiero tener alguna posibilidad de llegar al Oeste y traerlo a casa, debo actuar ahora. Ya han sellado con cemento las ventanas de los pisos que dan a la frontera, y la barrera está convirtiéndose en un muro infranqueable. Pronto no quedarán vías de escape.

El camarero llega con mi café y se retira sin decir una palabra. Miro a mi alrededor. No hay nadie lo bastante cerca para oírme, pero de todos modos susurro.

—Dijiste..., la última vez que nos vimos..., dijiste que me ayudarías.

—Sí —me contesta inclinándose hacia mí y bajando la voz.

Sus ojos son del color del mar: verdes ondulantes y azules deslumbrantes. Siento que podría caer en ellos.

Una paloma se lanza en picado desde el árbol y un puñado de hojas revolotean a su paso. El pájaro, sucio y flaco, se posa en la mesa de al lado y mira el trozo de pastel intacto. Andréi me ofrece un tenedor, pero niego con la cabeza. Se encoge de hombros y empieza a comérselo él. Estamos hablando de algo que podría costarnos la vida a los dos, pero él es la viva imagen de la calma.

—Mi madre hacía un pastel de chocolate increíble —me dice dándole un mordisco.

Si no fuera por el uniforme, las palmas sudorosas de mis manos y los ojos del camarero, clavados en mí desde detrás del mostrador, parecería una cita.

—Siempre había más glaseado que pastel —sigue diciéndome mientras le da otro mordisco.

Se le queda una miga en el labio inferior y me entran unas ganas extrañas de lamérsela.

—Es curioso cómo un sabor o un olor pueden transportarte a casa —continúa.

—¿Cuándo fue la última vez que estuviste en tu casa? Debes de echar de menos a tu familia.

—Hace tiempo, pero también tengo familia aquí. Mi padre está destinado en la ciudad. Mi primo también. Yo no quería ser soldado, pero era lo más fácil. Menos problemas. Y mi padre insistió. No es un hombre con el que se pueda discutir.

—¿Y te gusta Berlín?

—Ahora me gusta más.

Sonríe y veo una hilera de dientes perfectos. Yo también sonrío como una tonta, como la colegiala que soy. Los rusos son despiadados y crueles. Lo sé, me lo han dicho cientos de veces. Invadieron nuestro país y nunca se marcharon, se adentraron en nuestra ciudad como gusanos que infestan carne humana. No debería confiar en Andréi, es uno de ellos; su compañero le hizo un agujero en la cabeza a un hombre sin dudarlo ni un segundo. Sé que no debería confiar en él, pero confío. Su música por sí sola confirma que es bueno. Otto y Monika creen que estoy loca cuando hablo así, que no puedo fiarme de la música que oigo en los demás, pero nunca me ha fallado. Si ellos también pudieran oírla, lo entenderían.

—Tengo que volver pronto.

No son las palabras que quiero decir. Dentro de mí se libra una extraña batalla, pero tengo un plan y debo ceñirme a él.

Vuelvo a mirar detrás de mí. Casi miro debajo de la mesa.

—¿En qué estás pensando? —le susurro—. ¿Por dónde puedo cruzar?

No se mueve, sus hombros siguen relajados y mantiene la sonrisa en los labios, pero veo que también mira a nuestro alrededor. Es más cauto de lo que parece. Como debe ser, como debemos ser los dos.

—Creo que tu mejor opción es cruzar por las alcantarillas —me dice por fin—. El sistema de alcantarillado se creó antes de nuestra ocupación y no hay barreras entre el Este y el Oeste. No será agradable, lo reconozco, pero creo que podría funcionar. Aunque tenemos que planificarlo.

—¿Qué tenemos que planificar? ¿No podría ir hoy? ¿Esta noche? Seguramente es cuestión de tiempo que se descubra esa ruta. No quiero perder mi oportunidad.

—Eres impaciente, Elly Lange. E impulsiva.

Se ríe, pero sin malicia. Aparta los restos del pastel, se enciende un cigarrillo, cierra los ojos y aspira hondo.

—Antes tengo que conseguir un mapa del alcantarillado. No puedes bajar a ciegas y chapotear en...

—¿Mierda?

—Pues sí. —Vuelve a reírse—. Tenemos que descubrir por dónde debes bajar y por dónde debes subir al otro lado. Es un sistema complicado y podrías perderte. Además, aquí está tu gente, tu familia y tus amigos.

—¿Qué pasa con ellos?

De repente siento una presencia. El aire se agita para dejar espacio. Andréi se queda rígido y mantiene en equilibrio el cigarrillo en el cenicero. El humo se eleva y se arremolina entre nosotros. Me coge de la mano, no sé si para tranquilizarme o para evitar que salga corriendo. Alguien sale del callejón, a unos metros de distancia y se coloca detrás del árbol. Las hojas secas crujen bajo sus pies. Es un hombre. Debe de tener unos cincuenta años y es alto y corpulento, aunque está encorvado. Lleva un perro pequeño de pelo blanco y tupido que parece una rata. Y sí, podría ser solo un hombre paseando a su perro, pero está demasiado cerca y ya no me siento segura.

El hombre levanta la cabeza y nuestras miradas se cruzan

un instante. ¿Lo conozco? ¿Lo he visto antes? Después se aleja y cruza la calle. El perrito trota detrás de él intentando seguirle el ritmo.

Andréi se levanta y deja unos marcos en la mesa, sin duda más de lo que debemos por las bebidas y el pastel.

—Vámonos —me dice volviéndome a coger de la mano.

Camina tan deprisa que casi tropiezo, pero me sujeta por la cintura, lo que hace que el corazón me dé un vuelco. Lo sigo por una calle lateral en la que los adoquines son irregulares y los tacones de mis sandalias resbalan constantemente.

—¿Adónde vamos? ¿Ese hombre era un...?

—Creo que solo estaba paseando a su perro, pero he aprendido a confiar en mi instinto. Si algo no te da buena impresión, vete.

Doblamos otra esquina y empieza a llover. Al principio llueve poco, una ligera humedad en el aire, pero después oigo el amenazador rugido de una tormenta que se acerca. Grandes gotas de agua empiezan a caer del cielo y en cuestión de segundos estamos empapados. Corremos por la Schönhauser Allee y nos metemos debajo del puente del S-Bahn justo cuando un tren pasa traqueteando. El espacio está abierto, pero nos colocamos junto a una columna de hormigón, y las cortinas de lluvia a ambos lados nos ofrecen cierta privacidad.

Estamos solos.

Andréi está tan cerca de mí que siento su calor y veo las gotas de lluvia temblando en su pelo. Tengo la ropa empapada, pero imagino el agua evaporándose de mi piel cálida, y las moléculas escapando y mezclándose con las suyas.

—Entonces... —le digo apoyándome en la columna. Siento sus protuberancias redondas presionándome la columna—. ¿No crees que fuera un informante de la Stasi?

—Seguramente no, pero debemos tener cuidado. Aquí podemos hablar.

Asiento y me miro los pies, miro cualquier cosa menos su cara. Saca los cigarrillos y hurga en el bolsillo en busca del mechero. Es un Zippo, y al sacarlo veo su nombre grabado. No puedo evitar preguntarme quién se lo regaló.

—Antes has mencionado a mi familia y mis amigos. ¿Qué pasa con ellos?

—No saben nada de tu plan, ¿verdad?

—Claro que no. Intentarían impedírmelo.

—Bueno, sí, supongo que perder a un hijo ya es bastante... Entonces ¿vas a desaparecer sin más?

—Les dejaré una nota explicándoles que volveré.

—La gente se preguntará dónde estás —me advierte—. Preguntarán e informarán a la Stasi. Interrogarán a tu familia.

—No lo había pensado —le digo negando con la cabeza y sintiendo que se me calienta la cara. ¿De verdad creía que podría desaparecer sin que nadie se preguntara adónde había ido?

—Estás estudiando, ¿verdad?

—Sí, mañana empieza el curso.

Intento concentrarme en lo que me dice, pero sus ojos son de un extraño tono azul, y ahora veo anillos un poco más oscuros, casi morados, alrededor de los iris. Desvío la mirada; tengo que escucharle. Lo que dice es importante, por eso estoy aquí.

—Lo mejor sería que esperaras a las vacaciones de mitad del trimestre, pero sé que pensarás que es demasiado tiempo. Mi sugerencia es que les digas a tus amigos que una pariente que vive en otra ciudad está enferma y que vas a ir a verla. Tendrás que encontrar la manera de comentárselo al informante de tu edificio.

—¿El informante de mi edificio?

—En casi todos los edificios de Berlín hay un informante de la Stasi —me dice.

Y aunque todos sabemos que es verdad, oírlo en voz alta con tanta naturalidad me hace estremecer. Por eso todo el mundo quiere marcharse. ¿Cómo podemos ser felices y respirar libremente si siempre nos vigilan?

—Herr Krause —le digo—. Vive en el piso de enfrente. Debe de ser él. No es muy sutil al respecto.

Siempre me había parecido inofensivo. Molesto y entrometido, sí, pero en última instancia inofensivo. Ahora entiendo las dimensiones de su poder, del potencial poder de cualquiera: denunciar.

—Está claro que no puedes contarle a tu familia tus planes de antemano, pero cuando te vayas, asegúrate de dejarles una nota explicándoles la mentira que les hayas dicho a todos los demás.

Asiento imaginando el momento en que descubran que me he ido, lo furiosa que se pondrá mi madre, pero quizá también la esperanza, porque voy a hacerlo por ella. Lo entenderá. Y no volveré, no puedo volver, si no traigo a Axel conmigo.

—Suponiendo que consigas encontrar a Axel, ¿cómo pensabas explicar su reaparición?

Me muerdo los labios y me miro los pies.

Él sonríe.

—No te preocupes. Tengo una idea. Déjamelo a mí.

Me arden los ojos.

—¿Por qué estás ayudándome?

—Para serte sincero, no estoy del todo seguro —me contesta—. Sé lo que es estar separado de tus seres queridos. Quizá sea eso. Y hay algo en ti, Elly Lange.

Tras decirme estas palabras, acorta la distancia que nos separa y me levanta la barbilla. Nuestras miradas se encuentran. El momento se extiende, se pliega e implosiona. Por un instante creo que va a besarme. Y sé que el inconfundible olor a tierra cuando llueve, el humo de los cigarrillos y el sonido de un tren pasando por encima de mí siempre me recordarán este momento. Pero de repente da un paso atrás y sonríe. Siento una sensación de pesadez en el pecho. Parece decepción, pero sé que debe de ser alivio.

18

Lisette

Tiempo atrás. Berlín, 2 de abril de 1945

Había poca gente en la calle, pero estábamos quedándonos sin comida y tenía que ir a buscar nuestro racionamiento. Empujé la bicicleta por las calles desiertas y polvorientas. Me preocupaba que no hubiera nubes en el cielo; incluso a través del humo veía manchas de un azul aterrador. Rogué para mis adentros que lloviera y que el cielo se cubriera de nubes para que los aviones enemigos no nos vieran.

El aire era acre, el barrio estaba destrozado y Berlín estaba en ruinas. Krista había muerto. ¿Por qué no nos dejaban en paz?

Krista.

Una punzada de pérdida y de culpabilidad me atravesó y me perforó un pulmón. Krista estaba muerta. Y era culpa mía. Lo sabía yo y lo sabían todos. Casi todos. Wilhelm aún no, pero no tardaría en saberlo.

«Pero ¿dónde estabas? —me había preguntado mi madre—. Se suponía que ibas a darle clase». ¿Qué podría haberle contestado? ¿Que estaba descansando junto al río? ¿Que necesitaba espacio? Y ahora Krista estaba muerta. Por mi culpa.

Me uní a una cola de berlineses desaliñados. Nos habían vuelto a recortar el racionamiento, pero nadie se quejaba por la comida; teníamos hambre, pero nuestra principal preocupación era el miedo.

—Están en camino —le dijo la mujer que estaba delante de mí a su amiga. Como era bajita, me apoyé en la pared de ladrillos para no sobresalir por detrás de ella.

—Berlín nunca caerá —le contestó su amiga.

Entendí las palabras de la mujer, pero lo único que oía eran los aullidos de la madre de Krista. Lo único que veía era el pie de Krista.

—Mire a su alrededor —le dije, de repente furiosa por la negación de esa desconocida—. Berlín ya ha caído.

La mujer se volvió y me miró fijamente. Tenía los ojos pequeños y la cara llena de arrugas. Cogió a su amiga del brazo y avanzó arrastrando los pies. Me entraron ganas de agarrarle la cabeza, clavarle las uñas en el cuero cabelludo y sacudirla para que viera la verdad. Estábamos perdiendo. Nos estábamos muriendo. Y si los rumores eran ciertos, nos lo merecíamos.

—Tiene razón —susurró la mujer de menor estatura—. Berlín está destruida y los soviéticos están llegando. ¿Has visto las fotografías? ¿Las de ese pueblo de Prusia Oriental? Violaron y asesinaron a todas las mujeres. También a las niñas.

—Exageran. Seguramente fue un montaje —la interrumpió su amiga—. Alemania no se rendirá. No podemos rendirnos.

—No nos quedan hombres que nos defiendan.

—Basta. Todo irá bien. —Pero enseguida añadió—: Si es necesario, nos esconderemos.

La cola avanzaba muy despacio. Una columna de humo atravesó el sol y me estremecí a su sombra. De repente oí un alboroto. Una ráfaga de susurros recorrió la cola.

—Refugiados —dijo alguien—. Al menos veinte.

Y entonces los vi. Un grupo de mujeres y niños que se acercaban tambaleándose, los más pequeños colgados de sus madres como monitos, y los mayores agarrados a las camisas rotas de las demás. Se movían al unísono, como una nube llena de gotas de lluvia, esquivando con habilidad los montones de ladrillos y manteniéndose a distancia de las fachadas en ruinas de los edificios bombardeados. Se detuvieron frente a la tienda, observaron el escaparate vacío y después dirigieron su atención hacia nosotros. Tenían la cara sucia y los zapatos desgastados. Aunque no hacía calor, sudaban por el esfuerzo de arrastrar sus cuerpos cansados y hambrientos por el país. El olor me golpeó como una ola. Las mujeres que estaban delante de mí retrocedieron y giraron la cabeza para evitar mirarlos a los ojos, pero un anciano que acababa de recoger su racionamiento se acercó a ellos.

—*Guten Tag.*

Aunque era viejo y débil, varios refugiados se estremecieron y dieron un paso atrás. Una niña metió la cara entre los pliegues de la falda de su madre y empezó a sollozar.

El hombre levantó los brazos, mostró las palmas de las manos en señal de paz y dijo:

—¿De dónde vienen?

Tomó la palabra la mujer más mayor.

—¿Tienen comida?

Un intercambio: comida por información. El hombre dudó y me sentí avergonzada al pensar que era un alivio no tener aún nada que ofrecerles.

—Solo un poco —añadió la mujer—. Para los más pequeños.

Tenía la cara magullada y le faltaba un diente. En su lugar tenía un hueco ensangrentado. De repente me invadió la sensación de que yo era ella, y ella era yo. Estaba viendo a mi yo futuro.

El hombre abrió despacio su bolsa de cuero, sacó un trozo de pan y arrancó un pedacito. Se lo tendió encogiéndose de hombros en señal de disculpa.

—Nosotros tampoco tenemos mucho.

La mujer se adelantó de un salto y lo cogió, como si temiera que el hombre cambiara de opinión. Se lo entregó a otra mujer, que lo repartió entre los niños más pequeños. Los niños se comieron el pan en segundos, pero no dejaban de mirar la bolsa del hombre con los ojos como platos. No tuve dudas de que si el hombre hubiera estado solo en plena noche, la bolsa entera habría desaparecido antes de que se hubiera dado cuenta.

—Venimos de Prusia Oriental. De Königsberg. —La mujer volvió a incorporarse al grupo—. Deberíamos habernos marchado antes. —Se metió un mechón de pelo sucio debajo del pañuelo—. Nos quedamos atrapados. No teníamos comida y todas nuestras opciones eran malas. Si hubiéramos permanecido allí, habríamos muerto de hambre. Podríamos haber intentado llegar a Pillau, pero la única forma era cruzar la laguna helada del Vístula, y el hielo ya empezaba a fundirse, así que decidimos cruzar las líneas del frente y pasar por delante de los soviéticos. Tomamos la decisión equivocada. —Respiró hondo, se estremeció y movió la cabeza, como para sacudirse el recuerdo.

—¿Ha caído Königsberg? —le preguntó el hombre.

—Todavía no —le contestó—, pero caerá. Pronto. Berlín también. Tenemos los días contados. —Se volvió hacia las mujeres de la cola y también me miró a mí—. Deberían marcharse. Los soviéticos están… enfadados.

—A mí no me querrán —dijo la mujer bajita—. Soy demasiado vieja.

Un ruido escapó de la boca de la refugiada. No sabría decir si fue un gruñido o una risa amarga.

—Soy mayor que usted y eso no los detuvo. No se trata de placer, sino de venganza. Nuestro ejército, los nazis, han hecho cosas terribles. Cosas despreciables. Y cuando los hombres no están, las que sufren son las mujeres.

—Propaganda —repitió la amiga de la mujer bajita, pero esta vez en su voz se había introducido la duda.

—Hagan lo que quieran, pero están en camino, y cuando lleguen, desearán haberse marchado.

—De ninguna manera —me dijo mi madre cuando volví a casa y le conté lo de los refugiados—. No nos vamos.

Estaba frotando el papel pintado y tenía un cubo de agua con jabón a sus pies. El olor a lejía se había filtrado en las paredes, la moqueta y los muebles. Cada mañana me despertaba con los ojos irritados. Antes limpiaba la casa de arriba abajo cada quince días, pero ahora lo hacía varias veces por semana. Como no teníamos dinero para guantes, se le quedaban las manos en carne viva, pero parecía no darse cuenta. Me había acostumbrado a su pelo enmarañado, aunque echaba de menos el moño apretado que solía llevar, sin un pelo fuera de lugar, pero me dolía ver sus antes bonitas manos, que siempre habían estado adornadas con anillos y ahora parecían las de una pobre lavandera. Ninguno de nosotros tenía el aspecto de antes, incluso el pájaro de frau Weber se había encogido y graznaba a media voz, pero lo que más me afectaba era el deterioro de mi madre. Yo necesitaba su fuerza, su resistencia y su fe en que todo iría bien.

—Espero que no te hayas acercado demasiado. Esos refugiados tienen enfermedades. Difteria, tifus.

—He mantenido la distancia —le contesté—, pero no me estás escuchando. ¿Por qué no podemos irnos?

—Porque tu padre podría volver a casa cualquier día. —Restregó con furia una flor estampada en la pared como si, en lugar de formar parte del papel pintado, la hubiera dibujado un niño—. Se quedaría destrozado si volviera y no nos encontrara aquí. Además, necesitaríamos un permiso de viaje, y no lo tenemos.

—Los soviéticos están en camino —le dije—. Y cuando lleguen...

—Tonterías. Berlín no puede caer. Es así de sencillo... No puede. Y ya basta. No quiero volver a hablar de este tema. Esta es nuestra casa. No vamos a ir a ningún sitio. Además, frau Weber es demasiado mayor para andar vagando por el país y no podemos abandonarla.

Dejé a mi madre con sus manchas imaginarias y fui a sentarme al piano. Me temblaban las manos, pero se calmaron en cuanto los dedos tocaron las teclas de marfil. Toqué con suavidad, la melodía era un susurro, pero mi madre resopló.

—¿Tienes que tocar ahora? —me preguntó—. Me da un dolor de cabeza terrible.

—Lo que te da dolor de cabeza es toda esa lejía —murmuré, pero me fui a mi habitación.

Mi habitación olía a cerrado, pero si abría una ventana, entraría el humo. Me tumbé en la cama, derrotada, cerré los ojos y respiré hondo. Todos estábamos nerviosos, asustados y hambrientos, pero me recordé a mí misma que seguíamos vivos. A diferencia de Krista.

Krista. El recuerdo de su cara se desdibujaba como una fotografía que se quema y cuyos bordes van enrollándose despacio hasta que solo quedan cenizas.

Empecé a tararear la última melodía que había compuesto. Veía mentalmente mis dedos moviéndose sobre las teclas del piano y la música elevándose en el aire como si fuera algo físico. Me aferré a esa imagen y dejé que me acariciara hasta que me tranquilicé un poco y pude volver a respirar.

19

Lisette

Tiempo atrás. Berlín, 16 de abril de 1945

Me desperté de un sueño agitado con el sonido de un trueno lejano, pero fuera el cielo estaba despejado.

Bombas.

Llegaban los soviéticos.

Abrí de golpe la puerta de mi habitación, temblando y con la boca seca. Encontré a mi madre mirando la calle a través de las cortinas rojas descoloridas del comedor, que agarraba con las manos. Iba en camisón, pero mientras que el mío estaba arrugado, el suyo parecía recién planchado, como si acabara de ponérselo. Fuera, el cielo estaba oscuro, pero cada pocos segundos se iluminaba: explosivos agujereando el cuerpo moribundo de Berlín.

Corrí hacia ella. Quería que tomara el mando y que me dijera lo que debíamos hacer, pero se limitó a afirmar:

—Ya vienen.

—Deberíamos bajar al sótano.

—No, esta noche no —me contestó—. Si atacan el edificio... —Se encogió de hombros.

Y aunque yo estaba aterrorizada, también sentí su desánimo. ¿Qué sentido tenía escondernos y agazaparnos como alimañas en un sótano sucio e incómodo? Si moríamos, moríamos. Quizá fuera lo mejor.

Nos quedamos una al lado de la otra mirando hacia fuera. El miedo intentó abrirse paso entre nosotras, pero mi madre me cogió de la mano.

—Tenías razón —me dijo—. Lo siento.

Los temblores se hicieron más intensos y pronto las vibraciones fueron tan fuertes que un cuadro se desprendió de la pared y se estrelló contra el suelo. Me tragué un sollozo, pero me obligué a seguir en pie. Otra sacudida hizo temblar el edificio y empezó a sonar el teléfono. Sonó varias veces y después se descolgó y se balanceó pegado a la pared como un ahorcado.

Miré la ardiente oscuridad y pensé en Julius. ¿Estaba luchando contra los rusos en el Este o retirándose a Berlín? ¿Había ondeado una bandera blanca y ahora estaba prisionero en un campo de trabajo, enfermo, hambriento y recibiendo golpes a diario? ¿Había desertado y estaba escondido? ¿O su cuerpo estaba pudriéndose en alguna trinchera? Alejé esta última imagen; si estuviera muerto, yo lo sabría. Volvería a casa, tenía que volver, de lo contrario, vivir resultaba un sinsentido.

Sabía que mi madre pensaba lo mismo sobre mi padre mientras miraba la calle. Seguía creyendo que estaba vivo en alguna parte, como prisionero de guerra o quizá en un hospital de campaña tras haber perdido la memoria, pero, por muy convencida que estuviera, yo también estaba segura de que había muerto. Ya lo había llorado a mi manera. Y me alegraba que no estuviera aquí para ver cómo la locura de un hombre, y la complicidad de otros, había puesto de rodillas a su amado país.

Por un momento también me pregunté si mi padre y Julius habían participado en las cosas horribles que nos habían contado. No habían tenido otra opción que luchar por su país; no eran nazis, yo lo sabía, pero... Alejé ese pensamiento. Conocía a Julius; era un buen hombre. Se habría rendido en cuanto se le hubiera presentado la oportunidad.

La puerta se abrió de golpe y por un segundo pensé que el Ejército Rojo ya había llegado, pero entró frau Weber con la jaula del periquito pegada al pecho. Ella sollozaba y el pájaro chillaba. Quise sacarla a empujones, porque absurdamente pensé que el ruido podría atraer a los soviéticos a la puerta de nuestra casa. Frau Weber parecía una loca, una anciana que se había escapado del manicomio. El pájaro no dejaba de aletear de un lado a otro de la jaula y chocaba contra los barrotes una y otra vez.

Esperé a que mi madre la consolara, pero no hizo nada. Ni siquiera se dio la vuelta. Al final me acerqué a frau Weber y la llevé al sofá. Le saqué los dedos de la jaula, que dejé en el suelo. Ahora el camisón le quedaba tan grande que parecía ahogarse en tela.

—Toallas —me dijo—. Necesitamos toallas.

—¿Por qué?

—Si nos las envolvemos en la cabeza, podremos sobrevivir aunque nos ataquen.

—Qué tontería...

—¡Trae toallas! —me gritó.

Mi madre seguía sin moverse, así que fui a buscar toallas y le dejé dos a frau Weber en el regazo. Se envolvió la cabeza con una y cubrió la jaula del pájaro con la otra. La dejé sola y rebusqué en el armario de debajo del fregadero. Saqué la botella de aguardiente de mi padre, que mi madre había guardado para cuando volviera. Serví un vaso para cada una, me bebí el mío de un trago, me serví otro y después les llevé sus vasos a mi madre y a frau Weber. Me senté junto a la anciana y le di unas palmaditas en la rodilla. Ella seguía llorando y su turbante de toalla se movía arriba y abajo. Mi madre estaba junto a la ventana y parecía perpleja. Estaba pasando lo que todos habían dicho que pasaría.

Mientras el cielo luchaba violentamente con el amanecer y teñía las nubes de un rojo sangre, encendí la radio. La transmisión de la llegada del Ejército Rojo nos paralizó. Mi madre se sentó en el sofá con frau Weber y conmigo, y nos quedamos inmóviles, como talladas en piedra, escuchando en silencio las noticias. Nadie emitió un sonido, ni siquiera el pájaro de frau Weber, pero nuestro silencio latía de miedo como un corazón frágil. Sabía que la derrota de Alemania nos destrozaría la vida y nos desgarraría a todos.

Pasaron horas hasta que una de nosotras habló. Frau Weber fue la primera en romper el silencio.

—¿Podemos marcharnos? ¿Es demasiado tarde?

Yo estaba sentada en el taburete del piano. No era un momento para tocar, pero estar cerca del instrumento me reconfortaba un poco. Con nuestros camisones sueltos y a la luz gris de la mañana, parecíamos tres fantasmas confundidos.

—Es demasiado tarde —le contesté intentando que no se me notara la rabia. ¿Por qué mi madre no me había hecho caso?—. Ya lo ha oído: el Ejército Rojo se acerca por el Este y los aliados llegan por el Oeste. No tenemos adónde ir.

—Quizá deberíamos conseguir cianuro —comentó frau Weber—. Las Juventudes Hitlerianas estaban repartiéndolo. Mejor el suicidio que la derrota.

—No es la derrota lo que deberíamos temer —le contesté pensando en los refugiados—. Querrán venganza.

—¿Venganza? ¿Venganza por qué? ¡No hemos hecho nada! —La voz de frau Weber parecía la de un niño lloriqueando. Pero, como suele suceder con los niños, sabía la verdad. Todos la sabíamos.

—Han asesinado a judíos, Dios sabe a cuántos... A mujeres, a niños y a ancianos. —Una oleada de náuseas casi me hizo perder el equilibrio—. Han arrasado pueblos soviéticos. No podemos seguir fingiendo. Ha estado sucediendo y somos culpables.

—¡No! ¡No es verdad! —gritó frau Weber.

—Sí lo es —intervino mi madre en un tono desprovisto de toda emoción.

Frau Weber se levantó y dio un pisotón contra el suelo.

—Propaganda. Mentiras.

El pájaro empezó a graznar en señal de apoyo y la toalla resbaló de su prisión. El animal se puso a saltar del suelo a la percha y tuve que resistir las ganas de propinarle una patada a la jaula.

Me acerqué a frau Weber y la cogí por los hombros.

—Basta —le dije—. Basta ya.

Frau Weber empezó a llorar. Sus berridos eran tan fuertes como los de una sirena, así que le di una bofetada. Una bofetada fuerte en la mejilla que le dejó una marca roja. El silencio que siguió fue ensordecedor.

—Me has pegado —me dijo por fin.

—Lo siento. —Y lo sentía. Nunca había pegado a nadie, por mucho que a veces hubiera tenido ganas—. Pero debe estar preparada. Debe saber lo que viene.

—Pero no hemos hecho nada —repitió, esta vez más tranquila—. Solo somos mujeres. No pueden castigarnos por lo que han hecho los hombres. Por lo que ordenaron nuestros líderes.

—No les importa —le dije—. Y somos culpables. No hicimos nada. Y al no hacer nada, lo consentimos.

Hasta que lo dije no fui consciente de lo ciertas que eran mis palabras. Volví a pensar en la mujer con el niño en brazos. En cómo me había llamado y me había rogado que me lo llevara, y en cómo yo había girado la cabeza y no había escuchado a mi conciencia. Pero solo era una de tantas. Tenía las manos manchadas de su sangre. De la sangre de todos ellos. Y de la de Krista también. Me mantuve al margen. No hice nada.

No hice nada.

20

Lisette

Tiempo atrás. Berlín, 17 de abril de 1945

—¿Qué quieres por la ropa? —me preguntó una mujer acercándose a mí mientras cruzaba la Torstraße.

Aparte del piano y algunas de las joyas más preciadas de mi madre, estaba vendiendo todo lo que nos quedaba: alfombras, ropa, relojes y porcelana. Lo había amontonado todo en un viejo cochecito de bebé; una rueda giraba como un borracho y se inclinaba en un ángulo extraño, pero funcionaba.

—Harina, arenques, tocino… —le contesté—. Cualquier comida que tenga.

Los soviéticos habían rodeado Berlín, eso lo sabíamos. Aunque no estábamos al corriente de la evolución del asalto, sabíamos que estaban acercándose y que no tardarían en abrirse camino por la ciudad luchando calle a calle. No podíamos ir a ninguna parte. Nuestra única opción era escondernos e intentar sobrevivir, pero para eso necesitábamos comida.

—Déjame echar un vistazo —me dijo la mujer dando un paso adelante y rebuscando entre mis cosas.

Tenía la cara manchada de hollín y el pelo parecía un nido de espantapájaros. Sacó del cochecito la chaqueta de lana de mi padre. Yo había tenido que sacarla de casa a escondidas porque mi madre nunca me habría permitido venderla, ni siquiera en esos tiempos difíciles.

—Parece que abriga —me dijo la mujer pasando la mano por la parte interior—. Han bombardeado nuestra casa y lo hemos perdido todo.

Me limité a asentir; no iba a dejarme convencer por historias tristes. Necesitábamos comida y solo me desprendería de las cosas de mi padre si esa mujer nos ofrecía algo que llevarnos a la boca. Gertrud había aceptado el trabajo en Ravensbrück hacía un año, supervisaba con Egon los horrores que tenían lugar allí y, aunque hacía meses que no la veía, me había contagiado su dureza. No podíamos ayudar a todo el mundo; teníamos que cuidar de nosotras mismas.

—Comida —repetí—. ¿Tiene algo?

La mujer asintió a regañadientes. Me llevó a un edificio bombardeado en el que las llamas habían ennegrecido las paredes que quedaban en pie. Pretendía que subiera por una montaña de ladrillos y vidrios rotos, pero me negué a dejar el cochecito.

—Vale, quédate aquí. Vuelvo enseguida. No te vayas, por favor. Las noches todavía son muy frías y mi hija necesita esa chaqueta.

Esperé entre el polvo y la destrucción leyendo los mensajes escritos en una pared. «Alwin, nuestra casa ha desaparecido, pero estamos bien. Estamos en casa de Tante Ruth», decía uno. En otro leí: «Josef, mi Josef. No podemos quedarnos. Nos vamos a Flensburg. Nos vemos allí. Tu Elisabeth». Creíamos que teníamos suerte porque nuestro edificio seguía en pie, pero quizá perderlo todo habría sido una bendición. Tal vez así mi madre habría aceptado que nos marcháramos. Sentí una oleada de terror mientras seguía allí intentando no pensar en lo que podría depararnos el futuro.

Vi un viejo marco de metal a mis pies. La imagen que contenía estaba demasiado quemada para distinguirla, pero yo recordaba ese edificio; antes había un cine al lado. Me pregunté si alguna vez volvería a sentir la sencilla alegría de ver una película y la emoción de transportarme a otro lugar.

Oí pasos y un crujido de cristales.

Me giré y vi a un anciano totalmente calvo y con manchas oscuras en la cabeza. Se quedó mirándome con los ojos inyectados en sangre y los labios entreabiertos, como si tuviera la lengua hinchada y fuera demasiado grande para la boca.

—Klara —me dijo—, ven aquí. Llevo todo el día esperándote.

—¿Qué? No, yo no soy...

—No me repliques, niña. No te lo voy a consentir.

Dio un paso adelante y yo retrocedí.

—Devuélveme el cochecito —me dijo escupiendo saliva al hablar—. Te dije que vinieras directamente a casa.

—El cochecito es mío —le contesté—. Y no soy Klara. No lo conozco.

Se abalanzó hacia delante y agarró el cochecito, pero yo no estaba dispuesta a soltarlo.

—Dámelo. —Tiró con fuerza con los ojos clavados en los míos.

Entonces lo aparté con un fuerte empujón en el hombro y se alejó a toda prisa como una rata que vuelve a su escondite. Desapareció tan de repente como había aparecido, y si no hubiera sido porque mi respiración era entrecortada y me zumbaban los oídos, me habría preguntado si había sucedido.

Estaba a punto de dar por finalizada la espera y volver a casa con las manos vacías cuando la mujer reapareció por fin. La seguía una niña, no mucho menor que Krista, con el pelo corto y desaliñado metido debajo de un sombrero y los brazos rojos y escamosos, que no dejaba de rascarse. Me miró con los ojos muy abiertos y temí por ella. ¿Su juventud la salvaría? La muerte de Krista seguía atormentándome, pero hasta cierto punto me aliviaba que no estuviera allí para vivir lo que nos esperaba.

La mujer me tendió un pequeño fardo de tela. Lo desdoblé con cuidado y encontré un trozo de pan, que todavía no estaba duro, un poco de tocino, dos huevos e incluso una bolsa de harina. No nos calmaría las punzadas de hambre, quería algo más, pero veía que la mujer no disponía de mucho más que ofrecerme. Tenía hijos; ella también tenía que sobrevivir. Volví a envolver el fardo y lo metí en la parte delantera del cochecito, lejos de miradas indiscretas. Me acerqué la chaqueta a la cara, aspiré el aroma de mi padre por última vez y se la entregué.

—*Bleib übrig*, sobrevive —me dijo la mujer.

Era nuestra nueva forma de despedirnos. Me lanzó una leve sonrisa y volvió a su improvisado hogar bajo los escombros.

Seguí mi camino avanzando hacia el centro del gran bulevar, donde había menos escombros y era más fácil maniobrar el destartalado cochecito. El débil sonido de la artillería era constante y deseé poder calcular a qué distancia estaba para hacerme una idea de cuánto tiempo nos quedaba. ¿Horas, días o semanas?

El humo flotaba en el aire a mi alrededor como los fantasmas de las personas a las que se habían llevado.

Intenté no pensar en Krista.

Habían saqueado o bombardeado todas las tiendas por las que pasaban. Las únicas que seguían intactas eran las que vendían alcohol. Nos habían dicho que la bebida perjudicaría al enemigo, así que debíamos dejarlos beber; estaba claro que la regla se la habían inventado hombres a los que poco les preocupaba la seguridad de las mujeres. Si mi madre no hubiera estado esperándome nerviosa en casa, habría cogido un ladrillo y habría destrozado hasta la última botella.

Cerca de las ruinas del palacio de Monbijou se había congregado una multitud. Como el palacio estaba totalmente derruido, quizá la gente creía que era seguro reunirse allí. Me parecía extraño que creyeran que no bombardearían dos veces el mismo lugar. La mayoría intercambiaba productos, y otros se contaban cotilleos, historias sobre lo que nos esperaba en las semanas siguientes. Las personas con las que me cruzaba cuchicheaban de una forma que me parecía violenta, como si las propias palabras discutieran entre sí.

Me coloqué en un punto algo apartado de los demás. Esperaba parecer accesible. No conocía las reglas, pero quizá nadie las conocía. Desempaqueté algunas cosas y las extendí en el suelo intentando pasar por alto el olor a carne quemada que flotaba en el aire.

Una mujer más regordeta que la mayoría de nosotros se acercó y empujó una olla grande con la punta de la bota.

—Por favor —le dije—, ¿tiene algo de comida? Llevo buenas porcelanas, unas botas de mujer muy bonitas, una alfombra pequeña...

La mujer iba con la ropa manchada de hollín, pero estaba hecha a medida, y se había recogido el pelo oscuro bajo un elegante sombrero. La reconocí; no la conocía personalmente, pero estaba segura de que formaba parte del círculo de mis padres. Antes de la guerra tenía dinero.

—Hum —murmuró. Dejó de lado los objetos del suelo y rebuscó en el cochecito—. Estas botas, sí. Y necesito algo de ropa.

Un estruendo resonó entre las ruinas.

Todos nos agachamos y levantamos los brazos para protegernos la cabeza. Las nubes ardían y llovía ceniza.

Debíamos marcharnos.

—Me llevaré las botas y toda la ropa —me dijo la mujer metiendo a toda prisa los objetos en un carrito que había dejado a sus pies.

Me tendió una bolsa de tela mohosa. Me pareció que pesaba mucho y miré dentro. Vi un pequeño saco de red con unas cuantas patatas sucias. Estaba a punto de apartarlas para ver qué más había cuando me espetó:

—Hay comida más que suficiente para cubrir lo que me llevo. Latas de carne y leche condensada. Y también mantequilla.

Otra explosión sacudió la tierra y me obligó a arrodillarme. Cerca de allí, lo que quedaba de la fachada de un pequeño edificio empezó a desmoronarse y cayó al suelo con un estruendo ensordecedor. Cuando volví a levantar la mirada, la mujer ya no estaba.

Cerré la bolsa y la dejé en el cochecito. No quería quedarme ni un minuto más en ese páramo. No estábamos a salvo en ningún sitio, pero sentía la imperiosa necesidad de regresar a casa. Al menos allí podría tocar el piano; y si iba a morir, lo haría perdida en su sonido.

Cuando llegué a casa, mi madre estaba en la cocina pelando patatas para la cena. Frau Weber estaba sentada en el sofá con un vaso en las manos, y el periquito, fuera de la jaula, posado majestuosamente en su hombro. Si se nos acababa la comida, quizá pudiéramos comérnoslo, aunque dudaba que tuviera mucha carne; solo plumas y huesos.

Tanto mi madre como frau Weber llevaban toallas envueltas alrededor de la cabeza como turbantes.

—¿Cómo te ha ido? —me preguntó mi madre—. ¿Cómo van las cosas ahí fuera?

—La gente hace trueques en las calles —le contesté entrando en la cocina—. No ha sido necesario que fuera a la Alexanderplatz.

Las patatas que había en la encimera eran pequeñas, estaban arrugadas y tenían manchas verdes. De algunas sobresalían pequeños brotes, dedos diminutos que buscaban desesperadamente la tierra. Cogí una y arrugué la nariz cuando mi dedo atravesó la piel viscosa.

—¿Has encontrado comida?

—Sí, algo he encontrado.

Volví al comedor a buscar mis cosas. Dejé el fardo de comida y la pesada bolsa en la mesa. Mientras yo desenvolvía el fardo, frau Weber se acercó y abrió la bolsa.

—Aquí no hay nada —dijo, y su cara se tiñó de un tono blanco enfermizo.

—¿Qué? Claro que hay. —Extendí un brazo y arrastré la bolsa hacia mí. Saqué el pequeño saco de patatas. Debajo solo vi un par de ladrillos.

—No lo has revisado —me reprochó mi madre.

—Pues...

Pero no encontré palabras para disculpar mi locura. Había sido muy poco cuidadosa. No podías fiarte de nadie, lo sabía, pero me había dejado engañar por la ropa bonita de la mujer, y tenía tantas ganas de volver a casa que me había despistado. Además, se había derrumbado un edificio... Pero debería haberlo revisado.

Frau Weber se agachó, se quitó la toalla de golpe y empezó a tirarse del largo pelo gris gimiendo una y otra vez:

—Vamos a morir, todos vamos a morir.

Oía el pánico creciendo en su voz como si fuera físico.

Mi madre no dijo nada. Se limitó a mirarme retorciendo un trapo de cocina hasta que los nudillos se le pusieron blancos.

21

Lisette

Tiempo atrás. Berlín, 27 de abril de 1945

Arrancamos pequeñas tiras de una sábana y nos las atamos alrededor de los brazos, tanto del izquierdo como del derecho, por si acaso. Después colgamos la sábana de la ventana y la observamos temblar con el viento cargado de humo. Camisas blancas, manteles y sábanas adornaban la fachada de todos los edificios que aún quedaban en pie en nuestra calle. Todos esperábamos que con eso bastara.

De repente se produjo una tormenta de disparos. El sonido rebotó por toda la casa como una bala solitaria, pero al momento se hizo el silencio y volvimos a oír el canto de los pájaros.

En Berlín se decía que los optimistas estaban aprendiendo inglés, y los pesimistas, ruso. Yo era realista, así que no me molesté en aprender nada. Los soviéticos serían los primeros en llegar, ya habían traspasado las fronteras de la ciudad, y saber algunas palabras en ruso no cambiaría mucho las cosas si buscaban venganza.

Una vez asegurada la sábana blanca, que el peso de la ventana cerrada mantenía en su sitio, descolgué de la pared la fotografía de nuestro Führer, que todos estábamos obligados a tener. Encendí la chimenea y observé cómo las llamas le devoraban el rostro. Frau Weber se negó a mirar y se dio la vuelta, como si la hubiera ofendido personalmente.

—La insignia del partido —le dije señalándole la solapa.

Sus dedos volaron hasta la garganta y se posaron en la insignia. Me miró con odio, como si le hubiera sugerido que lanzara a su pájaro al fuego, lo que, de hecho, se me había pasado por la cabeza.

Se la desabrochó despacio y se la colocó en la palma de la mano, tan pequeña e insignificante.

—No se quemará —me dijo mi madre.

Estaba sentada con los hombros encorvados y la mirada perdida y aturdida. No se había maquillado y llevaba el pelo suelto y sin peinar. Parecía otra persona, una mujer a la que no le importaba su aspecto, una mujer a la que ella misma habría censurado. Y tampoco se comportaba como mi madre. Yo quería que me dijera qué hacer, pero la situación la había paralizado.

—No, no se quemará —convine—. ¿La enterramos? ¿Nos la tragamos?

De pronto, su mera existencia me aterrorizó. Si la tirábamos al patio y un ruso la encontraba, ¿fusilarían a todos los vecinos de nuestro edificio? Había prometido ir al Tiergarten a recoger más leña; quizá debería llevármela y enterrarla entre los arbustos. Pero ¿y si el Ejército Rojo llegaba antes que yo? Cuando apareciera, tendría que esconderme, no andar por la calle con una insignia nazi en el bolsillo.

—Vamos a enterrarla. Ahora mismo —me dijo mi madre—. Aunque deberíamos hacerlo de noche. ¿Es de noche o es por la mañana?

Cada vez pasábamos menos tiempo en el sótano, porque no parecía tener mucho sentido bajar, pero incluso en la superficie costaba distinguir la noche del día. Teníamos hambre y miedo, y el humo que ahogaba la ciudad nos mantenía en una oscuridad permanente. En las últimas veinticuatro horas habíamos oído balas rebotando en las casas, tan cerca que los combatientes debían de estar a solo una calle de distancia. Nunca había visto ni oído un tanque, pero sabía que eso era lo que oíamos a lo lejos: el ruido sordo y metálico de la maquinaria pesada, cuyas vibraciones retumbaban en las calles.

—¿Qué es eso? —me preguntó frau Weber agarrándome del brazo y clavándome las uñas destrozadas—. Oigo algo.

Oímos pasos en la escalera. Las tres nos agachamos detrás del sofá. Cogí a mi madre de la mano, que estaba resbaladiza por el sudor. Cerré los ojos y abracé la creencia infantil de que si no veía a alguien, él tampoco me vería. Oía a mi lado la respiración entrecortada de frau Weber y después el ruido que hizo al arrastrar la jaula por el suelo para acercarla a nosotras.

La puerta se abrió de golpe y las bisagras chirriaron.

Mantuve los ojos cerrados y la cabeza gacha. Quienquiera que fuera se tambaleó por el pasillo arrastrando los pies y tropezó. O quizá estaba borracho.

—*Hallo? Ist jemand zuhause?* ¿Hay alguien en casa?

Sus pasos se aproximaron y sentí que estaba de pie junto a nosotras.

Abrí los ojos y miré hacia arriba. Era solo un chico con un incipiente bigote oscureciéndole el labio superior. Y llevaba un uniforme alemán.

Se me relajaron un poco los músculos y liberé parte de la tensión del cuerpo en un suspiro. Le di un codazo a mi madre, que también abrió los ojos. Me levanté y la ayudé a ponerse de pie.

—Es alemán —le dije a frau Weber, que seguía con los ojos cerrados.

—Agua —dijo el chico—, por favor.

El casco era demasiado grande para su cabeza y tenía que subírselo constantemente. Mi madre y yo nos miramos. Su presencia podría provocar que nos dispararan a todos.

—Por favor —repitió—. Solo un poco de agua y me iré.

Corrí a la cocina, cogí un vaso sin lavar (aunque a mi madre le molestaba, el agua era demasiado valiosa para desperdiciarla fregando) y saqué un poco de agua del cubo. Se la di y se la bebió de un trago. Volví a llenar el vaso.

—Hay una boca de riego en la Behmstraße —le dijo frau Weber resoplando. Su frente era un amasijo de costuras, un chapucero proyecto de costura infantil.

—Ya han ocupado la Behmstraße —le contestó el chico en voz baja.

Miró a frau Weber, a mi madre y a mí. Supe que quería pedirnos que lo escondiéramos y que lo salváramos. Era solo un niño, no tenía más de quince años. Demasiado joven para morir en la guerra de otro hombre.

—Siéntate —le dije—. Te traeré algo de comer.

—¡De ninguna manera! —gritó frau Weber olvidando el miedo y dando patadas en el suelo como una niña malhumorada—. No tenemos ni para nosotras.

No le hice caso. La comida era mía y de mi madre, no suya. Miré a mi madre, pero no dijo nada, así que llevé al chico a la mesa del comedor y lo senté. Abrí una lata de carne que había encontrado unos días antes entre los restos de un edificio cercano. El metal plateado había brillado a la luz menguante. Al descubrir varias latas más de carne y verduras, me eché a llorar. Mientras las recogía y las escondía en el cochecito, no me permití pensar en los dueños, me negué a imaginar sus cuerpos en putrefacción enterrados bajo mis pies.

Eché unos trozos en un cuenco y se lo ofrecí al chico, que abrió los ojos de par en par y se lamió los labios agrietados. Se metió la comida en la boca y no respiró siquiera entre cucharada y cucharada. Se acabó todo antes de que me hubiera sentado a su lado.

—¿Cuánto tiempo tardarán en llegar? —le pregunté.

—No mucho —me contestó—. Una hora. Puede que dos.

Temblaba y tuve que contenerme para no cogerle la mano y prometerle que lo refugiaríamos.

—Lo siento —le dijo mi madre en tono tranquilo pero firme—. Tienes que irte ya.

—¡Claro que tiene que irse! —exclamó frau Weber moviendo las manos—. Ni siquiera deberíamos haberlo dejado entrar.

—No lo hemos dejado entrar —repliqué—. Ha entrado él solo.

—Le has dado comida que necesitamos. Es un hombre muerto. Qué desperdicio.

Casi vuelvo a pegarle; la verdad era innecesariamente cruel.

—Tiene razón —dijo el chico poniéndose en pie con los ojos brillantes—. Gracias por el agua y la comida. Me marcho ya.

Se dirigió a la puerta dando tumbos, borracho de cansancio y desesperación. Antes de salir, se dio la vuelta, me lanzó una leve sonrisa de gratitud y dijo:

—Cuando vengan, no se escondan en el sótano. Es el primer sitio donde buscarán.

—Por el amor de Dios —me dijo mi madre—. Haz lo que te digo.

—No puedo dejarte aquí. —Pero no bajé de la escalera.

—Claro que puedes. No hay suficiente espacio para las dos ahí arriba. No te preocupes por mí. Soy demasiado mayor; no me querrán.

—No tienes ni cincuenta años.

—Lisette, por favor. Nos hemos quedado sin opciones. Tenías razón; deberíamos habernos marchado cuando hubo oportunidad.

Frau Weber estaba inmóvil, con la jaula en el regazo y el periquito parpadeando. Por fin había dejado de hablar. También había dejado de utilizar la estúpida toalla.

Fuera se oían vítores y a hombres borrachos cantando. La oscuridad había envuelto Berlín, pero en el aire se oían gritos de alegría.

También de miedo.

Subí los últimos peldaños. La vieja escalera oxidada se tambaleaba bajo mi peso, aunque mi madre la sujetaba con las manos. Me impulsé hacia arriba y levanté despacio la trampilla. Salió aire viciado y se levantó una nube de polvo. Volví a mirar hacia atrás. Mi madre asintió. Entonces subí, coloqué de nuevo la trampilla en su sitio y me estremecí cuando la luz se desvaneció.

El espacio era tan pequeño que solo podía sentarme con la cabeza inclinada; habría sido más fácil tumbarme, pero me habría sentido como en un ataúd, con tierra por abajo y por encima, y con el aire agotándose poco a poco. Olía a descomposición y a madera podrida. Algo me pasó por encima del pie y ahogué un grito.

«Respira —me dije—. Respira».

Me obligué a pensar en el piano e imaginé mis dedos deslizándose sobre las teclas. Escuché la música que había guardado a buen recaudo en mi interior y me permití imaginar a Julius sentado detrás de mí, escuchándome mientras tocaba. Julius. ¿Dónde estaba? Yo era demasiado mayor para creer en cuentos de hadas, pero me permití la fantasía de que aparecía de repente, me sacaba de mi escondite y me salvaba.

Recordé que Julius y yo solíamos subir aquí de niños. Casi todos los pisos tenían altillos, pero el de Julius no, y a él le fascinaba el nuestro, un espacio demasiado pequeño para los adultos, pero lo bastante grande para esconder secretos. Habíamos escondido todo tipo de baratijas entre las maletas abandonadas y la ropa vieja. Julius había guardado libros y papeles, aunque se negó a decirme lo que había escrito en ellos. Yo había guardado piedrecitas lisas del jardín que había decorado con lápices de colores. Nos tumbábamos uno al lado del otro en la oscuridad y Julius me contaba historias de reyes y reinas, de piratas y de vikingos.

Un grito. De mi madre. Y después el ruido de botas pesadas y voces masculinas.

Habían llegado.

Me deslicé boca abajo hacia la trampilla como un gusano abriéndose paso en la tierra. Había una estrecha franja de luz y apreté la cara contra ella para ver la habitación de abajo. Vi a frau Weber acurrucada en una esquina y a mi madre frente a ella, con los brazos extendidos como Jesús en la cruz. Los hombres, cinco, recorrían la habitación sacando cajones y tirando sillas a patadas. Sus raídos uniformes marrones estaban manchados y rotos. Incluso desde donde yo estaba veía que sus botas se caían a trozos y que las armas no colgaban de correas, sino de trozos de cuerda. Por absurdo que pareciera, todos los soldados llevaban varios relojes en los dos brazos.

Palabras extranjeras volaban como objetos lanzados por los aires. Un soldado encontró el aguardiente debajo del fregadero. Se bebió lo que quedaba directamente de la botella. Incluso a través de su máscara aterrorizada, vi a mi madre arrugar la nariz. Fue entonces cuando uno de ellos la agarró y le desgarró la camisa mientras ella intentaba apartarlo. El hombre tenía los ojos inyectados en sangre y perdía un poco el equilibrio, pero era fuerte.

No podía quedarme mirando. No podía permitirlo. Debería haber permanecido escondida, lo sabía, pero también estaba segura de que jamás me perdonaría haber sido espectadora de la destrucción de mi familia.

Introduje los dedos en la grieta y levanté la trampilla. Los hombres estaban demasiado borrachos para darse cuenta de que el techo se abría. La escalera había desaparecido, la habían escondido en la casa de frau Weber, así que salté. No pretendía caer encima de uno de los hombres, pero debió de moverse justo cuando salté. Aterricé sobre él y gritó como un niño pequeño.

Oí carcajadas, solo interrumpidas por los gritos de mi madre. El hombre que la había agarrado ahora le tiraba del pelo y la arrastraba hacia el dormitorio. Otro soldado empezó a manosearme mientras yo estaba en el suelo, con el tobillo dolorido. Intentó quitarme la falda con manos borrachas y torpes.

Y de repente oí a frau Weber gritar mientras se lanzaba sobre el hombre que me había inmovilizado en el suelo. Le arañó el cuero cabelludo, la cara y los ojos. Su voz chillona parecía la de un demonio, y su furia era indomable. Oí también a su periquito chillando en algún lugar cercano. Era un grito de guerra, una llamada a la batalla.

—¡Suéltala! —le gritó frau Weber—. Suéltala. Solo es una niña.

Vi la sombra de un hombre antes de verle la cara. Parecía la oscuridad misma. Arrancó a frau Weber de la espalda del soldado como si no pesara nada. Ella agitó los brazos y sacudió las piernas. Él la lanzó por la habitación como si fuera un trozo de papel hecho una bola. Frau Weber chocó contra la pared y se desplomó en el suelo. Los demás soldados guardaron silencio.

Lo observé todo como a cámara lenta. Frau Weber se levantó, le temblaban las piernas, pero la rabia seguía ahí. Estaba asustada pero también furiosa. Antes de que hubiera podido lanzarse contra el hombre, este sacó una pistola de la chaqueta y la amartilló sin dudar.

Y después le hizo un agujero en la cabeza a frau Weber.

22
Elly

Ahora. Berlín Este, 23 de septiembre de 1961

Un destello de esperanza se ha despertado en mí. El plan está en marcha; hoy saldré de Berlín Este.

Cuando llego al Volkspark Friedrichshain, Andréi ya está esperándome. Está sentado en un banco, con las largas piernas estiradas, los ojos cerrados y un cigarrillo colgando de los labios. Envidio lo relajado que parece siempre. Desde que tomé la decisión de escapar, mi corazón parece errático. Y cada vez que estoy con Andréi, me da un vuelco.

La semana pasada llegó el otoño con una fuerte tormenta y, aunque ha dejado de llover, los días ya no son cálidos. Miro los alrededores del parque y escucho las canciones de las pocas personas que se han aventurado a salir. Observo todos los rostros, pero debo hacerlo con cuidado. Si se me nota que tengo miedo, me convertiré en un objetivo.

Anoche me llamó Monika y oí un clic en el teléfono. Alguien estaba escuchando. Quizá siempre nos escuchan. Monika también lo oyó. Me di cuenta porque su música se ralentizó mientras hablábamos y pasó de un movimiento a otro. Ella quería hablar de nuestros deberes, pero en cuanto empezó el clic, teníamos cuidado con lo que decíamos y al final interrumpí la conversación.

Apoyo la bicicleta en un árbol y me meto las manos en los bolsillos de la chaqueta. Se levanta un viento que me eriza la piel y arrastra las hojas por el parque. Cuando me siento al lado de Andréi y mi cadera choca con la suya, abre los ojos. Siento la extraña necesidad de tocarlo, de que nuestros cuerpos estén en contacto. ¿Se da cuenta de que estoy manipulándolo? Quiero pensar que si cree que me gusta, no me traicionará.

Me pasa el brazo por encima de los hombros y me apoyo en él, solo un poco, para seguir con mi papel. Su característico olor a humo se cuela en mi ropa húmeda.

—¿Me echarás de menos, Elly Lange?

Quiero decirle que no, pero mi boca no me deja mentir.

—Sí —le contesto.

Lo echaré de menos. No porque sienta algo por él, está claro que no, pero para ser soviético no está del todo mal.

—No tienes que ir —me dice en voz baja—. No te corresponde a ti traer a tu hermano a casa.

—Sí que me corresponde —le replico—. No puedo explicarlo, pero tengo que hacerlo. Mi madre está destrozada, ha perdido la voz, y es la única forma de solucionarlo.

—Pasar al otro lado será solo el primero de muchos obstáculos. Lo sabes, ¿verdad? ¿Y si Axel sigue demasiado enfermo para salir del hospital? ¿Y si por alguna razón la ruta que hemos elegido deja de ser transitable y no puedes volver por el mismo camino? En cuanto hayas cruzado, no podremos ponernos en contacto. Controlan todo lo que entra y sale. Muchas cosas podrían acabar mal.

—Lo sé. Me las arreglaré.

No sé cómo. Y darle demasiadas vueltas hace que me duela el pecho.

Una chica de mi edad pasa por delante de nosotros. Me desplazo en el banco para alejarme un poco de Andréi. No soporto su forma de mirarnos; su mirada de desaprobación hace estallar la burbuja de que somos amigos. Quiero decirle que no somos pareja. Jamás estaría con un ruso.

Mientras pasa, oigo su música. Es decidida e inquebrantable, la melodía de una persona que se atiene a las reglas. Me recuerda que ella dormirá a salvo esta noche, pero yo no.

—¿Sigues avergonzándote de mí? —me pregunta Andréi. Lo dice de broma, pero solo a medias; oigo el dolor que oculta su tono.

—Perdona, es que... si mis amigos lo supieran, o mis padres... —Siento que me arden los ojos. Intento parpadear para eliminar el ardor—. Vamos a dar un paseo —le digo levantándome de un salto y prometiéndome no alejarme de él cuando vuelva a pasar alguien. A menos que sea un conocido, claro.

La hierba está cubierta de barro y nuestras botas chapotean sobre las hojas caídas que han empezado a descomponerse y las convierten en papilla. Algunos árboles todavía agarran desesperadamente unas cuantas hojas amarillentas, pero el invierno no tardará en llegar; casi siento su aliento helado.

—Mi madre y Oma Rita construyeron esta colina. ¿Te lo había contado?

—¿La construyeron? ¿Cómo se puede construir una colina?

—Después de la guerra limpiaron los escombros —le explico—. Trasladaron un montón de escombros a este parque y los convirtieron en una colina.

—¿En serio? No lo sabía. —Se enciende otro cigarrillo, cierra los ojos e inhala—. Entonces ¿toda esta colina está hecha de escombros?

—Sí. Es extraño, ¿verdad?

Intento en vano imaginarme a mi madre de joven después de la guerra, transportando cubos cargados con la derrota de su país. Todavía me cuesta más imaginar a Oma Rita. Todos los días se viste de domingo, se recoge el pelo en un moño y se aplica un toque de carmín rojo en los delgados labios. Se siente como en casa en el jardín, con las manos enguantadas en la tierra, pero incluso cuando se dedica a la jardinería se las apaña para parecer una dama. A veces se mancha de tierra la frente, pero siempre parece que se la haya untado a propósito, para añadir un toque de autenticidad. Cumplir órdenes y transportar ladrillos no debía de sentarle nada bien.

También me cuesta imaginar a mi madre y a Oma Rita formando equipo como dos eslabones de una cadena. Parecen desincronizadas, como dos personas que se ven obligadas a ser pareja de baile y no dejan de pisarse. ¿Alguna vez estuvieron unidas? Debieron de estarlo para que mi madre se haya quedado con Oma todos estos años. No es ningún secreto que mi madre siempre ha querido mudarse al Oeste, incluso salir de Alemania, pero Oma Rita se ha negado, convencida de que mi abuelo volverá a casa algún día.

—Nuestros padres tuvieron vidas muy diferentes a nuestra edad —me dice Andréi.

—Lo sé. A veces les pregunto por los años de la guerra, pero ninguno de los dos cuenta mucho. Sé que mi padre nunca quiso luchar. Me dijo que la guerra le había devorado partes del alma. La gente olvida que no todos los soldados alemanes eran nazis. Y los objetores de conciencia se enfrentaban a la pena de muerte, así que no tuvo otra opción. Incluso a los que hacían comentarios derrotistas podían enviarlos a un campo de concentración.

Oigo que mi voz se pone a la defensiva y se convierte en un gemido suplicante inconfundible. Sé que es el argumento al que todos recurrimos para justificar lo que hicieron nuestros padres. «No tenían otra opción. No lo sabían. No todos los alemanes eran nazis». Pero de verdad creo a mi padre. Es la persona más buena que conozco. Y he escuchado su música: no hay maldad ni violencia en ella.

—Estoy seguro de que tu padre es un buen hombre —me dice Andréi.

Me avergüenza necesitar que me lo diga, pero así es.

—La historia la escriben los vencedores —sigue diciéndome Andréi—. Creo que lo dijo Churchill. Lo que pasó fue horrible, pero todo un país no puede ser malo.

—Y aquí estamos de nuevo —le digo—. La vida debería ser fácil y divertida, ¿no? Pero han dividido Berlín, Axel está atrapado en el Oeste, y en lugar de salir con mis amigos y hacer planes de futuro, me dedico a...

—Pasar el rato con un soldado soviético guapísimo.

Me río.

—Si tú lo dices.

Una rama enorme ha caído en el camino, delante de nosotros. Está mojada y ha empezado a pudrirse. Supongo que si alguien le diera una patada, dejaría al descubierto a una familia de carcomas comiendo. No necesito ayuda para pasar por encima, pero Andréi me tiende una mano y se la cojo.

—Me gustaría conocer a tu familia algún día —me dice sujetándome la mano un segundo más de lo necesario.

Me arden las mejillas. No sé qué contestarle. Lo dice como si tuviéramos algo más que una amistad, una relación a largo plazo. Lo dice como si no supiera que toda mi familia me repudiaría si supiera que estoy en contacto con un ruso.

Una bandada de palomas se lanza en picado y de repente Andréi me agarra del brazo y tira de mí, como si los pájaros fueran misiles y nosotros su objetivo.

—Perdona, perdona —me dice sin dejar de mirar los pájaros, que se han posado en un árbol. Suelta una carcajada avergonzada—. No me gustan los pájaros.

—¿Te dan miedo?

Es un soldado con un cuerpo como el de Superman, y la persona más tranquila y serena que he conocido, y sin embargo una bandada de palomas lo ha alterado.

—No me dan miedo —me contesta volviendo al camino con los ojos todavía clavados en el árbol y sus amenazantes habitantes—. No me gustan. Son... sucios. Y pueden darte un picotazo.

—Yo te protegeré —le digo. Sonrío y él me devuelve una sonrisa tímida—. Dicen que la mejor manera de superar un miedo es afrontarlo.

—No es miedo...

—Si te encerráramos en una habitación con un montón de pájaros, saldrías curado.

—Saldría sin ojos. Me los habrían arrancado a picotazos.

—Entonces ¿no quieres probarlo?

—¿Podemos hablar de otra cosa, por favor?

Le doy un golpecito en el hombro con el mío.

—Claro.

El camino empieza a empinarse y se me acelera la respiración. Andréi reduce el ritmo para adaptarlo al mío.

—Háblame de las canciones que oyes. Es fascinante.

—Bueno..., es difícil de explicar.

Y lo es. Pero también me preocupa lo que pueda pensar. No suelo hablar de este tema. Cuando era pequeña, creía que todo el mundo oía melodías a su alrededor. No supe que no era así hasta que se lo comenté a mi padre.

—Es como si a cada persona se le hubiera asignado una pieza musical —le digo eligiendo con cuidado las palabras—. Unas veces oigo orquestas enteras, y otras solo una voz cantando. Dicen que algunas personas piensan con palabras y otras con imágenes. Yo pienso sobre todo con música.

—Yo no sé con qué pienso...

—Si digo «gato», ¿en tu cabeza ves un gato o la palabra?

—Oigo la palabra. No, puede que también vea al gato, pero sin duda la palabra está ahí. ¿Hay personas que solo piensan con imágenes? ¿Que solo ven el gato?

—Eso parece. Damos por sentado que todo el mundo piensa como nosotros, que todos vemos lo mismo, pero puede que mi rojo sea tu azul. No hay forma de saberlo.

—Con toda esa música, debes de tener la cabeza llena de ruido.

—Sí y no. Mozart decía que la música no está en las notas, sino en el silencio que las separa. Creo que ahí es donde está nuestra alma, escondida en ese silencio.

Siento que se me calientan las mejillas. Lo que digo no tiene ningún sentido.

—Eres interesante, Elly Lange.

Me río, pero me sale como un aullido.

—No lo sé. Una vez intenté contárselo a mi madre y se enfadó mucho. No, no es que se enfadara. Se asustó. Fue extraño. Nunca más volví a mencionarlo. Debes de pensar que soy rara.

—Lo raro no es necesariamente malo. Puede ser maravilloso. Nadie quiere ser como todo el mundo.

—Entonces ¿crees que soy rara?

—No, solo maravillosa.

Lo dice con total sencillez, como si fuera un hecho. Me quedo inmóvil.

—Gracias —le digo por fin.

Seguimos caminando. Su mano roza la mía y contengo la respiración. Por un instante creo que va a entrelazar sus dedos con los míos, pero de repente un perro ladra y el instante pasa.

A lo lejos, una mujer pasea a su labrador con sobrepeso. Mientras el perro mea contra un árbol, ella se gira para mirar hacia otro lado, como si quisiera darle algo de intimidad. Aparte de ella, no hay nadie más a la vista.

—Tenemos que repasar los planes para esta noche —le digo bajando la voz por precaución—. ¿A qué hora quedamos?

Suspira; todavía espera que cambie de opinión.

—A las tres de la mañana —me contesta por fin—. A esa hora no debería haber nadie. Los desalojos en la Harzer Straße no van bien, y eso te beneficia. Todos centrarán la atención en ese barrio. La RDA ofrece ascensos y aumentos de sueldo a los que impidan una fuga, así que todos los guardias y los vopos están esperando su momento.

—Creía que habían tapiado todas las ventanas.

—Todas no. Las de más arriba no.

—¿Ha saltado algún inquilino?

—Todavía no, pero alguno lo hará. Ya hay gente en el Oeste instándolos a saltar y gritándoles que ellos los recogerán.

—¿No te tienta un ascenso y un aumento de sueldo? —Lo digo en broma, aunque solo a medias. Confío en él, pero es el enemigo.

—No, Elly Lange, no me tienta.

Repasamos el plan una vez más y después le pregunto si podemos pasear y hablar de otras cosas; quiero fingir por un rato que mi vida podría ser diferente. Subimos a lo alto de la colina y contemplamos la vista. El sol se hunde en el cielo; las nubes ya no lo sostienen. La niebla se asienta sobre Berlín, pero los árboles son un arcoíris de colores otoñales y me gusta recordar que todavía queda algo de belleza en esta mitad de la ciudad. Desde que tengo uso de razón he querido marcharme, pero aquí he sido feliz. Es fácil olvidarlo.

23

Elly

Ahora. Berlín Este, 23 de septiembre de 1961

—*Guten Tag, herr Krause* —le digo intentando no parecer demasiado aliviada—. Me alegro de verlo.

Llevo casi media hora deambulando por la calle. Me preocupaba que ya se hubiera ido. Es un animal de costumbres y todos los sábados por la tarde sale a hacer la compra semanal con su maltrecho carrito arrastrándose detrás de él como si fuera una mascota. Quería hablar con él antes, pero no podía arriesgarme a que le contara algo a mi padre, porque lo habría estropeado todo. Pero por esperar al último momento, casi no lo consigo.

—¿Cómo está? —le pregunto. Me soplo en las manos y el aliento sale en forma de nubes de niebla—. Hacía tiempo que no lo veía. ¿Está bien?

—Muy bien —me contesta.

Los ojos se le asientan en las cuencas como cuentas negras, sin vida, como los de una muñeca. Me mira con desconfianza. Como estoy muy cerca de él, veo los pequeños pelos como patas de araña que le crecen en los lóbulos de las orejas. Parecen temblar al ritmo de su música. La suya es una canción extraña, un ritmo lento de batería acompañado de un solo de piano. Es repetitiva y aburrida. He escuchado música que me asusta otras veces, pero esta es diferente. Suena como si tocaran las notas a medias, como si las tocara una persona a la que no le gusta la música en absoluto, a la que nada le gusta especialmente.

—Estupendo —le digo—. Yo también estoy muy bien. Bueno, muy bien no, claro. Estamos pasando por un momento difícil y... La prima de mi padre está enferma... Vive en Leipzig. —Parezco nerviosa. He preparado estas palabras de antemano, las he cosido con cuidado con la esperanza de que encajaran, pero mis labios son torpes—. Iré a verla mañana y me quedaré con ella un tiempo.

—¿No tienes colegio?

—Pues sí, pero es que no está bien. Necesita mi ayuda. Ya sabe cómo son estas cosas. Es la familia. Por eso voy. Bueno, iré mañana. Seguramente me quedaré con ella un tiempo.

Asiente, pero levanta una ceja, una oruga gruesa y peluda arqueando la espalda. Espero que signifique que no le parece bien, no que sospecha.

—Bueno —sigo diciéndole—, me alegro de haberlo visto.

Y paso junto a él, atravieso la puerta del edificio y, con la semilla ya sembrada, subo a mi casa.

Encuentro a mi padre en la cocina preparando la cena. La casa huele a ajo y cebolla fritos. Un guiso hierve a fuego lento y la encimera es un amasijo de verduras cortadas.

—Elly, ya has llegado. ¿Dónde estabas?

—He salido con Otto y Monika. —La mentira escapa de mi boca con facilidad—. Hemos ido a dar un paseo. Y después a comernos un pastel.

Mi padre se quita despacio las gafas empañadas y limpia los

cristales con el jersey. En las últimas semanas ha envejecido mucho. Nuevas arrugas le surcan el rostro y parece más bajo, como si cargara con un gran peso que le ha comprimido los huesos.

—¿Puedo ayudarte? —le pregunto.

—Gracias, Elly. Encantado.

Sigue cortando verduras y salteándolas. Yo limpio el desorden, recojo las pieles de las cebollas y las puntas de las zanahorias y las tiro al cubo de la basura, que está debajo del fregadero. Aunque conozco la receta, porque lo he ayudado a prepararla infinidad de veces, le pido que me la explique paso a paso. Este piso nunca me ha parecido mi hogar, pero él sí.

Creo que mi madre no me echará de menos, pero mi padre sí. Y si no lo consigo, si esta misión suicida resulta ser exactamente eso, mi padre habrá perdido a sus dos hijos. No sé si conseguirá recuperarse.

El día llega a su fin. Mientras hago y deshago la mochila, imagino a todos al otro lado de Berlín preparándose para un sueño profundo. Despliego la partitura que dejé entre las páginas de la libreta y miro la melodía de Andréi. Aún no la he acabado. No termina de quedarme bien. Aunque la noche y los días que me esperan ocupan mi mente, esta canción incompleta es como una astilla que no puedo sacarme, por más que tire de ella.

Me la guardo en el bolsillo, me siento en la cama y miro las manecillas del reloj, que se mueven más despacio que nunca. Todavía no es la hora de marcharme, pero oigo a alguien llorando en el comedor. Dejo atrás mi impaciencia y salgo al pasillo.

El suelo de madera está frío bajo mis pies descalzos. El frescor del otoño está instalándose en casa. Aunque el piso se encuentra a oscuras, los sonidos familiares de la noche (los fuertes ronquidos de Oma Rita y el tictac del reloj de pie) me resultan reconfortantes.

Seguro que mi madre oye mis pasos acercándose y el crujido de las tablas del suelo, pero sigue llorando, como si no pudiera detener las lágrimas. Está en pie en medio del comedor, mirando el lugar donde sé que una vez estuvo su piano. Las cortinas permanecen corridas y la luz de la luna proyecta un pálido resplandor. Lleva puesto su camisón blanco bordado en el cuello y tiene el pelo suelto.

Me pregunto qué la atormenta. Axel no está, por supuesto, pero hay algo más. ¿Por qué dejó de tocar el piano? ¿Qué pasó hace muchos años para que perdiera la voz por primera vez? Mi padre me comentó que el pasado de mi madre fue difícil (los años de la guerra y la desaparición de su padre), pero ¿qué tiene eso que ver con el piano? ¿Y por qué su tristeza no se ha quedado en el pasado? ¿Por qué la ha seguido hasta aquí como un acosador que todavía la acecha en el presente?

—¿Estás bien? —le pregunto desde el pasillo, sin atreverme a cruzar el umbral—. Bueno, es evidente que no estás bien, pero… ¿puedo hacer algo? ¿Te preparo un té? ¿Despierto a papá?

Sus sollozos se calman, pero tarda unos minutos en darse la vuelta y mirarme. Cuando lo hace, veo su cara pálida, del mismo color que la luna, pero con líneas de rímel en las mejillas que hacen que parezca que haya estado llorando sangre.

Está confundida, con la misma mirada que suele tener Oma Rita, como si no supiera quién soy. Como si estuviera inmersa en un recuerdo. Esta casa guarda muchos secretos ocultos en los rincones, doblados entre la ropa y susurrados entre mis padres, en lugares a los que nunca podré acceder. La razón por la que me odia es uno de ellos.

Sale de la luz de la luna y se adentra en la penumbra. Quiero decirle algo. Abrazarla, decirle que voy a solucionarlo, que voy a resolver lo que le pasa, pero no hago nada. Creo que va a pasar por mi lado, ajena a mi presencia, pero de repente se detiene y me estrecha entre sus brazos. Es tan inesperado que me quedo sin aliento. Me abraza con fuerza, tan cerca de ella que siento los latidos de su corazón y huelo el leve aroma cítrico de su pelo. Y después, con la misma rapidez, me suelta y se va.

24

Lisette

Tiempo atrás. Berlín, 28 de abril de 1945

Después, cuando los soldados se hubieron marchado, mi madre y yo nos abrazamos en un rincón del comedor. No recordaba la última vez que me había abrazado. Sabía que el contacto físico la molestaba, pero nuestro cuerpo ya no era nuestro. Lo habíamos separado del alma, o al menos yo lo había hecho, y quizá ella también. Notaba cierto ardor entre las piernas y algo húmedo y pegajoso en los muslos, pero por lo demás no sentía nada en absoluto. Era como si el dolor fuera de otra persona. Una persona que no era yo.

Los hombres se habían marchado con las primeras luces del alba. El cuerpo de frau Weber yacía a unos metros de nosotras; su sangre salpicaba la pared como un sol rojo y redondo. Tenía los ojos nublados, casi opacos. Deseé que mi madre se acercara a ella y se los cerrara.

Sentía la mente extrañamente vacía. Las imágenes de lo que había sucedido intentaban introducirse en mi visión, pero no las dejaba entrar. Se arremolinaban, se retorcían y me golpeaban el cráneo, pero decidí llenarme el cerebro de música. *La canción del guerrero*, de Heller, lenta pero contundente. Mi cuerpo estaba débil, pero necesitaba que mi mente encontrara fuerzas. Intenté integrarme en esa música. Me convertiría en su cuerpo, y así sobreviviríamos.

—Tenemos que sacarla —me dijo mi madre en un susurro ahogado.

A nuestros pies estaba la jaula con el pájaro de frau Weber en silencio. ¿Se había dado cuenta de que ella había muerto? No dejaba de estirar el cuello, como si le costara respirar. Yo odiaba el ruido que hacía a todas horas, pero su silencio era peor.

—Lisette, ¿me has oído? Tenemos que sacarla.

Esperé a que mis palabras se unieran, a que formaran algo coherente, pero se agitaban y se sacudían como peces ahogándose en el aire.

Dejé que la música se apoderara de mí, que la melodía vibrara en mis labios, y al final encontré la energía para ponerme en pie.

Tardamos otra hora en levantarnos, pero cuando las dos estuvimos en pie, mi madre se sacudió el polvo y asumió el control.

—La enterraremos en el parque.

—¿Es seguro salir? ¿Y si hay soldados?

—Se habrán ido. Todavía no ha caído todo Berlín. Están tomando la ciudad calle a calle. Puede que vuelvan, pero no durante el día. De momento estamos a salvo.

—¿Estás segura?

¿Cómo lo sabía? No me permití pensar demasiado en su última frase, en ese «de momento». No podía enfrentarme a lo que significaba.

Con el cuerpo magullado y destrozado, sacamos a frau Weber a la calle. Para mi sorpresa, pesaba muy poco, no era más que un saco de huesos. Todos habíamos adelgazado desde el inicio de la guerra, pero había sido progresivo. Ahora observé las mejillas demacradas de mi madre y los brazos como palos llenos de contusiones. Miré mi cuerpo desinflado; mis pechos se habían convertido en pequeños montículos hinchados, como dos picaduras de mosquito infectadas.

Encontramos el cochecito en el callejón y colocamos con cuidado el cuerpo de frau Weber, con las piernas colgando por un lado. Mi madre cogió la pala de jardinería del patio y se la metió bajo el brazo. Fuera se habían reunido pequeños grupos de mujeres y niños. Nos saludaban con la cabeza al pasar. La mayoría tenía cortes y magulladuras, y todos parecían angustiados. A nadie parecía sorprenderle ver a una anciana muerta en un cochecito.

En las calles había cuerpos de soldados, tanto alemanes como soviéticos, esparcidos como fardos de ropa tirada. Intenté no mirarlos, pero sus ojos muertos y blanquecinos nos seguían a todas partes. No era necesario enterrar a frau Weber; podríamos haberla dejado entre las ruinas con los demás, pero era de los nuestros y se merecía algo mejor.

Cuando llegamos al parque, vimos que estaba lleno de flores, y por un instante el aroma de las lilas enmascaró todos los demás olores. La primavera había ablandado el suelo y, aunque tardamos en cavar una tumba poco profunda, la espantosa tarea evitó que reviviera los horrores de la noche anterior.

Cuando consideramos que la zanja era lo bastante profunda, metimos el cuerpo de frau Weber y esparcimos puñados de tierra encima. Después echamos más tierra con una pala para cubrirla lo mejor posible.

—Intentó salvarme —dije mientras colocaba flores en la tumba—. Murió intentando salvarme.

—Lo habría querido así.

—No tiene ningún sentido —repliqué.

—Murió intentando salvar a una persona a la que quería. ¿Qué mejor forma de morir?

—No me quería. Nos odiábamos.

—Claro que te quería. Ha estado contigo desde que naciste. Te conoce desde siempre y no tiene hijos. Tiene la lengua afilada, bueno, la tenía, pero siempre se preocupó por ti.

Tragué saliva; me ardía el pecho. Me miré las manos sucias. La sangre de frau Weber se había mezclado con la tierra y se me había incrustado debajo de las uñas. Sabía que tardaría mucho en limpiármela.

—¿Os han pillado?

Frau Roth era vieja y feísima. Le faltaban los dos dientes delanteros y tenía en medio de la frente un gran lunar peludo que parecía una diana. De niña me asustaba e incluso ahora di un paso atrás en la escalera y me agarré a la barandilla para no caerme.

—Decidme, ¿os han pillado? —Como ninguna de las dos le contestamos, se encogió de hombros y añadió—: Mejor tener encima a un ruso que a un yanqui.

—¿Está bien, frau Roth? —le preguntó mi madre—. ¿Podemos ayudarla en algo?

—Claro que estoy bien. Estoy viva, ¿no? A mi edad, nunca pensé que un hombre querría meterse en estas bragas, pero los Ivanes no son exigentes. —Abrió la boca y soltó una carcajada que rebotó en las paredes desnudas.

Mi madre se estremeció y se limpió de la cara una gota de saliva de frau Roth.

Frau Roth se inclinó hacia ella y bajó la voz, como si yo no fuera a oírla, aunque estaba a un palmo de distancia.

—A ella también la pillaron, ¿no? Ya veo. Asegúrate de que se dé una ducha vaginal. En los últimos tiempos está muy delgada, seguramente hace meses que no tiene la regla, pero nunca se es demasiado precavido. Lo mejor son las duchas vaginales con aceite o vinagre, pero cualquier cosa sirve.

Asintió, como si estuviera de acuerdo consigo misma, y mientras seguía bajando la escalera arrastrando los pies, me dio una palmadita en la mejilla.

Mi madre abrió la puerta. Yo me quedé en el umbral; los recuerdos de la noche anterior me asaltaban. No quería volver a poner un pie en casa, pero no tenía adónde ir.

Muchas veces me había imaginado haciendo el amor con Julius, recorriendo con las manos su cuerpo desnudo y tocando el piano sobre su piel. Mi cuerpo sanaría, lo sabía, pero nunca lo olvidaría.

Mientras seguía paralizada en la puerta, con el mundo tambaleándose de un lado a otro, mi madre empezó a limpiar la casa. Levantó las sillas, colocó bien el sofá y recogió los cristales rotos. La pared seguía cubierta de sangre; la mancha parecía una flor y no podía dejar de mirarla.

Mi madre se acercó a mí y me miró a los ojos.

—Siento lo que te ha pasado —me dijo en tono firme—, pero sobreviviremos. Tenemos que sobrevivir. Papá volverá a casa. Julius y Wilhelm también. La guerra casi ha terminado. Lo que pasó anoche, lo que seguramente vuelva a pasar... lo enterraremos, lo olvidaremos y seguiremos adelante. Es la única manera. ¿Lo entiendes?

Solo pude asentir. Me dirigí a mi habitación y me tiré en el suelo. Pensé en lo que acababa de decirme mi madre, analicé sus palabras como si las tuviera en las palmas de las manos y las sintiera, las tocara y pudiera ver si eran reales.

«Lo que seguramente vuelva a pasar...».

Cerré los ojos y busqué la música que me salvaría. Imaginé mis dedos moviéndose sobre las teclas, mis manos lentas y firmes, y *La canción del guerrero*, de Heller, nítida y clara, reverberando por mis venas.

25

Lisette

Tiempo atrás. Berlín, 30 de abril de 1945

Frente a nuestro edificio había un camión parado cuyo motor en marcha lanzaba un gruñido de impaciencia. Al volante estaba una mujer, aunque al principio no me di cuenta. Era fuerte, con la nariz y la frente anchas, y llevaba el pelo corto metido debajo del sombrero.

—Tú —me dijo con un marcado acento ruso—, ¿te llamas Lisette? ¿Eres la pianista?

El agua se derramó del cubo mientras mi madre y yo lo bajábamos a la acera. Había querido venir conmigo porque temía que saliera sola.

Miré a mi madre. No sabía qué contestar.

—No tengo tiempo para lidiar con mentirosos. ¿Tocas el piano o no?

Seguí sin contestar.

—Supongo que eso es un sí. Sube.

Como no nos movimos, sacó un arma y me apuntó a la cabeza.

Al ver que no tenía elección, mi madre dijo con firmeza:

—Iré con ella.

La mujer dudó un momento, pero después asintió.

Subimos y agachamos la cabeza, conscientes de que la gente nos miraba.

—El general quiere un pianista. Uno de nuestros hombres vio un piano en vuestra casa y un vecino nos dijo que tocas muy bien. Estamos de celebración, *da?* Irás a entretenerlos.

Lo dijo en tono de burla. Además de miedo, sentí una vergüenza insoportable. Se instaló dentro de mí como una especie de parásito que me devoraba por dentro.

La soldado y yo debíamos de tener la misma edad. Me pregunté cómo habrían sido para ella los años de guerra. ¿Le había resultado fácil odiar y matar, o había tenido que aprender ese papel? Como soldado, ¿la habían tratado con respeto, o los Ivanes trataban a todas las mujeres como objetos?

Cogí de la mano a mi madre mientras atravesábamos el caos de calles y dejábamos atrás ruinas en llamas y a personas asustadas y hambrientas vestidas con harapos. La ciudad fue desvaneciéndose lentamente, los edificios dieron paso a árboles en ciernes y hierba alta, y el aire cargado de humo se disipó un poco. Aparecieron grandes villas a ambos lados. Antes era un barrio judío e intenté no preguntarme dónde estarían ahora los propietarios.

—Es aquí —nos dijo la conductora.

Aparcó el camión delante de una casa grande e imponente con pilares de hormigón en la entrada y un balcón que daba a un pequeño lago. En la orilla había una barca de remos volcada y con un remo roto al lado, como una extremidad fracturada. Oí voces y risas estridentes antes incluso de que hubieran abierto las puertas del camión. Las piernas me llevaban hacia delante, pero mi mente me gritaba que me diera la vuelta.

Dentro, el espacio era opulento: muebles extravagantes y lujosos, sofás de terciopelo rojo y suelo de mármol brillante.

Los que habían vivido en esa bonita casa ya no estaban, pero habían dejado pequeños fragmentos de su alma, libros que los habían inspirado, cuadros que les habían insuflado vida y muebles que habían definido quiénes eran: personas regias, esperanzadas y desafiantes. Pero no había servido de nada. Los habían acorralado, los habían despojado de todo y lo único que quedaba era ese edificio.

La soldado nos llevó a un gran salón lleno de gente. En el aire flotaba un olor a cuerpos sucios y a alcohol rancio. Había supuesto que todos serían soldados, pero había también mujeres alemanas que ocultaban su vergüenza detrás de copas de brandy y sonrisas forzadas. Levantaron la mirada cuando entramos, pero enseguida la desviaron. En un sofá vi a una chica de pelo oscuro que no tendría más de dieciséis años. Sus labios eran una herida roja. Moratones oscuros le decoraban los brazos. Un oficial le pasaba el brazo por encima de los hombros y le apoyaba la mano en el pecho. Me recordó a Krista.

Sentí que alguien me observaba y supe que tenía que ser él, el general. Estaba sentado en un sillón de terciopelo, con las piernas cruzadas y un cigarrillo encendido entre los delgados labios. Tenía los ojos de color gris pizarra y los rasgos afilados. Aunque el pelo le escaseaba, no era del todo feo, pero su intensidad resultaba desconcertante. Se sirvió un vaso de agua de una jarra que estaba en la mesa sin apartar la mirada de mí. El aire era denso y caliente.

—La pianista —dijo con un acento entrecortado.

¿Qué vecino le había dado mi nombre? ¿Había sido una traición o pretendía ser un regalo?

Se levantó, dio una palmada y la sala se quedó en silencio de inmediato. Incluso los hombres que hablaban arrastrando las palabras y con los ojos desenfocados se callaron y prestaron atención al general, no sé si por respeto o por miedo. Les habló en voz baja. Aunque el ruso es un idioma feo, él conseguía darle un toque musical. Y entonces la soldado que había ido a buscarnos apareció a mi lado y me agarró del brazo con tanta fuerza que me dejó un moratón. Me llevó hasta un piano de cola situado en un rincón. Era precioso y parecía caro, pero no quería tocarlo. No quería estar allí.

Me senté en el taburete, cerré los ojos y apoyé los dedos en las teclas. Imaginé que estaba en casa y el salón se desvaneció. Toqué *Clair de lune*, de Debussy, la canción favorita de Julius. No quería mancharla tocándola entre el enemigo, pero necesitaba a Julius a mi lado y era la única forma de sentir que lo estaba.

Cuando terminé, levanté la mirada y vi al general aplaudiendo despacio para mostrar que le había gustado. Me indicó con un gesto que me sentara en el sillón y él se sentó al piano. Tenía las manos delicadas y los dedos largos. Cuando tocaba, no podías evitar escucharlo. Yo era buena, pero él era mejor y quería que yo lo supiera. En cuanto quedó claro, me ordenó que volviera a mi sitio y entretuviera a los hombres durante el resto de la noche.

No tardé en estar mareada de cansancio y el calambre de las manos se extendió a los brazos, pero continué tocando. Los soldados que me rodeaban siguieron bebiendo hasta quedar aturdidos y uno a uno empezaron a quedarse dormidos.

—Si haces que tu hija se comporte, os protegeré a las dos. —Aunque el general se había inclinado hacia mi madre, no le habló en voz baja; quería que yo oyera—. Yo. O diez de mis hombres.

Mis dedos se detuvieron y contuve la respiración.

—No. Lléveme a mí. —Las palabras de mi madre fueron un susurro, un graznido patético.

El general se rio, un ladrido sin alegría, y sentí que el peso de la derrota me hundía en el suelo.

—Uno o diez. Tú decides.

No la vi asentir, pero mi cuerpo sintió su traición como un cuchillo entre los omóplatos.

Mi madre apareció a mi lado y me tocó el hombro.

—Es músico como tú —me susurró—. Será amable, estoy segura. Acabará pronto. Piensa en otra cosa.

Mientras el general me llevaba al piso de arriba, mi madre se quedó sentada en el borde de un sofá retorciéndose los pliegues del vestido. Nos observó mientras nos íbamos, pero me negué a mirarla a los ojos. No quería ver su patética disculpa.

Una cama con dosel y cortinas de encaje dominaban el dormitorio principal. La habitación estaba ordenada y las sábanas parecían limpias, aunque un olor a naftalina impregnaba el aire. En un armario entreabierto vi elegantes vestidos colgados, abandonados, esperando en vano a su dueña, que nunca volvería.

Al principio fue amable y yo hice lo que me había dicho mi madre: cerré los ojos y pensé en otra cosa. Pronto acabaría.

Pero de repente sentí su mano alrededor de mi cuello y sus dedos me aplastaron la tráquea. Intenté apartarle la mano y le clavé las uñas en el brazo, pero era demasiado fuerte. Me revolví debajo de él, invadida por el pánico. Cuanto más me esforzaba por soltarme, más fuerte me apretaba. Su rostro se nubló y manchas negras desfilaron ante mis ojos.

Estaba muriéndome. Aquí acabaría todo.

Justo antes de desmayarme, con los ojos desorbitados y sin aliento, él sonrió, se estremeció y me soltó.

26

Lisette

Tiempo atrás. Berlín, 2 de mayo de 1945

La noticia nos llegó a través de gritos de alegría en las calles, susurros en la escalera y letras impresas en los periódicos que cubrían lo que quedaba de las aceras, y aun así costaba creerla. Su muerte debería haber sido larga y agónica, con las uñas ensangrentadas extirpadas de los dedos y miembros quemados y magullados arrancados del torso. Sin embargo, fue violenta pero breve. Un disparo en la cabeza, con la mujer a la que amaba a su lado. Un búnker lleno de maldad. Y después nada. El Führer muerto.

27

Lisette

Tiempo atrás. Berlín, 5 de mayo de 1945

—Vodka —dijo. Siempre daba órdenes, nunca pedía.

Mi madre corrió a la cocina y volvió al instante con la botella medio vacía y con una ligera sonrisa en el rostro. La dejó con cuidado en la mesita y deslizó un posavasos por debajo.

El general estaba sentado en el sillón de mi padre, como si fuera suyo y siempre se hubiera sentado ahí. Me miró con sus ojos grises pizarra y sentí que desfallecía bajo su mirada.

Casi todos los soldados se habían marchado. El general se había cansado de entretener a sus hombres. Aunque el hombre que era su mano derecha dormía en el sofá, roncando profundamente, su aliento apestoso impregnaba el aire a su alrededor. Sabía lo que significaba su retirada. Sentí que me subían arcadas por el pecho.

De todos los hombres que podrían habernos protegido, él era el peor. No había bondad en él. Ni rastro de compasión o arrepentimiento. Yo sabía que él hablaba alemán, pero rara vez me decía nada, como si yo fuera demasiado inferior a él para dirigirme la palabra. Yo no era nada. Solo un cuerpo con el que entretenerse.

Dejó el cigarrillo en un cenicero y un trozo de ceniza cayó al suelo. Vi que mi madre tomaba nota y lo añadía a la lista de cosas que tendría que limpiar después. De repente sentí que la odiaba con todas mis fuerzas. Cada vez que venía el general, ella le ofrecía un sitio en nuestra mesa y provisiones de nuestra despensa, aunque uno de sus secuaces solía traer comida y bebida. Cada noche, después de que el general me hubiera llevado a la cama, oía a mi madre entreteniendo a sus oficiales con su ruso básico. Yo no era una niña cuando estalló la guerra. Y cuando me robaron la inocencia, tampoco. Pero esperaba más de ella. Cada noche, mientras él me forzaba, el tintineo de su risa forzada y educada era otra violación.

—Piano —dijo el general, aunque no a mí—. Canción alegre. Hitler muerto. La guerra casi ganada. Hay que celebrarlo, *da? Las bodas de Fígaro* o *Ruslán y Liudmila*. Conoces a Glinka, ¿verdad? Papá de la música rusa.

Quizá por eso mi madre había creído que sería amable, porque sabía mucho de música clásica. Si hubiéramos estado en otro tiempo o en otro lugar, podría haberme impresionado. Muy pocos hombres valoraban y entendían de verdad a los grandes compositores. Aunque dudaba que tuviera alma.

Mi madre se volvió hacia mí y me dirigió lo que supuse que ella creía que era una sonrisa para darme ánimos. Me acerqué al piano sin rechistar. Mi bonito piano. Después de la primera noche, el general había insistido en venir a nuestra casa en lugar de llevarnos a la mansión que había confiscado. Al invadir nuestro hogar, su dominio sobre nosotras era absoluto. Yo había creído que lo que me había sucedido la noche en que habían llegado los rusos era lo peor que tendría que pasar en la vida. Pero aquellos hombres estaban borrachos, eran torpes y se dieron prisa. Fui un objeto que usaron y descartaron. Con el general era diferente. Quería tener a una persona a la que humillar, controlar y destrozar. Quería a una persona a la que pudiera llevar al borde de la muerte para después permitirle vivir. Cada noche era peor que la anterior.

Aunque movía los dedos sobre las teclas, me costaba pensar en algo alegre. El piano era una extensión de mí, pero yo flotaba sin rumbo en un océano infinito esperando a que las olas me vencieran y el agua me llenara los pulmones. Solo podía tocar la canción de alguien que estaba ahogándose.

Oí el impacto del cenicero contra mi frente antes de sentir el dolor que me recorrió la sien. Levanté despacio los dedos de las teclas y me sacudí la ceniza que me había caído en el pelo. Me palpitaba la cabeza. Me mordí el labio para no llorar.

—Algo alegre —me susurró mi madre al oído en tono suplicante.

Y obedecí, porque mi principal impulso, como el de todos, era sobrevivir. Deseaba la muerte, pero sin querer la desafiaba.

La canción del guerrero fluía ahora entre mis dedos. Sus ritmos majestuosos me daban fuerza y las notas me elevaban y me transportaban a otro lugar. Me sentí ligera y supe que mientras encontrara consuelo tocando el piano, podría sobrevivir a cualquier cosa.

Al final de la pieza, levanté los dedos de las teclas, los extendí y los moví para eliminar los calambres.

—¿Por qué paras? No doy permiso para dejar de tocar.

Se levantó y cogió el vaso, que dejó una mancha en la mesa, un anillo de oscuridad que nunca desaparecería, por más que mi madre lo frotara después. Se acercó al piano y se detuvo tan cerca de mí que veía las arrugas de su piel curtida y bronceada.

—Toca. Ahora. —La impaciencia se apoderó de su voz.

Intenté concentrarme, pero el pánico crecía dentro de mí como bilis. Sentía palpitaciones en la nuca. Recordaba sus manos alrededor de mi garganta y no sabía si podría volver a pasar por eso.

Depositó el vaso en la tapa del piano y, sin apartar los ojos de mí, sacó un cuchillo de la cintura del pantalón y pasó el dedo por el filo dentado. Era un resorte de violencia, una serpiente venenosa a punto de atacar, pero aun así yo no podía tocar.

Agarró el mango y clavó el cuchillo en la tapa del piano.

Marcó despacio sus iniciales en la madera. Me sentí como si estuviera cortándome la carne y grabándome su nombre en el alma. Porque yo era suya. Ahora lo entendía.

28

Lisette

Tiempo atrás. Berlín, 6 de mayo de 1945

Me desperté y vi que el general se había marchado y que mi madre estaba a mi lado con una expresión indescifrable.

—He preparado el desayuno. Hay tocino y huevos.

Me di la vuelta y me coloqué de cara a la pared.

—No seas así. Pronto se habrán ido...

—Y los echarás de menos. —Lancé estas palabras como si fueran objetos y deseara que dieran en el blanco—. Te oigo todas las noches, ¿sabes? Riéndote y haciendo bromas con ellos.

—¿Qué quieres que haga? ¿Que los trate mal? ¿Que les pida que se vayan? Sé que son nuestros enemigos. No disfruto teniendo a esos hombres sucios en mi mesa y sus almas sucias en mi casa. Y tú... Solo intento que sigamos vivas hasta que...

—Permitiste que esto pasara —le dije—. Nunca te perdonaré.

Abrió la boca. Volvió a cerrarla. La miré fijamente y al final se retiró. Volví a mirar la pared.

La guerra me había enseñado que estábamos solos en el mundo. Todos éramos egoístas y crueles. Yo no era diferente.

Más tarde la encontré sentada a la mesa del comedor esterilizando una aguja y cortando hilo. Detrás de ella, el pájaro de frau Weber la observaba desde su percha. Había estado prácticamente en silencio desde su muerte y me sorprendía que hubiera sobrevivido.

—¿Qué haces?

—Hay que curarte la herida de la cabeza —me dijo—. Déjame cosértela, por favor.

Me toqué la frente y encontré un bulto hinchado. Se me quedaron los dedos húmedos y pegajosos. Sin decir una palabra, retiré una silla y me senté a su lado.

Mi madre frunció el ceño, concentrada, mientras preparaba el primer punto. Intenté no hacer una mueca de dolor al sentir que la aguja me perforaba la piel y el hilo me tiraba de la carne. Después volvió a empezar. Tardó solo unos minutos y luego dejó la aguja, asintió y murmuró satisfecha de su trabajo. Me toqué con cuidado los puntos, el bulto y la piel caliente.

—Lo siento —me dijo en voz baja mientras me limpiaba con un pañuelo un hilo de sangre por encima de la ceja—. Lo siento muchísimo.

29

Lisette

Tiempo atrás. Berlín, 20 de mayo de 1945

Caminaba con dificultad por las calles destrozadas, cargada con dos cubos de agua. Me dolían los hombros por el esfuerzo. Había pasado tantas horas en la cola que había empezado a oír en sueños el chirrido oxidado de la manivela de la bomba.

Trepé por un montón de escombros intentando mantener el equilibrio. A mi alrededor el polvo era espeso como una capa de pintura. Por encima de mí, colgando de edificios bombardeados, banderas soviéticas ondeaban al viento. Eran de color rojo sangre con un símbolo extraño, bastante parecidas a las banderas nazis que habían sustituido. ¿Por qué a los hombres los embriagaba tanto el poder? ¿Por qué no nos dejaban vivir en paz?

Los soldados rusos se habían extendido por Berlín como una mancha indeleble. Dos pasaron en bicicleta tambaleándose. Sus amigos se reían a gritos cada vez que se caían.

—Fräulein —gritó uno de ellos—, venga a enseñarnos.

Desde que habían comunicado la muerte de Hitler y la rendición de Alemania, los rusos no habían dejado de celebrarlo. Ya casi había llegado el verano, pero ellos seguían aquí.

En mi memoria, los veranos de Berlín siempre iban acompañados de un ligero olor a comida podrida y a basura esperando en la calle a que la retiraran, pero durante la guerra no se tiraba un gramo de comida, y en cuanto retiraban los cadáveres y los civiles descuartizaban los caballos muertos para comérselos, el olor a podrido desaparecía del aire. Ahora las que se pudrían por dentro eran las mujeres. Me sentía humillada y sucia. Cada vez que caminaba por la calle me daba la sensación de que bastaba mirarme para saber que me habían profanado. Contaminado.

—¡Fräulein! ¿Por qué tan triste?

Un soldado sucio y desaliñado daba vueltas en bicicleta a mi alrededor. Pedaleaba mejor que sus amigos y conseguía mantener el equilibrio, pero de repente chocó contra un ladrillo, voló por encima del manillar y aterrizó con un gruñido delante de mí.

Me detuve, dejé los cubos en el suelo y esperé a que se apartara de mi camino. Tuve cuidado de no derramar agua; había hecho dos horas de cola y me había ganado hasta la última gota.

El hombre se levantó y se sacudió el polvo de los pantalones. Tenía las palmas de las manos arañadas y sangrando. Frunció el ceño y se lamió la sangre.

Oí risas de niños procedentes de una pared cercana llena de agujeros de bala. Había huérfanos por todas partes. Vagaban por las calles saqueando, robando y causando estragos. Tiempo atrás me habrían dado pena, pero ya no me quedaba compasión.

—¿La ayudo? —me preguntó el hombre acercándose a coger las asas.

Negué con la cabeza y salté para colocarme entre él y los cubos.

Otro soldado que estaba sentado en una pila de ladrillos

cercana nos observaba fumándose un cigarrillo. Dirigió al hombre de la bicicleta una ráfaga de sílabas ásperas. Solo entendí el nombre del general. Me habían marcado. Todos sabían quién era. La puta del general. Berlín se había convertido en un gran burdel, pero a ninguna de nosotras nos pagaban.

El hombre de la bicicleta levantó los brazos para indicar que se rendía y se alejó. Intenté recoger mi dolor, como si fuera una camisa demasiado larga, y ocultar los bordes deshilachados. Temía que con un tirón más me desmoronaría y me quedaría completamente desnuda.

Me volví hacia los cubos y descubrí a un niño con el pelo del color del fuego lamiendo el agua como un perro callejero.

—Vete —le dije dándole un golpe en la cabeza—. Si quieres agua, ve a buscarla.

Se incorporó, se rio a carcajadas y dio una patada a los cubos antes de salir corriendo.

Cerré los ojos e intenté calmar mi respiración. Me caían lágrimas calientes, que me froté con furia.

El soldado de la bicicleta volvió a acercarse.

—Siéntese, fräulein —me dijo cogiendo los cubos vacíos—. Yo voy.

Esta vez me dio algo. Era una tableta de chocolate belga.

—Para fräulein —me dijo y sonrió.

No sabía de dónde la había sacado ni me importaba. Me imaginaba el sabor en la lengua y la sonrisa de mi madre cuando la partiera en dos y le diera la mitad.

—Siéntese —me repitió—. Vuelvo pronto.

Lo observé mientras se alejaba. Ese fugaz momento de bondad fue como ver una mariposa revoloteando en una tormenta de nieve.

30

Lisette

Tiempo atrás. Berlín, 22 de mayo de 1945

Mi madre me encontró en el patio cavando la tierra. Habían destruido nuestro huerto hacía tiempo, así que intentábamos cultivar lo que podíamos cerca de casa. El patio ahora olía a ajo silvestre, los tomates estaban casi maduros y yo había localizado un pepino solitario escondido entre las enredaderas. Era demasiado pronto para comernos las verduras, pero sabía que si las dejaba un día más, seguramente algún vecino nos las robaría. No podía culparlos, porque yo haría lo mismo.

Mi madre se agachó a mi lado y me ayudó a arrancar las malas hierbas. De vez en cuando se sacudía la tierra del cuerpo. Había vuelto a ponerse ropa respetable, a lustrarse los zapatos, a pintarse los labios de rojo y a recogerse el pelo en un moño. Yo sabía que había utilizado parte de nuestra preciada agua para lavarse la cara, pero no podía reprochárselo.

—¿Estás bien?

No tenía palabras para describir lo mal que estaba. Ya no me reconocía en el espejo. La soledad me había encorvado la columna vertebral y la tristeza había convertido mi voz en grava. Algunos días no podía hablar en absoluto. Me parecía que no tenía sentido; no tenía nada que decir.

—Háblame —me dijo mi madre—. Quiero ayudarte, si puedo.

Oí el sentimiento de culpa en su tono, pero su sentimiento de culpa no podía ayudarme. Nada podía ayudarme.

—Estoy... Me pondré... bien.

Ensarté las palabras despacio, como cuentas de un collar, pero el hilo era casi invisible y los agujeros demasiado pequeños.

—El general se irá pronto —me comentó—. Se lo he oído decir a uno de sus soldados. Y tu padre volverá a casa. Y Julius. Ya lo verás. Todo cambiará.

Sus palabras deberían haberme llenado de esperanza, pero no fue así. Me sentía entumecida.

—Frau. Fräulein.

Una soldado del general apareció en el patio, la mujer que nos había llevado ante él la primera noche.

—Vengan conmigo.

Tocó la correa del arma, una sutil advertencia para que nos apresuráramos. Recogí a toda prisa las verduras, las metí en la bolsa y me la coloqué bajo el brazo para que no la vieran. Mi madre y yo nos levantamos y la seguimos por delante de la fachada del edificio hasta la calle. La acera estaba llena de vecinos y de personas a las que no reconocimos. En las dos últimas semanas, los refugiados alemanes que habían huido a otros países se habían visto obligados a regresar. Cada día llegaban miles a Berlín.

Un soldado con un altavoz en una mano leía un trozo de papel en lo alto de una pila de escombros.

—*Zuhören!* ¡Escuchen! —gritó. Aunque tenía un fuerte acento ruso, su alemán era bueno—. Mañana todos los hombres y las mujeres de entre quince y cincuenta y cinco años y capaces de trabajar deben presentarse en el *Rathaus*. Es hora de que limpiéis vuestra asquerosa ciudad.

Estuve segura de que la última frase no estaba en la hoja.

Ya sabíamos lo que nos pedirían. En los últimos días no dejaban de circular rumores. Primero cargaríamos en carros todo lo valioso que quedara en Berlín para que se lo llevaran a Rusia, y después nos ordenarían que empezáramos a limpiar los escombros de las calles.

Oí la voz de la oficial detrás de mí.

—Fräulein —me dijo—, el piano está a salvo. El general lo ha... salvado. —Me dirigió una ligera sonrisa, una pequeña ofrenda de paz. Esperaba que le diera las gracias. El general también lo esperaría.

Me di la vuelta, fingí que no la había oído, y mi madre y yo subimos la escalera hasta nuestra casa con el habitual temor haciéndome un nudo en el estómago.

Dentro encontramos a seis soldados. Rebuscaban en los cajones, levantaban colchones y retiraban cuadros de las paredes. Había muy poco que llevarse, ya habíamos vendido casi todo lo que tenía algún valor, pero eran como buitres arrancando la última carne podrida del cadáver que era nuestro hogar.

Nos quedamos junto a la puerta sin hacer nada. Sentía a mi madre temblando a mi lado al darse cuenta de que la «protección» del general solo llegaba hasta cierto punto. Mientras los hombres salían con varios vestidos bonitos y sus últimas joyas, la oí ahogar un sollozo. Habíamos enterrado algunas cosas de valor en el patio, pero ¿por qué no se nos había ocurrido enterrarlas todas?

Un soldado bajito y delgado, con dientes de conejo y el pelo revuelto, cogió la jaula. Metió el dedo entre dos barras y tocó con él el estómago del periquito de frau Weber, que le picó. El soldado se rio. Mientras salía con la jaula, le cerré el paso.

—Deje el pájaro, por favor. No se porta bien. No querrá quedarse con él, se lo prometo. Pero era de una amiga nuestra. Tengo que cuidar de él.

El hombre me miró perplejo. Era evidente que no sabía alemán, pero entendió mis gestos. Le quedó claro que no iba a dejar que se llevara el pájaro. Al final se encogió de hombros, me entregó la jaula y arrambló con un adorno de la estantería.

—Odias a ese pájaro —me dijo mi madre en voz baja.

—Lo sé. Es verdad que lo odio.

Como me había prometido la soldado, no tocaron el piano. Cuando se marcharon y cerraron la puerta casi disculpándose, dominaba el comedor. Había sido mi bien más preciado, pero ahora era como un gran monstruo que amenazaba con engullirme.

Miré al pobre pájaro en su jaula. Abrí la ventana, conseguí que saliera y lo dejé libre.

Llamaron a la puerta, que se abrió antes de que ninguna de las dos hubiera respondido.

—Las dos seguís aquí —dijo el general—. Bien.

Detrás de él, varios hombres bajaban la escalera con los cuadros de frau Weber bajo el brazo. No podía imaginarme esas hermosas acuarelas adornando las paredes de los rusos. La habían asesinado y ahora dejarían su alma atrapada en sus casas. Lamentaba no haberlas cogido y quemado todas. Ella lo habría preferido.

—Tengo órdenes —dijo dirigiéndose a mi madre—. La ciudad pronto quedará dividida. Controlada por los aliados. Algunas tropas se quedan en nuestra parte, pero yo debo volver a casa. Gracias por vuestra... hospitalidad.

Mi madre asintió y se retiró, como si él y yo estuviéramos enamorados y creyera que demandábamos un poco de intimidad. Quizá era lo que se había contado a sí misma. Tal vez mitigaba su sentimiento de culpa con un millón de pequeñas mentiras.

Retrocedí y me apoyé en el piano, que antes había sido un salvavidas y ahora era un obstáculo. El general dio un paso adelante y apretó el cuerpo contra el mío.

—A veces, cuando conozco a alguien, oigo su *muzyka*, su canción —me dijo—. La primera vez que te vi, la tuya era un *kvartet* de cuerda, pero tocada por músicos viejos, que antes eran buenos, quizá excelentes, pero en ese momento estaban derrotados. Como tu país. Ahora solo oigo... un violonchelo solitario. Tiene varias cuerdas rotas y otras están *sorvannyy*; las han tocado demasiado fuerte. Están a punto de romperse. —Me apretó el hombro y se inclinó hacia delante para susurrarme al oído. Sentí su aliento rancio y caliente sobre mi piel—. Te echaré de menos, fräulein. Aunque creo que tú no me olvidarás. Me reconforta saber que cada vez que te sientes a tocar el piano, pensarás en mí.

Giré la cara y miré la pared. Me negaba a mirarlo a los ojos.

Y después se marchó.

Me quedé inmóvil observando la puerta cerrada. Intenté pasar por alto el centenar de hilos que se retorcían y se me anudaban en el estómago formando una bola que no se desharía jamás. Sentí que una gruesa capa me envolvía, apagaba la luz y silenciaba mi voz.

—¿Lisette?

No podía mirar a mi madre. Sabía que esperaba que me alegrara, que dejara de lado todo lo que había sucedido y emprendiera el camino del olvido, pero nunca lo olvidaría.

Pasé junto a mi madre y saqué un cuchillo del cajón de la cocina. Después rasqué las iniciales que el general había grabado en la tapa del piano. Rasqué una y otra vez. Arranqué grandes trozos de madera, como si estuviera sacándole los ojos, pero no me bastó. Fui a buscar el atizador de la chimenea y volví al piano. Levanté el atizador por encima de mi cabeza y bajé los brazos con todas mis fuerzas. Mi madre gritó. Golpeé el piano una y otra vez. Al principio no pasó nada, solo le hice unas cuantas abolladuras, pero después la madera empezó a astillarse y las bonitas teclas se levantaron como una ola de caballos blancos, se desplomaron y cayeron al suelo. Cuando las cuerdas del piano chasquearon y se rompieron, se produjo una cacofonía de sonidos rotos, pero seguí. Los gritos agonizantes del piano llenaron el comedor.

Cuando por fin mi piano quedó hecho pedazos, me desplomé en el suelo.

Mi piano ya no existía y la música que siempre había estado dentro de mí tampoco. Más tarde me di cuenta de que mi voz había desaparecido con él.

31

Elly

Ahora. Berlín Este, 25 de septiembre de 1961

Salgo de casa resistiendo la tentación de mirar atrás. No necesito grabarla en mi memoria. Volveré.

Mientras recorro la calle adoquinada, aparecen sombras en cada esquina. Me digo a mí misma que no debo tener miedo, que no he hecho nada malo. Al menos todavía. Podría estar volviendo a casa de una discoteca. Oficialmente deben cerrar a la una de la madrugada, pero sé que algunas tienen permisos especiales. Me arrepiento de no haber memorizado el nombre de alguna de ellas.

Cruzo un parque y las hojas arrugadas bajo mis pies se burlan de mí. «Te equivocas. No sobrevivirás», me dicen.

Andréi está donde me dijo que estaría, fumándose un cigarrillo apoyado en un coche. Es un coche de la VoPo, con el logo verde oscuro estampado en el capó. Aunque sé que es de un amigo de él, al verlo me da un vuelco el corazón.

El viento levanta la basura y la arremolina mientras una fina cortina de lluvia barre la calle. Me dirijo despacio hacia Andréi mirando a mi alrededor, pero no veo a nadie; la ciudad duerme. Este se incorpora cuando me acerco e inesperadamente me abraza. Por un instante aprieto la cara contra la tela áspera de la chaqueta de su uniforme. Huele a humo y a algo dulce. De repente siento un dolor en el pecho y me aparto. En el mejor de los casos, entre nosotros se ha creado algo parecido a una amistad, pero, como un animal criado en cautividad, no podrá sobrevivir en la naturaleza.

—Póntelas —me dice dándome unas botas.

Se trata de unas botas de agua que me llegan hasta la mitad del muslo. Veo que son demasiado grandes, de la medida de un hombre con pies anchos y pantorrillas gruesas, pero se lo agradezco de todos modos. Me quito las botas que llevo puestas, las meto en la mochila y me pongo las que acaba de pasarme.

—¿Estás lista? —Me sujeta la cara con las dos manos. Estamos tan cerca que su nariz casi toca la mía. Aunque lo intento, no puedo evitar recordar nuestro primer beso.

—Más que nunca. Bueno, nadie puede estar listo para algo así. Es demasiado... pero, sí. Estoy lista.

—Quédate —me susurra en voz tan baja que no estoy segura de que lo haya dicho—. Quédate, por favor.

—No puedo.

Asiente y el hecho de que de alguna manera lo entienda hace que no quiera marcharme.

Subo a la acera mientras él abre la puerta del coche y entra. Lo adelanta hasta cubrir la tapa de la alcantarilla y vuelve a salir.

—Tenemos que darnos prisa —me dice—. Tú primero.

Me arrodillo y me meto debajo del coche arrastrando la mochila. El espacio es tan reducido que me preocupa que no quepamos los dos, pero en un instante Andréi está a mi lado. Con un gancho que lleva en la mano derecha levanta la tapa de la alcantarilla. La deslizamos despacio por la carretera y el gancho chirría, porque casi pesa demasiado para aguantarla. El ruido es tan fuerte que bien podría ser una sirena.

En ese momento lo oímos.

El zumbido de un motor. Grava resbalando.

Andréi se lleva un dedo a los labios. Le agarro la otra mano y la aprieto hasta que estoy segura de que dejará de circularle la sangre. Oigo el rugido del motor del coche. Está cerca, casi encima de nosotros.

Andréi también está asustado, lo observo en sus ojos. Es la primera vez que veo que su confianza flaquea. Si nos pillan, no podremos explicar por qué estamos tirados debajo de un coche, con un enorme agujero entre nosotros. Nos sacarán a rastras, nos meterán en una furgoneta y nos torturarán. O, con un poco de suerte, nos dispararán aquí mismo.

El coche reduce la velocidad al aproximarse. Miro fijamente a Andréi intentando encontrar consuelo en sus profundidades azules. Siento el sabor de la gasolina en la lengua.

Y entonces el coche sigue su camino y nos quedamos solos.

Tengo la cara húmeda y de repente me doy cuenta de que he estado llorando. Se me escapa un sollozo, pero es un grito ahogado de alivio.

—Ahora —me dice Andréi—. Antes de que sea demasiado tarde. Puede que vuelva.

No tengo tiempo para cambiar de opinión. Al darme la vuelta, me doy un golpe en la cabeza contra el coche. Me meto en el agujero y muevo los pies hasta que encuentro los peldaños de la escalera. Andréi me pasa la mochila, que me cuelgo al hombro. Lo miro por última vez, pero antes de que empiece a bajar me sujeta la cara con las dos manos y presiona los labios contra los míos.

Le devuelvo el beso sin pensarlo. Es un beso rápido y hambriento, y no sé si me tiemblan las piernas y siento calor en el pecho por el beso o porque tengo la mitad del cuerpo colgando en la entrada de una alcantarilla y puede que no viva para contarlo.

El momento se expande y se prolonga. El mundo se hace pequeño.

Solo estamos nosotros.

Después de lo que me parece una eternidad, pero también un instante, nuestros labios se separan.

—Estaré esperándote, Elly Lange —me dice. Y se va.

La tapa de la alcantarilla cubre el agujero por encima de mi cabeza y mi mundo se sume en la oscuridad.

Siento la piel caliente. Me agarro a la escalera con más fuerza de la necesaria porque de pronto temo resbalarme y caer. Si me rompo una pierna, nadie me encontrará antes de que sea demasiado tarde. Quiero sacar la linterna, pero necesito las dos manos. La oscuridad es tan absoluta que me da la impresión de que estoy descendiendo a las profundidades del infierno. Casi espero sentir el calor de las llamas lamiéndome los pies, pero aquí hace frío, y cuanto más bajo, más frío hace. También aumenta el silencio; los sonidos de la ciudad son cada vez más apagados y distantes.

Los peldaños se acaban y mis pies encuentran algo sólido. No parece del todo estable. Debo de haber pisado la rejilla de la cloaca. Me agarro a la escalera con una mano para no caerme, saco la linterna del bolsillo de la chaqueta y la enciendo. El espacio es reducido y las paredes a mi alrededor están desmoronándose. La rejilla bajo mis pies es marrón y está oxidada. Me muevo hacia un lado e intento levantarla. No veo ningún candado ni nada que la sujete, pero no se mueve. Voy a morir aquí abajo.

Tengo la frente empapada de sudor y siento calambres en los dedos. Debo calmar mis palpitaciones, pero el pánico es un enemigo que me oprime el pecho. Tiro de la rejilla una y otra vez, y por fin cede un poco. Apoyo un pie en la pared y tiro con todas mis fuerzas. Se levanta con un chasquido, caigo hacia atrás y me araño el hombro con la pared.

Sujeto la linterna con los dientes, pero me lo pienso mejor y la meto en la mochila. Hacia la mitad de la siguiente escalera, el hedor me golpea. Intento respirar por la boca, pero el olor también me produce mal sabor de boca y me dan arcadas. Unos peldaños más y el pie se me queda colgando. Oigo líquido fluyendo y el ruido de ratas correteando a lo lejos. El aire está impregnado de suciedad. En la lengua parece arenoso y me cubre la piel como baba. Sabía que el pis y la mierda de millones de personas serían horribles, pero no estaba preparada para esto.

Si sigo dudando, no seré capaz, así que salto. Aterrizo en el río de mierda, y parte de ella me salpica la cara. El líquido me llega hasta los muslos y agradezco mucho las botas de agua que me ha traído Andréi. Empiezo a caminar por el agua y casi pierdo el equilibrio, pero al extender la mano encuentro una pared húmeda. ¿Voy en la dirección correcta? ¿Me he dado la vuelta al tropezar? Andréi me hizo memorizar el mapa, pero la imagen parpadea en mi mente como una pantalla de televisión sin señal.

Ahora que puedo volver a utilizar las manos, me coloco la mochila sobre el pecho y hurgo en su interior en busca de la linterna. Encuentro el interruptor y la enciendo. Me da la impresión de que las paredes se mueven. No entiendo por qué. Me acerco un poco más. No es la pared lo que se mueve, sino cientos de cucarachas que salen corriendo, asustadas por la luz. Retrocedo y se me resbala la linterna. Cae en las aguas residuales, pero veo el haz de luz. Me agacho para recogerla y vuelvo la cara mientras la busco con las yemas de los dedos. El olor es insoportable. Mis dedos encuentran algo sólido. Lo cojo y me incorporo con la linterna goteando en una mano. Todo mi cuerpo se agita y vomito una y otra vez.

Cuando por fin no me queda nada en el estómago, alumbro con la linterna en ambas direcciones. El túnel que tengo delante parece idéntico al que tengo detrás: caminos que llevan a la derecha y a la izquierda. ¿Qué esperaba? ¿Un cartel que dijera «Berlín Oeste por aquí»? Tengo que suponer que voy en la dirección correcta. ¿Qué otra opción me queda?

Cuento los pasos, pero mi mente no deja de divagar y pierdo la cuenta. ¿Hemos calculado bien la distancia? Mejor que me pase a que no llegue, pero solo habrán retirado una tapa de alcantarilla antes de que llegue. No sé quién me está ayudando. Solo sé que es un amigo de Andréi. Y vuelvo a preguntarme si he hecho bien confiando en él. No podré levantar una tapa de alcantarilla yo sola. Si su amigo no cumple su promesa o yo no consigo encontrar la tapa correcta, ¿alguien me oirá gritar? ¿O el ruido del tráfico amortiguará mi voz? El pánico vuelve a apoderarse de mí e intento concentrarme en Axel, en sus dedos diminutos y sus ojos muy abiertos, y en mi madre, en su cara demacrada, su voz apagada y su canción ahogada. Estoy haciendo todo esto por ellos.

Un chapoteo. Demasiado grande para que sea una rata que se ha caído. Un destello de luz en la distancia.

Hay alguien más aquí abajo.

Apago la linterna y me quedo lo más inmóvil posible. Mi respiración suena demasiado rápida y fuerte, así que intento ralentizarla inhalando el hedor. Me trago las ganas de volver a vomitar.

—*Hallo?* —La voz de un hombre, ronca y distante—. *Ist da jemand?* ¿Hay alguien ahí?

Me coloco a un lado del túnel lo más despacio que puedo. Pego la espalda a la pared. Algo me pasa por la cara y necesito toda mi fuerza de voluntad para no soltar un grito.

No debería haber nadie aquí abajo. No conozco los horarios de los que trabajan en las alcantarillas, pero seguro que nadie debería estar chapoteando en plena noche. A menos que sea un guardia fronterizo. El conductor del coche que pasó antes de que yo bajara... puede que haya dado la voz de alarma. Quizá haya todo un ejército aquí abajo buscándome.

—*Hallo*? —repite la voz.

La luz de la antorcha gira y pasa a centímetros de mí. No oigo la música del hombre, solo chapoteos, gorgoteos y un ruido sordo. Imagino que no es un humano, sino un minotauro con cabeza de toro y cuernos que me desgarrarán el estómago. No sé si está acercándose o alejándose, pero sin duda está en este pasadizo principal, no en uno pequeño de los laterales.

Me desplazo con la espalda pegada a la pared, giro a la derecha y avanzo lo más deprisa que puedo sin hacer demasiado ruido. Tanteo la pared, vuelvo a girar a la derecha y después a la izquierda. Me paro y espero. Tengo la sensación de que las paredes se cierran sobre mí, pero ya no veo el haz de la antorcha moviéndose de un lado a otro. Por ahora estoy a salvo.

Espero más de lo necesario contando los minutos. El agua resbala por la pared hasta mi cuello y algo pasa rozándome la oreja. Me muerdo la mejilla por dentro y cierro los ojos con fuerza. Intento encontrar mi música, pero no lo consigo.

Derecha, izquierda, izquierda... Intento recordar las instrucciones de Andréi y el mapa que ambos memorizamos. ¿Cuál es la derecha y cuál la izquierda? Giro en redondo y vuelvo a apoyar la espalda en la pared intentando no resbalar. La oscuridad es tan completa aquí abajo que se agolpa a mi alrededor como una horda de fantasmas. Por un instante me siento como si estuviera boca abajo, pero sigo adelante tanteando el camino con las manos. No sé si voy en la dirección correcta, pero distingo en qué momento paso por una curva porque me llega una breve corriente de aire y por un fugaz instante el hedor no es tan fuerte.

Aquí. La escalera debería estar aquí, pero no está.

Mi cuerpo convulsiona con un sollozo y el sonido resuena. Siento que las extremidades me pesan y que tengo las manos entumecidas.

Mi mente se pierde en algún lugar de este laberinto de oscuridad.

32

Lisette

Tiempo atrás. Berlín, 4 de septiembre de 1945

Me envolví la cabeza con un pañuelo y me recogí el pelo. Me puse unas botas viejas de mi padre. Me quedaban grandes, pero no tenía zapatos adecuados. Las rellené con papel y acepté la incomodidad.

La guerra había terminado. La bomba atómica había arrasado la mayor parte de Hiroshima y Nagasaki, los japoneses se habían rendido y los aliados habían entrado en nuestra ciudad y se habían unido a los soviéticos que todavía no se habían marchado. Junto con nuestras compañeras berlinesas, mi madre y yo salimos a rastras de nuestro edificio intacto como erizos que salen de la hibernación. Por fin podíamos volver a vivir, pero todavía no sabíamos qué tipo de vida sería. No creía que Berlín pudiera resurgir de sus cenizas, pero muchos tenían esperanzas. Y limpiar la destrucción era el primer paso. En algunos distritos no quedaban calles, solo montones de escombros como hormigueros. En las carreteras, las malas hierbas habían empezado a abrirse paso a través del hormigón roto; la naturaleza ya empezaba a reclamar su espacio.

Me protegí los ojos y salí al sol abrasador. El viento era como oleadas de fiebre, pero me remangué y dejé que me soplara en la piel. Cuando mis ojos se acostumbraron a la luz, vi que habían colgado un cartel en nuestro edificio. Era una imagen de un campo de concentración con un montón de cuerpos esqueléticos colocados como troncos en una hoguera. Debajo se leía: VOSOTROS SOIS LOS CULPABLES. Mi madre lo miró y desvió la vista de inmediato, incapaz o no dispuesta a asimilar el horror.

Caminamos por las calles destrozadas evitando los cráteres y manteniéndonos a distancia de los edificios que parecían a punto de derrumbarse. Había carteles similares por todas partes. Me obligué a mirarlos todos.

¿Lo había sabido en su momento?

Todavía la semana anterior, mi madre había estado de acuerdo con frau Roth en que a los civiles se nos había ocultado todo. Me dije a mí misma que tenía que ser verdad; si lo hubiéramos sabido, no habríamos permitido que sucediera. Ningún ser humano, de haberlo sabido, habría decidido no decir ni hacer nada. No era posible.

Pero así fue.

Subí por un montón de ladrillos que aún no habían retirado del centro de la carretera. Le tendí la mano a mi madre, pero ella negó con la cabeza. A nuestro alrededor, las formas irregulares de los edificios destruidos parecían montañas contra el inmenso cielo azul.

Nuestra tarea de limpiar la ciudad parecía imposible.

Pasamos junto a un tanque abandonado y calcinado. Primero lo habíamos visto arder, y después vimos flores en el cañón, como si fuera un jarrón. Ahora estaba cubierto de carteles de propaganda soviética y folletos que ofrecían clases de baile, como una absurda obra de arte.

Me uní al grupo al que nos habían asignado a mi madre y

a mí evitando mirar a nadie a los ojos, aunque eso no impidió que una mujer se acercara a mí.

—Me llamo Margarethe —me dijo. Tenía la cara demacrada y llevaba largas trenzas. No supe calcular su edad; podría tener tanto veinte como sesenta años—. ¿En qué sector vives?

—No puede hablar —le contestó mi madre, y añadió—: Vivimos en el sector soviético.

—¡Qué mala suerte! Yo estoy en el sector estadounidense —dijo con orgullo, como si ella misma hubiera dividido la ciudad y se hubiera asegurado de en qué sector estaba.

Una soldado soviética de nariz ancha, pechos grandes y dientes pequeños y amarillos nos ordenó que nos pusiéramos en fila.

—Es fácil, *da?* —dijo—. Llenar cubo. Pasar. Poner en camión.

Las mujeres que parecían más fuertes se situaron en las partes superior e inferior de la fila. Aunque yo era alta, los años de guerra me habían convertido en delgada y desgarbada, así que mi madre y yo nos colocamos en el medio. Margarethe se metió entre nosotras.

Las mujeres de arriba empezaron a llenar de ladrillos los cubos de hojalata, que poco a poco recorrían la fila. Al final, un grupo volcaba el contenido en la parte trasera de un camión.

—No es trabajo para una mujer como yo —se quejó mi madre sin dirigirse a nadie en concreto.

A pesar de mis consejos, no se había vestido de forma adecuada. Llevaba un sombrero de ala ancha con una elegante pluma y zapatos de tacón; aunque los tacones eran bajos, veía que le costaba mantener el equilibrio. Al menos el vestido era de tela transpirable, pero mientras las demás llevábamos ropa sucia y harapienta, la suya parecía recién lavada. Incluso antes de salir se había pintado los labios con su lápiz de labios rojo favorito, como si fuera a comer con sus amigas.

—¿Por qué no puedes hablar? —me preguntó Margarethe, y se rio—. Has tenido suerte, porque yo soy muy habladora. Es la única manera de pasar los días. Las horas pasarán más deprisa conmigo al lado, te lo prometo. Tenemos trabajo para mucho tiempo. Aunque es mejor que cavar tumbas para todas esas pobres almas. Prefiero mil veces este calor y este polvo. Y puede que nuestros hombres vuelvan pronto a casa, ¿no crees? Sin duda ya es hora. Al menos los soldados que lucharon contra los británicos y los estadounidenses. Los prisioneros de guerra que están en Rusia seguramente nunca volverán a casa. ¿Tienes novio? ¿Murió? ¿Por eso no hablas?

Cerré los oídos al parloteo constante de Margarethe. Descubrí que si me concentraba en pasar por alto su voz, esta se reducía hasta desvanecerse, como si hablara por la radio y yo hubiera bajado el volumen.

Aunque el calor era sofocante, había algo satisfactorio en el trabajo que me hacía sudar. También disfrutaba de que me escocieran las ampollas de las manos y me ardieran los músculos por el esfuerzo de levantar y pasar los cubos una y otra vez. Había estado entumecida desde la llegada de los soviéticos, hacía cuatro meses, y toda sensación en mi cuerpo me parecía casi gratificante.

—Parecemos las *Trümmerfrauen* que los medios de comunicación quieren promocionar, ¿no crees? —me dijo Margarethe—. Han conseguido que parezca que todas estamos desesperadas por ayudar a limpiar. Yo solo lo hago porque prometieron aumentar el racionamiento.

—Ojalá no lo hubiera hecho —murmuró mi madre.

—¿Qué ha dicho?

—Nada.

La soldado se había colocado junto al camión y cada pocos minutos nos lanzaba instrucciones inútiles mientras se fumaba un cigarrillo tras otro.

—Más deprisa, *da?* Mucho en cubo. Poco en cubo.

El calor denso e intenso del día era opresivo y el trabajo, brutal. A diferencia de Margarethe, a las mujeres del sector soviético no nos habían dado otra opción que limpiar las calles. No éramos prisioneras, pero lo parecíamos. Había que limpiar la ciudad y ¿quién más podía hacerlo? Llevábamos meses sumidas en el caos, sin comida, sin transporte y sin electricidad, pero las cosas mejoraban poco a poco. Al menos, eso nos decían.

—¿Ya tienen el certificado médico? —preguntó Margarethe secándose la frente sudorosa con un trapo sucio que sacó del bolsillo. Al final había entendido que su insistencia no me arrancaría una palabra y dirigió su parloteo a mi madre.

—¿Qué certificado?

—No se recibirán cupones de alimentos sin un certificado médico que diga que no se tiene ninguna enfermedad de transmisión sexual. Un poco chocante, ¿no le parece? Aunque los hombres volverán pronto, así que seguramente es lo mejor. A mí me lo dieron ayer. La clínica estaba abarrotada y tuve que esperar cinco horas. No llegué a casa hasta bien entrada la noche.

—Pero ¿por qué tengo que hacerme pruebas? —le preguntó mi madre llevándose las manos a las caderas y negándose a coger el cubo que Margarethe le tendía—. No he estado con ningún hombre desde que se fue el padre de Lisette.

Margarethe se rio y yo no me atreví a sacar la libreta y escribir que sí lo había estado. Mi madre no era la única que negaba con vehemencia que los rusos la hubieran violado, pero en su caso parecía que de verdad se lo creyera. Algunos días se negaba a salir de casa, y cuando yo llegaba parecía confundida. Me miraba de modo extraño, como si no supiera quién era yo, pero fuera demasiado educada para admitirlo. El día anterior la había encontrado con su mejor vestido, sus guantes de seda y su sombrero más elegante, bien sujeto con alfileres. Estaba esperando a que mi padre la llevara a la ópera y no entendía por qué llegaba tarde.

Cuando la luz del sol dejó de ser tan intensa, la soldado por fin gritó:

—A casa, *da*. Mañana otra vez.

El camión lleno de ladrillos se alejó traqueteando y dando botes por la calle llena de baches. Levanté la mirada hacia el montículo que habíamos estado desmontando. Tenía agujetas en todo el cuerpo, me dolían los músculos y tenía las manos en carne viva, pero parecía que apenas lo habíamos reducido.

Margarethe me tendió un vaso de agua turbia que había sacado de un cubo que pasaban de mano en mano. Bebí con avidez, volví a llenarlo y se lo ofrecí a mi madre, que estaba sentada a mi lado en los restos de un muro.

Saqué la libreta y escribí: «Deberíamos ir al médico y conseguir el certificado».

—Empiezo a estar harta de que no hables —me dijo negándose a mirar la libreta cuando intenté entregársela—. Está claro que no tienes ningún problema físico en la voz. ¿Has decidido no hablar?

Negué con la cabeza. No podía explicárselo porque tampoco yo lo entendía. Abría la boca, pero se me cerraba la garganta y no salía ningún sonido. Si lo intentaba, sentía como si me succionaran el aire de los pulmones.

Me levanté y le coloqué la libreta delante de las narices. Cuando por fin leyó lo que había escrito, frunció el ceño y negó con la cabeza.

—Ya te lo he dicho. No es necesario que me vea un médico.

«Ven conmigo», escribí, y volví a sentarme. «Tienes que ir al médico de todos modos. Últimamente estás confundida. Y no duermes. Quizá te recete algo que te ayude. Además, necesitamos los certificados para recibir el racionamiento. Lo dice todo el mundo».

—De acuerdo —aceptó por fin mi madre—. Si no queda más remedio...

En la primera clínica a la que fuimos había tanta gente que la cola ocupaba toda la calle. No sabíamos qué otra cosa hacer, así que nos colocamos en la cola.

—Vayan a la Helmholtzplatz —nos dijo la mujer que estaba delante de nosotras. Era delgada como una escoba, pero llevaba en la cadera a un niño dormido que debía de pesar tanto como ella—. Hay una clínica a la que no va tanta gente. Yo iría, pero está demasiado lejos para ir andando con el niño.

—*Danke* —le contestó mi madre mientras yo asentía en señal de agradecimiento.

Era una caminata larga, pero necesitábamos los cupones de comida. Ya no había soldados heridos y moribundos en las calles, ni cadáveres de los que no habían escapado de un edificio antes de que lo atacaran, pero no era raro ver el cuerpo de una persona que había sucumbido al hambre.

Delante había un descampado de basura lleno de gusanos y moscas. No teníamos más remedio que atravesarlo. Mi madre cerró los ojos, respiró hondo y se abrió paso apartando la porquería a patadas. Yo llevaba semanas con náuseas, quizá por la falta de comida. O tal vez la disentería o la fiebre tifoidea me habían encontrado por fin, como a tantos otros. No pude soportar ver los gusanos, me incliné hacia delante y vomité encima de las botas de mi padre.

Mi madre no dijo nada. Se dio la vuelta, me dio un trapo para que me limpiara la boca y siguió caminando.

La mujer tenía razón. En la clínica de la Helmholtzplatz no había tanta gente, pero aun así tuvimos que esperar dos horas para que nos atendieran. Primero esperamos en la calle y después nos apretujamos en una sala de espera abarrotada de mujeres de todas las edades. La mayoría estaban de pie o sentadas en silencio, pero algunas charlaban como si hubieran salido de fiesta y estuvieran impacientes por ponerse al día de los cotilleos de la semana. Mi madre se quedó mirando al suelo con rostro inexpresivo. Yo escuchaba fragmentos de las conversaciones.

—Su marido vino y volvió a marcharse —dijo una mujer con el pelo del color de la nieve sucia.

—¿Por qué? —susurró su amiga.

—No pudo aceptar que hubiera estado con un ruso.

—Como si hubiera tenido elección.

—Sí, exacto.

—No debería habérselo dicho. Cuando mi Fritz vuelva a casa, no le diré ni una palabra. Los hombres son frágiles. Y lo que no sepan no les hará daño.

Como agua que gotea de un grifo roto, nuestros hombres volvían poco a poco a la ciudad. Yo todavía no había visto a ningún conocido, pero todos los días esperaba que Julius llamara suavemente a la puerta. Sabía que primero iría a casa de su madre, pero después vendría a verme, estaba segura. Lo único que podía hacer era rezar para que no fuera uno de los que regresaban solo para desaparecer entre las grietas de la ciudad, destrozados y derrotados.

—¿Richter? ¿Rita Richter?

Una mujer joven, al parecer enfermera, recorrió con la mirada la multitud, como si tuviéramos el nombre clavado en el pecho. Le hice un gesto con la mano y di un empujón a mi madre para sacarla de su estupor.

Me llamaron después de a mi madre. Di un paso atrás cuando encontré a un hombre en la consulta del médico. Era viejo y no suponía una amenaza, pero ¿no habíamos sufrido ya bastante las mujeres para que ahora nos tocara un médico?

—Pase, pase —me dijo con una sonrisa cansada. Llevaba las gafas algo torcidas y sus ojos azules parecían grises a la luz mortecina del día—. No perdamos tiempo, ¿de acuerdo? Súbase a esa camilla.

Cerré los ojos y fingí que estaba en otro sitio. Me había convertido en una experta. No sentí sus manos sobre mí ni la proximidad de su cuerpo. Sus palabras —«Ya está»— me devolvieron a la habitación, como si me hubieran despertado de un sueño profundo.

Me subí las bragas, me bajé la falda y me senté en la silla frente al médico. La enfermera estaba a mi lado.

—No tiene ninguna enfermedad, así que puedo darle el certificado. Sin embargo —añadió inclinándose hacia delante y tocándome la mano con suavidad—, creo que podría estar embarazada.

Lo miré como una tonta. Aunque hubiera podido hablar, no habría encontrado las palabras.

—¿Ha tenido algún síntoma? ¿Náuseas? ¿Pechos sensibles?

Como yo no decía nada, miró a la enfermera en busca de ayuda.

—Podría... deshacerse de él. Si quiere —me dijo la enfermera.

—Interrumpir el embarazo... es ilegal, por supuesto —intervino enseguida el médico—, pero en las circunstancias actuales podemos hacerlo. Si quiere.

No respondí, así que añadió:

—Piénselo. Pero no espere demasiado. Diría que ya está de cuatro meses.

En la habitación hacía un calor insoportable. Ahora que sabía que existía esa cosa, este feto, lo sentía en el estómago. Una herida de guerra que nunca sanaría. Crecería dentro de mí como un parásito repugnante y viviría conmigo como un huésped no deseado recordándome siempre al general y lo que había hecho.

La enfermera se acercó al médico y le susurró algo.

—Ah, sí. Es usted hija de frau Richter. ¿Correcto? La he atendido antes que a usted.

Sentí el alivio en su voz al descubrir que podía hablar de otra cosa.

—Su madre me ha dicho que se sentía confundida. Pierde la memoria y le cuesta hacer labores habituales. ¿Lo ha observado usted también?

Asentí.

—Es posible que sus síntomas se deban al estrés o a un trauma, pero podría ser demencia precoz. Aún es relativamente joven, pero sabemos que la carencia de vitaminas hace que avance más deprisa, y en estas circunstancias... ¿Sabe qué es la demencia?

Volví a asentir, aunque en realidad no estaba escuchándolo. Me zumbaban los oídos. El sudor me corría por la espalda y me retorcía las manos húmedas. Veía que mi vida se deshacía hilo a hilo y no podía hacer nada para impedirlo.

33

Lisette

Tiempo atrás. Berlín, 9 de septiembre de 1945

Llegamos temprano; aunque la oficina todavía no estaba abierta, había ya mucha gente. Las paredes exteriores se hallaban cubiertas de fotos y descripciones de los desaparecidos: padres, amigos e hijos cuya ausencia había abierto una brecha en los que quedaban.

«No deberíamos estar aquí. Papá no está desplazado. Está desaparecido en combate», escribí.

—Desplazado..., desaparecido. Es lo mismo —me contestó mi madre.

Muchos de los que se agolpaban alrededor de la oficina habían perdido sus hogares, pero a la mayoría los habían encerrado en campos de concentración o de trabajos forzados nazis junto con sus familiares. La vergüenza me obligó a agachar la cabeza y me encorvó los hombros. No era un lugar para nosotras. Tampoco para el enemigo que crecía dentro de mí.

—Ya vine a registrarlo —me dijo sacando del bolso una fotografía descolorida de mi padre—. Solo quiero pegar esto.

Se abrió paso entre un grupo de ancianas y pegó la fotografía en la pared. En la foto mi padre parecía joven, incluso guapo. Grabé la imagen en mi memoria. Dudaba que volviera a verla; en unas horas, alguien colocaría su foto encima de la nuestra.

—Pronto lo encontrarán —me dijo mi madre volviendo a la calle—. ¿No crees?

A veces sospechaba que le gustaba que hubiera perdido la voz, porque así no corría el riesgo de que le dijera una verdad brutal que no quería escuchar. Yo escribía algunas cosas, pero no soportaba que las palabras se quedaran grabadas en el papel. Quería explicarle que no podía estar sola en casa, que cuando estaba allí los recuerdos se cernían sobre mí como las paredes de un edificio que se derrumba: el cuerpo sin vida de frau Weber y su sangre en la pared; el general en nuestra mesa, en nuestro sofá y en mi cama, y el espacio vacío donde antes estaba mi piano. Le escribía todos los días que quería marcharme, pero se negaba en redondo, como si hubiera borrado de su memoria todos los horrores que habían sucedido allí.

—Tenemos que estar aquí cuando papá vuelva a casa —me decía—. Cuando vuelva, querrá vivir en el piso en el que nació y en el que te criamos. Debes entenderlo, Lisette. No podemos marcharnos.

Y entonces cogía mis hojas y las lanzaba al fuego, donde las llamas consumían mis palabras. Si insistía, se iba de la habitación. Yo tenía mi silencio y ella su negación.

Giramos hacia Unter den Linden. Había sido uno de los primeros bulevares que habían limpiado de escombros y ya estaba abierto y vacío, salvo por los vehículos militares aliados que subían y bajaban. La mayoría de los edificios seguían en pie, aunque algunos trozos de las fachadas habían sufrido daños, por lo que ahora eran un mosaico de diferentes tonos, como piel de una espalda quemada.

Delante de nosotras, dos soldados estaban sentados en un camión aparcado, con los codos sobresaliendo de las ventanillas bajadas. Detrás de ellos había un enorme póster de Stalin, con banderas soviéticas rojas flanqueándolo a ambos lados y una estrella por encima de la cabeza. No era tan diferente de Hitler, con su actitud megalómana y su ridículo bigote. ¿Qué les pasaba a estos hombres que querían pegar su imagen en todas partes? ¿Su obsesión por ser más grandes y mejores que sus antecesores? ¿Su necesidad de demostrar su hombría a través del odio y de la guerra?

Los soldados del camión fumaban y se reían mientras nos observaban pasar. Sentí sus ojos en mi cuerpo. Quise hacerme más pequeña. Quise frotarme la piel hasta dejarla en carne viva y restregarme también las entrañas. Era como si todo el mundo lo supiera con solo mirarme. Una mujer caída, eso era. Una puta rusa. Y pronto sería aún más obvio. Mi vientre empezaba a curvarse desafiando mi negación. Todos los días me despertaba con la esperanza de encontrar sangre en las sábanas y un dolor desgarrador en el estómago, pero lo que crecía dentro de mí era terco y cruel. Yo estaba cada día más débil, mientras que él se hacía más fuerte.

«El médico me ha dicho que puedo deshacerme de él. No sería la única», le escribí a mi madre el día que me enteré. Lo escribí muy deprisa y le coloqué la hoja delante de las narices.

—La decisión es tuya —me contestó—, pero... quizá... ¿no ha habido ya bastantes muertes?

Su última frase me dolió. Sabía lo que estaba diciéndome, la verdad entretejida en esas palabras. Krista. Frau Weber. Pero también todas las víctimas inocentes de los nazis. ¿Podría asumir la responsabilidad de matar a otra alma? Si me hubiera enterado antes, cuando era demasiado pequeño para ser algo, quizá podría haberlo hecho. Pero mi vientre ya estaba creciendo y lo sentía retorciéndose dentro de mí; ya había sentido su primera patada. Si me deshacía de él, ¿sería otra cosa más que me atormentaría?

—¿Esa es tu amiga Gertrud? —Mi madre señaló a una mujer que venía en nuestra dirección, pero al otro lado de la calle.

Asentí. Lo era. Estaba segura. Caminaba con determinación, aunque con la cabeza gacha y con una gran maleta en cada mano. Aunque no le veía la cara, reconocí su forma de caminar y la inclinación de sus hombros. Había pensado en ella a menudo en los últimos meses. Ahora todos sabíamos lo que había sucedido en Ravensbrück, los miles de personas a las que habían asesinado en el recinto. Tanto ella como Egon habían trabajado allí, su culpabilidad era indiscutible, pero me resultaba difícil alinear esa verdad con la persona que había sido mi amiga. Que Egon fuera capaz de semejantes horrores no me sorprendía. Era un hombre débil y acomplejado que ansiaba poder y respeto. Como había sufrido el acoso de sus compañeros, controlar y torturar a los perseguidos le habría resultado fácil. Pero ¿Gertrud? Sí, era autoritaria y mandona, pero no era mala. Creía que era como yo. Quería un marido, una familia, tener salud y ser feliz. ¿Cómo se convirtió en un monstruo?

—¿Gertrud? —gritó mi madre—. ¿Gertrud?

Gertrud se detuvo y levantó la mirada. Nuestros ojos se cruzaron. Tenía el pelo diferente, se había teñido los mechones rubios de castaño oscuro, y había engordado un poco. ¿Sabía que eso la hacía destacar? Éramos un país de hambrientos, así que los que tenían más carne alrededor de los huesos siempre resultaban sospechosos.

Levanté la mano para saludarla.

—*Es tut mir Leid.* Lo siento —nos dijo. Miró a izquierda y derecha—. No me llamo Gertrud. Deben de haberme confundido con otra persona.

Se marchó a toda prisa en dirección contraria y desapareció por una esquina.

—Vaya, qué maleducada. Era ella, ¿verdad?

No sabía si asentir o negar con la cabeza. Opté por un término medio y me encogí de hombros. Se hablaba de juicios a criminales de guerra. Supuse que había una orden de arresto contra Gertrud y que sería la última vez que la veríamos.

Mientras girábamos hacia la Chausseestraße, un relámpago partió el cielo en dos. Unos segundos después un trueno sacudió el suelo como si se hubiera producido un terremoto. Y a continuación llegó la lluvia. Era una fuerte lluvia tropical, de esas que llegan tras semanas de calor insoportable, y nos empapó en segundos. Corrimos por la calle agitando los brazos, como si así pudiéramos repeler el agua.

Mi madre me detuvo delante de nuestro edificio antes de que me hubiera dado tiempo a entrar. Miró al cielo, extendió los brazos y me indicó con un gesto que hiciera lo mismo. Incliné la cabeza hacia atrás y busqué con los dedos el viento. El torrente me cegó. Cerré los ojos y dejé que me lavara la cara. El peso de mi ropa mojada me reconfortaba. Respiré el aroma de la lluvia que caía sobre las aceras secas y polvorientas y escuché el canto del agua en los canalones. Me transporté a otros tiempos, a tiempos mejores. Y de repente oí el sonido más extraño: la risa de mi madre. Yo también quería reírme, pero el silencio seguía dentro de mí, se negaba a rendirse, aunque por un instante permitió que mis labios esbozaran una sonrisa. Hacía meses que no sentía esa sensación. Estaba muy enfadada con mi madre por muchas razones, pero en ese momento la quise con todo mi corazón.

34

Lisette

Tiempo atrás. Berlín, 10 de septiembre de 1945

La tormenta aulló toda la noche y el agua se acumulaba junto a las ventanas rotas, lo que nos obligó a sacar el colchón de mi madre al pasillo, donde la lluvia no podía alcanzarnos. Dormimos una al lado de la otra, acurrucadas bajo un montón de mantas, como niñas.

Aún no había salido el sol cuando nos despertamos al oír que alguien llamaba a la puerta. Me desenredé de las mantas y me froté los ojos. Mi madre ya estaba delante del espejo alisándose el camisón. Se arregló a toda prisa el pelo, se pintó los labios y se dirigió a la puerta.

Ninguna de las dos reconocimos al hombre que estaba al otro lado. Tenía las mejillas hundidas y la cara sucia. Su ropa eran simples harapos manchados de sangre seca. Llevaba el pelo largo y desgreñado, mojado por la lluvia, y la barba desaliñada. En la frente tenía un profundo corte infectado que supuraba.

Mi madre retrocedió instintivamente. Antes de que hubiera podido cerrar la puerta, di un paso adelante y le toqué el brazo. No volvería a girar la cabeza ante el sufrimiento de otra persona. Mi madre lo entendió y asintió.

—¿Necesita algo? —le preguntó—. ¿Comida? ¿Agua?

El hombre la miró y de sus labios salió un susurro, aunque demasiado flojo para descifrarlo. Tosió y volvió a intentarlo.

—Lisette —dijo—. Rita.

Eran nuestros nombres, sin duda. Nos conocía.

Di un paso adelante con las piernas temblorosas y miré sus profundos ojos castaños, del color de las bellotas.

Julius.

Mi Julius.

Lo abracé y lloré con la cara pegada a su cuello. Él tenía la ropa mojada y temblaba. Me llegaba su olor a lluvia, pero también algo más: el olor de la desesperación. Recordé la última vez que lo había visto. Mi locura tartamuda, las lágrimas, su confesión y después el beso. Aunque habían pasado más de dos años, me parecía que había sido el día anterior. Por fin había regresado a mi vida, como si la tormenta lo hubiera arrastrado.

—Lisette —repitió.

Oír mi nombre en sus labios me hizo llorar aún más fuerte. Estaba vivo. Y estaba aquí.

Mi madre seguía cerca de la puerta. Cuando me giré, vi la decepción en su rostro. No era mi padre.

—Julius, me alegro de que hayas vuelto —le dijo. Y se retiró a su habitación arrastrando el colchón y las mantas como un gran trineo blanco.

Fuera, el sol se abría paso a través de la oscuridad de la noche con haces de color. Cogí a Julius de la mano y tiré de él para que entrara. Lo llevé al sofá, donde se dejó caer. Me miró pasándose una mano por el pelo desaliñado y sucio.

Cogí la libreta de la mesita y escribí: «Te traeré algo de comer y agua. He perdido la voz. Te lo explicaré en un minuto». Arranqué la hoja, se la tendí y fui a la cocina. Rebusqué algo de comida en los armarios y me decidí por un mendrugo de pan untado con una gruesa capa de manteca de cerdo. Después fui a buscarle ropa limpia, calenté agua y cogí un trapo.

Cuando volví no estaba dormido, pero tenía los ojos cerrados y la cabeza apoyada en el respaldo del sofá. Lo ayudé a quitarse la ropa e intenté no llorar al ver sus delgados brazos y su pecho hundido, en el que las costillas magulladas sobresalían como las barras de un xilófono. Era una mera sombra del hombre al que había conocido. Pero mi Julius estaba allí, en alguna parte.

Me senté a su lado y le limpié con suavidad el corte de la frente y la suciedad del cuerpo. Le recorté la barba, le corté el pelo y lo ayudé a ponerse la ropa limpia de mi padre. Le colgaba por todas partes; parecía un niño disfrazado.

—¿Por qué no puedes hablar? —me preguntó por fin.

Cogí el bolígrafo y el papel, pero no supe qué escribir. ¿Por qué no podía hablar? Seguía sin saberlo. Había dejado de intentarlo porque no soportaba la sensación que me producía todo intento, como si me aplastaran los huesos y el aire a mi alrededor no tuviera oxígeno.

«No lo sé. No puedo. Es difícil de explicar. Recuperaré la voz. Solo necesito algo de tiempo».

Asintió y sentí que de verdad lo entendía, como si el hecho de que me hubiera quedado muda fuera perfectamente razonable.

—A veces yo tampoco quiero hablar —me dijo—. ¿Qué puedo decir? Todo parece absurdo.

«Pero estás en casa».

—Estoy en casa, pero parece que solo está aquí mi cuerpo. Una parte de mí ha muerto. Yace en las trincheras junto a Max.

«¿Max?».

—Ha muerto. Murió en mis brazos.

Su voz estaba desprovista de emoción, como si leyera las

palabras de un guion. Quizá había expulsado de su cuerpo la devastación para que existiera al margen de él, en un lugar donde no pudiera matarlo.

Cerré los ojos y vi el rostro de Max, su pelo alborotado y su sonrisa fácil.

—Intenté salvarlo... —me dijo Julius—, pero no pude.

No supe qué escribir. Ninguna palabra lo ayudaría jamás a lidiar con semejante pérdida. El recuerdo de las muertes de Krista y frau Weber seguía apuñalándome el pecho a diario. El sentimiento de culpa y el dolor que vivían en nuestro hogar. Y yo lo quería así. ¿Por qué yo seguía viva y ellas no? No quería que el dolor de sus muertes desapareciera. Me lo merecía. Todos nos lo merecíamos.

Me incliné hacia delante, le cogí una mano y se la apreté con suavidad. Vi que tenía arrugas en la cara y una cicatriz reciente en la mejilla.

—¿Qué te ha pasado en las manos? —me preguntó dándoles la vuelta.

Bajé la mirada hacia mis dedos irritados y mis palmas cubiertas de ampollas. Me sorprendió descubrir que todavía me quedaba piel. Los primeros días recogiendo escombros el dolor había sido paralizante, pero me había acostumbrado. Incluso el dolor puede llegar a ser lo habitual.

«Somos *Trümmerfrauen*. Nos pasamos el día limpiando escombros».

Sentí una extraña sensación de orgullo mientras escribía estas palabras, aunque duró poco. Ahora las mujeres de Berlín éramos diferentes. Algunas, como yo, nunca se recuperarían, mientras que otras parecían más seguras y más fuertes. Habían sobrevivido, y no solo eso, sino que estaban reconstruyendo la ciudad con sus propias manos. Siempre nos habían dicho que nuestra misión era tener hijos y ser buenas amas de casa, pero estaba claro que podíamos hacer mucho más. Todos los días deseaba ser una de esas mujeres «nuevas» y crear algo diferente a partir de los escombros que nos habían dejado. Una yo diferente habría ido en busca de su música y no se habría rendido hasta recuperar su alma. Esa Lisette habría descartado su vano sueño de casarse con un hombre que no la amaba. Habría encontrado una orquesta, se habría marchado de Alemania y habría viajado por el mundo, convencida de que todo estaba a su alcance. Podría sobrevivir a todo. Pero esa no era yo.

Y Julius estaba aquí. Quizá resultaba que sí me amaba.

—¿Tu madre también? —Una sonrisa se le dibujó en la comisura de la boca, y la recompensé con la mía.

«Sí, pero tendrías que verla. Tacones y guantes de seda. Las demás mujeres se ríen de ella, pero parece no darse cuenta».

—¿Y tu padre?

«Desaparecido en combate. Está muerto, lo sé, pero mi madre se niega a aceptarlo».

—Lo siento. —Me miró a los ojos—. Lo siento no son las palabras adecuadas... Ahora se las decimos a todo el mundo, pero espero que sepas que me importas y que estoy aquí si quieres hablar de ello.

«¿Y tus padres?».

Miré sus manos curtidas y huesudas. Manos hechas para escribir poesía, no para llevar un arma.

—Mi padre murió en el frente oriental —me contestó. Se quitó las gafas y se frotó la piel, como si intentara borrar el dolor—. Llegué a Berlín ayer. Nuestra casa ha desaparecido. Todo el edificio... y los de al lado. Me dijeron que todos los que estaban escondidos en el sótano cuando los edificios se derrumbaron murieron. Una mujer me contó que oían a personas atrapadas debajo de los escombros, pero cuando consiguieron sacarlos todos estaban muertos.

Sus palabras estaban llenas de dolor. Volví a apretarle la mano porque no podía hacer otra cosa.

—¿Qué pasó cuando llegaron los soviéticos? ¿Pudiste...? ¿Te...?

Habló en voz baja y no pude mirarlo a los ojos. No necesitaba otra respuesta.

—Lo siento... No es necesario que me lo digas. No es asunto mío. Me alegro mucho de que estés viva. Estaba luchando en el frente occidental cuando por fin tuve la oportunidad de rendirme. Me capturaron los estadounidenses. Nos metieron en un campo. Fue... horrible. Pero pensar en ti me daba esperanzas...

El corazón me dio un vuelco.

—Sé lo de los demás campos. Los judíos y lo que sucedía allí. Donde yo estaba... era horrible, pero lo que ellos pasaron..., no puedo ni pensarlo. ¿Cómo hemos llegado hasta aquí? ¿Por qué nuestro país, nuestra gente, ha hecho cosas tan despreciables? Debería haberme negado a luchar. Podrían haberme ejecutado, pero habría sido mejor. Mucho mejor que saber que he formado parte de todo esto.

Asentí. Yo sentía lo mismo. Culpabilidad y vergüenza. ¿Por qué no habíamos hecho más para cambiar el curso de la historia?

«¿Y ahora qué?», escribí. Le hacía un millón de preguntas en una. ¿Y qué pasaba ahora con él? ¿Y qué pasaba ahora con nosotros? ¿Y con nuestra sociedad? ¿Y con nuestro futuro?

—¿Puedo quedarme un tiempo aquí, contigo? Ahora mismo necesito estar con un amigo.

Amigo. Una palabra que me dolió más que cualquier otra.

«La última vez que nos vimos me dijiste que amabas a otra persona. ¿Dónde está?».

Suspiró, cerró los ojos un momento y susurró:

—Muerta.

¿Quién era y qué le había pasado? Pero tampoco quería saberlo. No quería recordarle a una persona que no era yo.

«Claro que puedes quedarte. Quédate para siempre. Pero tengo que decirte una cosa».

Asintió y esperó expectante. Tardé mucho en reunir el valor para escribirlo. Intentaba no pensar en lo que crecía dentro de mí. Empleaba tanta energía en pasarlo por alto que ponerlo por escrito me parecía traicionarme a mí misma. En cuanto la tinta se secara, sería imposible obviar esas palabras.

«Estoy embarazada. No quiero tenerlo, pero creo que debo».

Me atrajo hacia sus brazos con ternura. Apoyé la cabeza en su pecho y escuché los latidos de su corazón respirando su olor a humedad. Me acarició el pelo. Aunque el viento frío de la mañana entraba por el hueco donde antes había estado la ventana, me sentí arropada y segura en sus brazos.

—¿Te casas conmigo, Lisette?

Se me cortó la respiración. No me moví. Me aterrorizaba la posibilidad de que su frase fuera de cristal y yo la rompiera en mil pedazos.

—Sé que solo somos amigos —añadió enseguida—, pero te quiero a mi manera. Quedémonos con el bebé. Déjame ser su padre. Podemos construir una vida juntos, una vida feliz. Podemos crear algo maravilloso y hermoso después de todo este horror. Al menos podemos intentarlo.

Solo había una respuesta. Las manos que me apretaban la garganta me soltaron. Y surgió una sola palabra.

—Sí.

35

Elly

Ahora. Berlín Oeste, 25 de septiembre de 1961

Veo un destello de luz. No es más que un débil resplandor grisáceo en la distancia, pero sin duda está ahí. Chapoteo entre la porquería sin preocuparme de que alguien me oiga. Me arden las piernas y me tiemblan los brazos por el esfuerzo. Tengo que salir.

Una escalera. Por encima, un haz de luz. Me agarro a un peldaño y siento el frío del metal en la piel. Los peldaños resbalan, y al levantar los pies del agua repugnante oigo un ruido de succión mientras la mugre me suelta con los labios fruncidos. Me tiemblan las manos y el peso de la ropa mojada me arrastra hacia abajo. No puedo evitar imaginarme cayendo hacia atrás, sumergiéndome en el río y ahogándome en las repugnantes aguas residuales de Berlín. Pero no puedo morir así.

Me tomo el tiempo para hacer una pausa antes de alcanzar el siguiente peldaño. Me concentro en mi canción. La he encontrado. Vibra dentro de mí como un latido diferente.

Oigo el leve zumbido del tráfico matutino por encima de mí. Mi plan era subir y salir a rastras mientras todavía era de noche, pero parece que ha amanecido temprano. Si no he avanzado lo suficiente o en algún momento me he equivocado de camino y he acabado adentrándome más en Berlín Este, la luz del día resultará fatal. Pero la tapa de la alcantarilla que está encima de mí no está ajustada. Tiene que ser la correcta.

Meto los dedos por el hueco, respiro hondo y empujo. Apenas puedo levantar el peso y no puedo evitar que el metal chirríe en la acera, pero centímetro a centímetro consigo deslizar la tapa. Siento una ráfaga de aire fresco y me inunda la luz. El aire tiene un sabor diferente, lo siento diferente, como si a este lado hubiera más oxígeno. Hay un camión encima de mí, pero tengo espacio suficiente para salir. Me doy la vuelta hacia un lado lo más rápido que puedo, me levanto y estoy en la carretera.

He renacido en Berlín Oeste. Ahora solo tengo que encontrar a Axel y volver.

36

Lisette

Tiempo atrás. Berlín, 13 de febrero de 1946

Recordé la sensación de desgarro y a Julius acariciándome el pelo. Recordé la sangre, los gritos constantes de la comadrona para que *drücken*, empujara, y la cara confundida y aterrorizada de mi madre cada vez que entraba en la habitación. Creía que en algún momento había venido y me había sujetado la mano... Recordé unos dedos huesudos entre los míos y que me susurraban al oído el apodo de mi infancia, LiLi. Pero no estaba segura.

Creí que el dolor no acabaría nunca, estaba convencida de que moriría para que esa cosa horrible viviera, pero por fin había acabado. Ahora yo estaba tumbada entre sábanas limpias, con las extremidades pesadas por el cansancio y ligeras por el alivio.

—Estás despierta.

Me volví y vi a Julius sentado en una silla con un pequeño bulto en los brazos. Fuera estaba oscuro y las cortinas solo estaban medio corridas. Una lámpara de la mesita proyectaba una luz cálida y acogedora en la habitación.

—Es una niña —me dijo—. Una niña preciosa y perfecta. ¿Estás lista para conocerla?

No lo estaba, jamás lo estaría, pero sabía que este día llegaría y no tenía sentido retrasar lo inevitable.

Asentí y me incorporé hasta quedar sentada con la espalda apoyada en un montón de almohadas. Aunque la barriga se me había desinflado un poco, era más grande de lo que esperaba y seguía sintiendo su peso en la cintura.

Me entregó a la bebé y le sostuvo la cabeza con suavidad hasta que la tuve sujeta en mi brazo. Ella abrió los ojos, me miró y soltó un gemido patético. Era muy pequeña y frágil. Si la lanzara contra la pared, moriría al instante.

Me habían hablado del amor enorme y repentino que sentían las madres cuando cogían en brazos a sus hijos por primera vez. Yo miraba los ojos muy separados de mi hija, la nariz recta y afilada que sabía que algún día se convertiría en la suya, y no sentía amor en absoluto.

—¿Quieres intentar darle el pecho? —me preguntó unas horas después Julius, que estaba sentado en el borde de la cama—. ¿Quieres que te deje un poco de intimidad?

—No. Quédate, por favor.

Julius había estado conmigo durante todo el parto, cosa que, hasta donde yo sabía, no hacía ningún marido, y había visto más de lo que un hombre debería ver; no tenía sentido que ahora le pidiera un poco de intimidad. Además, no quería estar a solas con ella.

Me saqué un pecho y dejé que se agarrara. Lo hizo con destreza, como si tuviera práctica. El dolor en el pezón fue agudo y repentino, como mil agujas punzantes, pero en un momento pasó. Ella chupó con avidez, con la cara sonrosada y fruncida de frustración.

—¿Cómo vamos a llamarla? —me preguntó Julius mientras le acariciaba la cabeza grasienta.

Tenía un mechón de pelo oscuro, pero por lo demás estaba completamente calva. Julius había intentado durante meses que pensara en nombres, uno de niño y otro de niña, pero yo me negaba y dirigía hábilmente la conversación hacia un terreno seguro, un lugar donde la tierra no amenazara con agrietarse y desmoronarse bajo mis pies.

—Decídelo tú.

Frunció los labios, molesto por mi indecisión. Aunque nos conocíamos de toda la vida, en los últimos meses había llegado a entenderme mejor que nadie. Era tan maravilloso como aterrador.

—He estado pensándolo —le mentí—, pero no termino de decidirme. Decídelo tú. Elijas el nombre que elijas, será perfecto.

—De acuerdo. —Se subió las gafas—. Me gusta Elly. ¿Qué te parece?

Saboreé el nombre en la boca y lo dejé rodar por la lengua.

—Elly. Sí, llamémosla Elly.

Miré hacia abajo y vi que se había quedado dormida con la boca abierta. Se le veían las encías de color rosa pálido. De repente se me llenaron los ojos de lágrimas insistentes que hacían que me picaran los ojos.

—Tranquila. Estoy aquí. —Julius se levantó y volvió a dejar a Elly en la cuna.

Odiaba llorar delante de él. Después de que el general se marchara, me juré ser fría e inquebrantable, una fortaleza contra todo otro dolor, pero esa bebé diminuta e indefensa me había puesto de rodillas.

—Son las hormonas —me dijo Julius en tono amable. Se sentó a mi lado y le apoyé la cabeza en el hombro—. Los primeros días siempre son difíciles para las madres primerizas. Estás haciéndolo muy bien.

Intenté tragarme un sollozo.

—No estoy haciéndolo bien. Y no son las hormonas... Es ella. No... la quiero. No puedo.

La confesión me sorprendió. Lo había pensado cientos de veces, pero ahora lo había dicho en voz alta y había admitido la verdad.

—Quiero quererla. —Hablé muy deprisa, como si deseara que estas palabras dejaran atrás las anteriores—. De verdad. Solo es una bebé. Aunque sea suya, es inocente, pero... pero cuando la miro, solo lo veo a él.

Julius se quedó en silencio mucho rato. Me pregunté si estaba preparándose para marcharse. ¿Cómo iba a quedarse con una persona que odiaba a su propio hijo? Mantuve el cuerpo inmóvil, le apoyé la cabeza en el hombro y lo escuché respirar.

—Es comprensible. —Sus palabras fueron lentas y mesuradas—. Estoy seguro de que algún día la querrás. Solo necesitas tiempo. No hay problema. Mientras tanto, yo la querré por los dos.

Parte II

Lisette y Elly
1961-1962

37

Elly

Ahora. Berlín Oeste, 25 de septiembre de 1961

Salgo de la calle lateral con ropa limpia; he tirado la ropa sucia y las botas en un cubo de basura. Saco del bolsillo la hoja con la dirección. Me la sé de memoria, pero así tengo algo que hacer con las manos. No puedo evitar la sensación de que me observan, pero estoy en el Oeste. Aquí no hay Stasi, solo civiles felices y libres que hacen su vida. Los berlineses del Oeste parecen diferentes de los del Este. Todavía no llega a dos meses que dividieron oficialmente nuestra ciudad, pero las diferencias entre las dos mitades existen desde hace mucho más tiempo. Las personas que pasan a mi lado van vestidas más a la moda y se sienten más a gusto consigo mismas. Y su música también es muy distinta. La mayoría de las canciones son más alegres y desenfadadas. No las de todo el mundo, claro, siempre habrá personas con demonios, estén donde estén, pero en general su música es más ligera. Incluso aquí, junto a la barrera, la vida sigue su curso.

Camino por la calle y me cruzo con transeúntes y niños que van al colegio; los más pequeños corren entre las piernas de la gente jugando a pillar. Envidio su inocencia y su incapacidad de entender lo que sucede al margen de su pequeña existencia. Pienso en Axel. Hace casi dos meses que lo separaron de nosotros. ¿Ha dañado su pequeña alma perder a su madre de repente? En el hospital cuidarán de su cuerpo, pero ¿y de su espíritu? A unas calles de distancia, pero también a todo un mundo, mis padres estarán despertándose. Creerán que soy una perezosa y que estoy durmiendo, pero pronto uno de ellos irá a ver si me pasa algo y descubrirá mi nota. Mi padre se preocupará muchísimo y mi madre se pondrá furiosa, aunque quizá también se queden esperanzados.

Tardo más de una hora andando en llegar a Charlottenburg. Podría haber cogido el S-Bahn, pero debo ahorrar mis marcos alemanes, porque en el Oeste no dan para tanto. La calle Schaumburgallee es tranquila y bonita, bordeada de árboles que aún conservan las hojas moteadas. Las casas tienen grandes ventanales y una escalinata que conduce a la puerta principal.

Me quito el sombrero y me paso los dedos por el pelo. Aunque me he puesto un vestido, las apariencias lo son todo, como diría Oma Rita, y me doy cuenta de que, incluso con ropa limpia, sigo oliendo mal y debo de estar hecha un desastre. Me recojo el pelo y lo meto debajo del sombrero, sonrío, subo los escalones y llamo al timbre.

Un hombre calvo con los ojos nublados me abre la puerta. Tiene pelos en los lóbulos de las orejas y los labios descoloridos, como si hubiera comido demasiados arándanos.

—¿Qué quieres? —Me mira con el ceño fruncido y de repente me encojo.

—Estoy buscando a Karin.

—¿Para qué?

—Bueno, ¿no podría hablar con ella?

—No te conozco. Nunca te había visto por aquí.

—No, hacía un tiempo que no venía. —Le ofrezco mi sonrisa más encantadora.

—Supongo que está ocupada —me dice en tono seco.

—¿Ha salido? ¿Vuelvo más tarde?

Se encoge de hombros y no sé qué hacer, aparte de retroceder escaleras abajo. Estaba segura de que Karin sería mi mejor opción. Su nombre era el único que me sonaba de la agenda de mi madre. Habían sido amigas, buenas amigas. Pero está claro que este hombre no me dejará cruzar el umbral. Tiene gracia que haya escapado por debajo del Muro, pero que una vez aquí no me dejen entrar en una casa.

—Fräulein —me dice el hombre cuando llego al último escalón—, este es el número doce. Karin vive en el diecisiete.

Muestra los dientes en lo que podría ser una sonrisa, aunque parece más una mueca, y cierra de un portazo.

Me acerco al número diecisiete con cautela. Al girarme a mirar la casa del hombre, la cortina se mueve y sé que está observándome. El Este está lleno de espías, quizá el Oeste también. No puedo permitirme otro error.

Cuando llego a la puerta, oigo a alguien dentro: el ruido de unos pies pequeños y los más pesados y cansados de un adulto. Tardan tanto en abrir la puerta que me pregunto si el timbre funciona. Vuelvo a acercar el dedo, pero aparece una sombra y oigo el chasquido de un pestillo abriéndose.

—*Hallo.* —Lleva el pelo suelto, tiene una costra seca de comida en el cuello y sujeta a una niña pequeña sobre una cadera, pero es una mujer muy guapa. Tiene unos ojos enormes, aunque sus rasgos son pequeños y delicados. Me recuerda a una muñeca que tenía de niña—. ¿En qué puedo ayudarte?

—Sí, hola. ¿Eres Karin?

Asiente con la mano todavía en el marco de la puerta. La niña juega con un mechón de pelo rizado de su madre con los dedos húmedos y pegajosos.

—Soy Elly. No me conoces, pero conocías a mi madre, Lisette. Así se llamaba. Se llama. Te encontré en su agenda.

Perdona que me presente en tu puerta. Sé que es de mala educación, pero ¿me permitirías pasar y explicarte?

Mis palabras tropiezan entre sí y soy consciente de que lo que digo no tiene mucho sentido. Karin arruga la nariz y sé que se pregunta si el olor procede de mí o de la niña que lleva en brazos.

—¿Mamá? —La voz de un niño, fuerte e impaciente.

Karin suspira, abre la puerta un poco más y me deja el espacio justo para que pase. Su música es una maraña de instrumentos. Me pregunto si su canción siempre ha sido así o si la maternidad la ha convertido en una sinfonía caótica pero feliz.

—Siéntate ahí —me dice señalando el comedor—. Vuelvo enseguida.

La habitación es grande y luminosa, el suelo está lleno de juguetes y las paredes están adornadas con fotografías. El caos es reconfortante. No tengo pruebas, pero creo que las personas desordenadas rara vez son desagradables.

Pasan unos quince minutos antes de que Karin reaparezca por fin con la niña todavía apoyada en la cadera.

—Perdona —me dice dejando a su hija en el suelo. Se sienta en el sillón y cruza las piernas a la altura de los tobillos. Más que sentarse, se posa, como si estuviera lista para entrar en acción si uno de sus hijos se lo exigiera—. Las mañanas son... —Se encoge de hombros y se ríe—. Me has dicho Elly, ¿verdad?

—Sí, Elly. Elly Lange.

—¿Lange? Vaya. ¿Así que Lisette se casó con Julius? Siempre pensé..., siempre pensamos... —Se ríe y vuelve a encogerse de hombros—. ¡¡Mila!! ¿Qué haces? Deja de tirarme del vestido, por favor. Mira, tu muñeca está allí. Perdona, ¿por dónde íbamos?

Espera a que yo hable. Aunque he pensado lo que quiero decirle, ahora las palabras se me escapan. Oigo el ruido sordo de pies corriendo por encima de nosotras. Mila vuelve a tirar del vestido de su madre. Karin suspira, pero coge a su hija, se la sienta en el regazo y le acaricia la mejilla regordeta mientras aspira el aroma de su pelo. Se relajan la una contra la otra y oigo que la música de Karin se ralentiza y envuelve la de su hija. No puedo evitar preguntarme si mi madre me abrazó así alguna vez, con amor puro y sin adulterar. No lo recuerdo, pero siento un dolor en el pecho, como si mi cuerpo lo recordara.

—Bueno... —me dice—, ¿cómo está Lisette? Hace años que no la veo. Desde antes de la guerra. Me mudé a nuestra casa de campo y perdimos el contacto. Hace poco que volví a Berlín. ¡¡ERICH!! TE ESTOY OYENDO. DEJA EN PAZ A TU HERMANO. El campo es mucho mejor para los niños, claro, pero echaba de menos la vida en la ciudad.

—¿Mi madre y tú erais buenas amigas? —le pregunto.

Suelta una risa tintineante.

—Nos conocimos en el colegio. Éramos un grupo de cuatro. Lisette siempre fue un poco rara, pero a mí me caía muy bien. Supongo que éramos un grupo extraño, pero... sí, éramos buenas amigas. La verdad es que no sé por qué perdimos el contacto.

Mila tira del pelo a su madre, me mira fijamente y dice en voz alta:

—Qué peste.

A Karin le sube un rubor por el cuello y se agarra la garganta como si intentara contenerlo.

—Lo siento —le digo—. Soy yo. Bueno, mi mochila. Y yo, supongo. Vivimos en Berlín Este. Estaba allí... esta mañana.

Las palabras se derraman por el comedor como vino tinto sobre una alfombra blanca. Lo que implican nos deja a las dos en silencio.

Mila se aprieta la nariz con dos dedos regordetes. Karin se limita a mirarme.

—Tengo un hermano —sigo diciéndole—. Se llama Axel. Es un bebé de pocos meses. Cuando levantaron la barrera y cerraron la frontera, estaba en el hospital Waldfriede, aquí, en Berlín Oeste. Nosotros estábamos todos en casa cuando sucedió. Mi madre también. —Sé que estoy divagando, pero tengo tanto miedo de que me eche antes de haber escuchado toda la historia que sigo hablando—. Mi madre está destrozada. Todos estamos destrozados, pero ella ha dejado de hablar. No puede hablar, literalmente. Y no creo que pueda sobrevivir si lo pierde. Anoche crucé por las alcantarillas. Tengo que encontrar a Axel.

—¿Las alcantarillas?

—Sí, me he colado por ahí. —Me río, pero me sale un gruñido incómodo.

—Debería llamar a mi marido —me dice Karin poniéndose en pie. Mila intenta aferrarse a ella como un koala, pero Karin la aparta y la deja en el suelo—. Él sabrá qué hacer.

—No, no —le digo agarrándole la mano—. No lo llames, por favor.

—No hay problema. Aquí estás a salvo. —Su voz es tranquilizadora y supongo que es el mismo tono que utiliza para calmar a sus hijos cuando gritan. Me aprieta la mano y le agradezco tanto esta pequeña amabilidad que me dan ganas de llorar—. No te preocupes. Has conseguido pasar... por debajo... Es increíble. Pero debemos regularizarlo. Los refugiados tienen que registrarse en Marienfelde. Te darán un permiso de residencia. Y te ayudaré en todo lo que necesites, por supuesto.

—No, no lo entiendes —le digo—. No voy a quedarme. Tengo que encontrar a Axel, pero después volveré. Tengo que encontrarlo y llevármelo a Berlín Este.

Están discutiendo en otra habitación. Aunque no han levantado la voz, las paredes son delgadas. Los violines de la melodía de Karin han adquirido un tono chirriante, como si forzaran los arcos y las cuerdas estuvieran demasiado tensadas. La música de su marido, Oskar, tiene un ritmo firme y constante, pero la oigo flaquear. No sé quién está de mi lado. Quizá ninguno de los dos. Puede que solo estén discutiendo si echarme hoy o mañana.

Aunque me he lavado y Karin me ha prestado un vestido, todavía huelo a alcantarilla. Supongo que a Mila también le llega el olor. Está sentada en el rincón más alejado jugando en silencio, pero de vez en cuando olisquea y me mira con mala cara. Debe de tener dos años, tres como mucho, pero me observa con el ceño fruncido como una vieja bruja.

La puerta de la entrada se cierra con un suspiro de disculpa y un momento después Karin entra a grandes zancadas en el comedor. Se acerca a Mila, le acaricia la cabeza y se sienta en el sillón.

—Bien —me dice dándose una palmada en las rodillas—, tracemos un plan. ¿No quieres registrarte como refugiada?

—No, no puedo. Si vuelvo a Alemania del Este, nadie se enterará de que he salido.

—Sí, tienes razón, por supuesto. Aunque formamos parte del Oeste, la Stasi sigue teniendo tentáculos aquí. Y estamos rodeados por la RDA, así que debemos tener cuidado.

—¿Debemos? —No puedo ocultar el alivio que me invade al oírla decirlo en plural.

—No nos adelantemos. —Sus palabras son comedidas, pero me dirige una sonrisa sincera—. Mi marido siempre sigue las reglas. Supongo que yo también, pero eres la hija de Lisette. No voy a entregarte a las autoridades, pero encontrar a tu hermano y volver a Berlín Este… es…

—¿Una locura?

—Sí. Y creo que no terminas de entender el riesgo que corres. Es un milagro que hayas llegado aquí sin que te pillaran. No quiero ser condescendiente, pero sigues siendo una niña. No voy a dejar que vuelvas a arriesgar tu vida. No puedo imaginar por lo que están pasando Lisette y Julius. Y ahora que han perdido también a su hija…, pero no puedes volver.

—Tengo que volver —susurro, pero lo digo solo una vez. No tiene sentido discutir con ella; cuando llegue el momento, no podrá detenerme. Ahora solo necesito que me ayude a encontrar a Axel; lo demás ya llegará.

—Por ahora puedes quedarte aquí con nosotros y no insistiremos en que te inscribas en Marienfelde. Esta tarde podemos ir al hospital y con un poco de suerte localizar a… Axel. ¿Se llamaba así?

Asiento y me limpio la lágrima que me resbala por la mejilla.

—¿Y a tu marido le parece bien que me quede?

Hace un gesto desdeñoso con la mano.

—¿Oskar? Claro. No hay problema. Las decisiones no las toma él. Cuando has gestado cuatro hijos para un hombre, él sabe quién manda.

Vuelvo a oír su risa tintineante. No sé por qué elegí el nombre de Karin entre todos los que encontré en la agenda de mi madre, pero está claro que tomé la decisión correcta.

38

Elly

Ahora. Berlín Oeste, 25 de septiembre de 1961

—Los ataques aéreos no bombardearon el hospital —me dice Karin girando bruscamente a la derecha, lo que me obliga a apoyar una mano en la ventanilla del coche y sujetar a Mila con la otra—. La verdad es que es increíble teniendo en cuenta cómo está el resto de la ciudad. Tenía pensado regresar a Berlín después de la guerra, porque estaba ya aburrida del campo, pero ver la devastación me partía el alma y no tenía razones para volver. Era un páramo de escombros, muy deprimente.

—¿Viste a mi madre cuando volviste?

Mila se retuerce en mi regazo e intenta que retire los dedos de su cintura. Sin duda estaría mucho más contenta deslizándose por el asiento trasero, pero Karin me ha pedido que la sujetara.

—Quería ponerme en contacto con ella para ver si todavía estaba por aquí, claro, pero... —Se encoge de hombros—. Supongo que la vida pasa.

Vuelve a girar demasiado tarde y alguien toca el claxon. Ella saca la mano por la ventanilla y yo pienso que ojalá mantuviera las dos en el volante.

—¿Tu madre te ha hablado alguna vez de nuestra vieja amiga Gertrud?

—Creo que no.

Dejamos atrás la ciudad y atravesamos el bosque de Grunewald. Los árboles que bordean la carretera a ambos lados todavía son de color verde, pero a sus pies se extiende una colorida alfombra de hojas recién caídas. Estuve aquí por última vez hace solo unos meses, con Otto y Monika, un par de semanas antes de que levantaran la barrera. Al ver un camino por el que solíamos pasear en bicicleta y recordar cómo Otto se tambaleaba de un lado a otro mientras cantaba a voz en grito desafinando, siento un dolor en el pecho. ¿Se han enterado ya de que me he ido? A ellos no les mentí, como a herr Krause. Monika me habría creído, pero Otto me habría acosado a preguntas y en algún momento yo habría metido la pata. Cuando vuelva (porque tengo que volver, no hay alternativa), Otto no tardará en perdonarme, pero Monika seguirá enfadada, aunque no lo diga. Creerá que mi silencio ha sido una traición monumental. No solo respecto de mis planes de huir, sino también de mi amistad con Andréi.

—Claro, supongo que ahora no hablaría de Gertrud.

—¿Por qué? ¿Quién era?

—Una conocida. Corrieron rumores sobre ella... después de la guerra... No importa. ¡Ya hemos llegado!

Karin da marcha atrás y aparca sin molestarse siquiera en mirar por el retrovisor. Oigo el chirrido furioso del metal raspando contra metal.

—¡Ups! —Se ríe un poco avergonzada—. Que quede entre nosotras. Estoy segura de que solo es un arañazo. De todas formas, ese coche parece viejo.

Mila se ha quedado flácida en mis brazos. Miro hacia abajo y veo que está profundamente dormida. De la nariz le sale una burbuja de mocos que crece y se encoge al ritmo de su respiración.

—Dios, ¿no es preciosa? —me pregunta Karin—. Tendrás que llevarla en brazos, si no te importa. Despertarla ahora sería un desastre.

Sale del coche y viene a abrirme la puerta. Mila pesa más de lo que creía y me cuesta cargar con ella, pero su calor me reconforta.

—Por culpa de Mila tengo tres hijos varones, claro —me dice caminando a grandes zancadas. La grava cruje bajo sus pies—. Quería una niña, así que seguí intentándolo hasta que la tuve. Amo a los niños con todo mi corazón, por supuesto, pero tener una minitú es otra cosa. Supongo que Lisette siente lo mismo. La relación madre-hija es muy especial.

Asiento y me alegro de que llevar a Mila en brazos me dé una excusa para no hablar.

El recinto del hospital es extenso, pero Karin parece saber exactamente adónde ir. ¿Qué habría hecho si hubiera ido a la casa de otra persona, de alguien que no me hubiera ayudado? ¿De verdad esperaba que las enfermeras me dejaran llevarme a Axel? En las últimas semanas Andréi intentaba hablarme de mis planes, de lo que iba a hacer cuando llegara a Berlín Este, pero yo no podía pensar tan a largo plazo. Además, me preocupaba que hablar de ello me gafara; solo tenía que llegar aquí y ya vería lo que hacer. Ahora me parece ingenuo.

Las puertas automáticas se abren. El olor a lejía con matices de algo no del todo desagradable nos saluda como a un viejo amigo. El pasillo está extrañamente silencioso y el suelo de linóleo cruje bajo mis zapatos.

—Bien, la sala de pediatría debería estar en esta ala, subiendo las escaleras —me dice Karin—. Buscaré a la doctora con la que hablé por teléfono y después ya veremos. Aunque creo que es mejor que haga esta parte yo sola. ¿Por qué no te sientas en la sala de espera con Mila? No estés tan preocupada. Oskar es un hombre poderoso y yo también tengo mis contactos. Lo solucionaremos.

Parece muy segura de sí misma, pero empiezo a preguntarme si soy la única ingenua.

Me siento en la sala de espera casi vacía, aliviada de poder trasladarme el peso de Mila de la cadera al regazo. Mientras me acomodo en la silla, ella se mueve dormida y me rodea el cuello con los brazos. Rezo para que no se despierte.

Veo a una enfermera sentada en el otro extremo de la sala, junto a un mostrador de información, pero solo me mira un instante y sigue leyendo el libro que tiene en el regazo. Bajo el olor acre de la lejía, que me recuerda a Oma Rita, se oculta un aroma a cera para madera. Como no tengo nada que hacer aparte de quedarme sentada y esperar, miro por la ventana, que da a los inmaculados jardines del hospital. Si escucho con atención, oigo el leve silbido del viento entre los árboles, o quizá sean los gemidos distantes de los bebés. Por lo demás, me parece raro que todo esté tan en silencio. ¿No debería un hospital estar lleno de personal corriendo de un lado a otro para salvar vidas? Un hombre en el rincón más alejado me parece especialmente fuera de lugar. Cuando lo miro, se esconde detrás del periódico. Va vestido como todos los hombres de aquí, con pantalones de vestir y sombrero de fieltro, pero algo en él no encaja. Tiene la columna vertebral demasiado rígida y su presencia es demasiado dominante. Aún no hace ni un día que he salido de Berlín Este, es imposible que estén buscándome, pero tengo un miedo insoportable que se niega a aplicar la lógica.

Mila levanta la cabeza. Se frota la cara con los deditos regordetes. Mira a su alrededor. Por un momento se queda en silencio, aturdida. Y después empieza a gritar.

Hacemos el camino de vuelta a casa de Karin sin decir nada. Mila está tumbada en el asiento trasero, con las plantas de los pies apoyadas en la ventanilla. Está despierta, pero agotada tras sus gritos histéricos en el hospital. Karin y yo estamos sumidas en nuestros pensamientos. Karin habla por fin cuando giramos hacia la Reichsstraße, con las grandes casas flanqueándonos a ambos lados de la amplia calle.

—Tres meses. No es tanto tiempo.

Pero es demasiado. Incluso un día me parece demasiado. ¿Cómo van a explicar mis padres por qué no estoy en casa tantos meses? La mentira de que iba a Leipzig a ver a la prima enferma de mi padre solo será creíble unas semanas en el mejor de los casos. Y no hay forma de hacerles llegar un mensaje. Creerán que he muerto intentando cruzar. O peor aún, creerán que lo he conseguido, pero que he decidido quedarme en el Oeste. Me gustaría pensar que mi padre sabe que nunca lo haría, pero el tiempo acabará por desgastar su convicción.

—¿De verdad está demasiado enfermo para salir?

—Está estable y se pondrá bien. Solo tiene que ganar algo de peso para que le den el alta. Siento que no hayas podido verlo, Elly, pero tiene buen aspecto y está recuperándose de la operación.

—¿Tenía un agujero en el corazón?

—Sí, pero lo han solucionado. Se pondrá bien.

No tengo motivos para dudar de ella, pero, sin haber visto la cara de Axel y sin haber sentido su peso en mis brazos, me cuesta creer que esté bien. Debería haber insistido en verlo.

Karin aparca el coche delante de su casa. Y vuelvo a tener la sensación de que algo no va bien. El día avanza y una niebla impenetrable se adhiere al suelo. Los transeúntes vuelven a casa del trabajo y mientras cruzamos la calle miro la cara de todos ellos en busca de alguien que muestre un interés especial por mí o por la casa.

Nadie me parece sospechoso, pero al mismo tiempo todos me lo parecen.

39

Lisette

Ahora. Berlín Este, 25 de septiembre de 1961

Mientras Julius prepara la comida, yo deambulo descalza por el comedor cogiendo cosas y volviéndolas a dejar: un libro polvoriento que llevo años intentando leer, una taza sucia de Elly con restos de café que se han quedado duros en la porcelana, el certificado de nacimiento de Axel, la única prueba que tengo de su existencia... Se me ha secado la leche y la barriga se me ha desinflado; ya no quedan pruebas en mi cuerpo de que soy madre.

Han pasado cuarenta y tres largos días, mil momentos perdidos con mi hijo. No es la primera vez que estoy sumida en la oscuridad, pero este dolor me matará. Tengo la cara mojada, pero mis lágrimas no tienen fin.

Levanto el teléfono y marco el número del hospital. Las líneas llevan diez años cortadas, es ridículo intentarlo, pero lo hago de todos modos. Contengo la respiración y rezo, pero, como todos los días, solo encuentro silencio. Pruebo cuatro veces más convenciéndome de que quizá me he equivocado al marcar, pero nada.

Es casi mediodía y Elly todavía no se ha levantado. ¿Cómo

puede dormir tan profundamente mientras su hermanito está solo, separado de su familia?

—Seguramente se quedó despierta hasta tarde tocando el teclado —me dice Julius mientras corta una hogaza de pan en rebanadas fastidiosamente dispares.

«Voy a despertarla», escribo, y le muestro la libreta.

—Déjala que duerma —me contesta, pero después se encoge de hombros.

Llamo con fuerza a la puerta y entro sin esperar a que me responda. Elly siempre duerme como un tronco. He llamado solo por Julius, que cree por encima de todo en la privacidad.

Las cortinas están corridas y la habitación está a oscuras y húmeda. Además hace un calor insoportable. ¿Por qué no ha dormido con la ventana abierta?

Odio esta habitación. Hace mucho tiempo que quitamos el viejo papel de flores y lo sustituimos por un hipnótico estampado amarillo. También nos deshicimos de todos los muebles. Aunque el olor ha cambiado, nunca olvidaré lo que pasó aquí. El recuerdo es una mancha que se niega a desaparecer por mucho que frote.

Finjo no ver al fantasma de la esquina, la cara que nunca olvidaré. Me dirijo con paso decidido a las cortinas y las corro de un tirón. Me cuesta abrir el pestillo de la ventana, pero al final lo consigo y dejo entrar el aire fresco que tanto necesito.

Me doy vuelta, dispuesta a sacar a Elly de su letargo, pero la cama está hecha y Elly no está.

40

Lisette

Ahora. Berlín Este, 7 de octubre de 1961

Estoy sentada en el banco mientras dos palomas gordas se pasean a mis pies buscando migajas. Tiro del cuello del abrigo y me froto las manos. He olvidado los guantes y se me están poniendo los dedos azules, pero no puedo volver a casa; ya no aguanto en ese piso. Han pasado dos semanas desde que encontré la cama de Elly vacía. Axel no está y ahora Elly tampoco. Mi hogar es donde están mis hijos, y ellos no están allí.

Saco su nota del bolsillo y paso los dedos por la tinta intentando extraer lo que sentía cuando la escribió. He leído y releído tantas veces la carta de Elly que puedo recitar todas las palabras, pero sigo sin entender lo que ha hecho. Me digo que consiguió llegar al otro lado, pero no lo sé. Podría estar muerta. Podrían estar muertos los dos. ¿Cómo ha podido pasar? ¿Cómo he dejado que sucediera?

Pienso en las semanas posteriores al nacimiento de Elly. Siempre fue una bebé atenta y tranquila, pero también exigente. Por la noche solo se dormía con la cabeza apoyada en mi pecho; no aceptaba ninguna otra postura. Parecía que solo estuviera tranquila cuando yo sufría. En plena noche, cuando yo sabía que toda la ciudad dormía profundamente, el cansancio y la soledad de tener que quedarme sentada mirando la oscuridad eran como de otro mundo. Mi vida se había convertido en un caos de amamantar y llorar, yo más que Elly. Me exigía demasiado, más de lo que podía darle.

De joven siempre había pensado que tocaría el piano para mis hijos, que la música los arrullaría hasta que se quedaran dormidos, pero el padre de Elly también me destrozó ese sueño. Y quedarme en nuestro piso del Este no me ha ayudado a sanar. Es una prisión de recuerdos. A veces, cuando vuelvo a casa después de haber dado un paseo, los recuerdos todavía me tiran al suelo físicamente. Siempre he deseado mudarme, pero mi madre se ha negado. Los médicos dicen que necesita estar en un lugar conocido y estable. Le diagnosticaron demencia precoz, aunque en ese momento no los creí. No la creí a ella. Algunos días sigo sin creerla. Fingir que no recuerda significa no cargar con la culpa; puede fingir que fue otra persona la que vendió a su hija para protegerse. Debería haber pasado el resto de su vida intentando enmendar sus errores, pero se ha retirado al pasado lejano, a un lugar donde aún no ha cometido ningún crimen contra mí. A un lugar donde ambas existimos como personas completas e intactas. A un lugar donde mi padre sigue vivo.

Una tormenta ha azotado Berlín y el parque parece magullado y roto. Ha arrancado hojas de las ramas y varios árboles de la tierra. La destrucción hace que me sienta un poco mejor. Aunque me gotea la nariz y ya no noto los dedos de los pies, juro que me quedaré aquí hasta que el mundo se oscurezca.

—Lisette. —Julius aparece delante de mí con una bufanda enrollada alrededor de la parte inferior de la cara—. He estado buscándote. Vuelve a casa, por favor.

Niego con la cabeza sin mirarlo a los ojos.

Se deja caer a mi lado. Me coge las manos, se las lleva a los labios, me sopla aire caliente y me las frota con los guantes.

—Te pondrás enferma si te quedas aquí. —Se le empañan las gafas cuando habla, pero no limpia la condensación—. ¿Es eso lo que quieres?

Me encojo de hombros y retiro las manos de entre las suyas. Me da absolutamente igual.

—No los has perdido solo tú. Lo sabes, ¿verdad? También son mis hijos. Sufro tanto como tú.

Pero no es así. ¿Cómo podría serlo? Él no los llevó en su vientre ni los alimentó con su pecho. Y nada de esto es culpa suya. La culpa es mía y solo mía.

—Hace un rato he encontrado un libro dentro de la nevera —me dice—. Y una toalla dentro del horno. Rita está cada vez peor y no puedo cuidarla solo. Debo reincorporarme al trabajo la semana que viene; no puedo pedir más días libres. Tienes que estar en casa. Deja de acosar al personal del ministerio y deja de vagar sin rumbo por el parque.

Saco la libreta y busco un bolígrafo en el bolsillo del abrigo. «No pienso renunciar a ellos», escribo.

—No es eso lo que te pido. Seguiremos solicitando visados, pero fastidiar al ministerio no servirá de nada.

«No lo sabes».

—Sí lo sé. No estoy pidiéndote que pierdas la esperanza. Solo te pido que vuelvas a casa.

Se levanta y me ofrece el brazo. No tengo fuerzas para discutir con él.

—Y otra cosa —me dice mientras me obligo a ponerme de pie—. Herr Krause ha estado haciendo preguntas sobre Elly. Le he contado lo que nos pidió que le dijéramos, pero estoy seguro de que sospecha algo. Ayer, cuando llamó mi encargado, volví a oír un clic en el teléfono. Están escuchando. No tardarán en llamar a nuestra puerta.

41

Elly

Ahora. Berlín Oeste, 28 de noviembre de 1961

—Tenemos que oponernos a la proliferación de armas nucleares —dice Peter colocándose bien las gafas en su enorme nariz. Coge con una cuchara el último trozo de *rote Grütze* de su madre que le queda en el plato y las bayas le tiñen los labios de rojo—. Corre el rumor de que van a construir una central nuclear aquí mismo, en Berlín Oeste. Tenemos que organizar una protesta.

Hannelore pone los ojos en blanco, pero yo me inclino hacia delante y apoyo el codo en la mesa y la barbilla en la mano.

—Estoy totalmente de acuerdo —susurro en voz tan baja como el mar—. Un arma nuclear podría aniquilar toda la ciudad.

Estamos solos y ya llevo dos meses en Berlín Oeste, pero todavía no me he acostumbrado a la despreocupación con la que los berlineses occidentales hablan de cosas que en el Este se consideran peligrosas. Hasta que llegué aquí, analizaba cada palabra antes de dejarla salir de mis labios. Miraba a mi alrededor con tanta frecuencia que me daban calambres en el cuello. Siempre me asaltaba la sensación de que alguien estaba escuchándome, incluso en mi propia casa. Ese miedo no ha desaparecido, y si voy a volver al Este, espero que nunca lo haga. Ese miedo puede salvarte.

Espero que ahora mismo ese miedo esté salvando a mis padres.

—Sí, sí —me dice Hannelore en voz innecesariamente alta. Mientras que la música de Peter es una mezcla alegre y segura de *riffs* de piano boogie-woogie y cálidos y resonantes sonidos de una guitarra de caja hueca, la canción de Hannelore es una confusa mezcla de géneros que a veces se convierte en un torrente incesante de ruido que hace que me palpite la cabeza—. Pero ¿no podemos hablar de algo más alegre? Estas discusiones políticas de cada noche están agotándome.

Se levanta para limpiar los platos y se vuelve hacia mí.

—No es necesario que seas tan educada, ¿sabes? Puedes decirle a Peter que se calle cuando te aburra. Es lo que hago yo.

—No —le digo demasiado rápido—, no me aburro lo más mínimo.

Llena el fregadero de agua y el vapor se eleva como volutas de humo. Gira la cabeza y me mira.

—Sabes que mi hermano es gay, ¿verdad?

—¿Qué? No. Sí, bueno. Lo sé. No pretendo... —Mis palabras salen como si estuviera borracha, agitadas y tambaleantes.

Peter me guiña un ojo y los dos se ríen a carcajadas.

—Es demasiado fácil tomarte el pelo, Jutta.

Jutta. Algunos días olvido que vivo una vida prestada, una vida que no durará para siempre. Ahora me llamo Jutta. Aunque me llamo así desde hace poco tiempo, cuando me despierto, por un instante creo de verdad que soy Jutta. Sería muy fácil quedarme, meterme en la piel de esa persona y ser feliz aquí con mis tres nuevos sobrinos, que me adoran, y una sobrinita que sin duda no. Voy a la escuela, voy a bares y escucho música prohibida en el Este, tengo amigos y un futuro real y emocionante, con viajes y oportunidades, que podría ser mío si así lo decidiera.

Pero hice una promesa. Y aunque esa promesa esté escrita en un trozo de papel al otro lado del Muro, la recuerdo. Recuerdo a quién se la hice. Recuerdo también al soldado que no disparó. He intentado olvidar a Andréi, pero oigo su música todos los días. Ahora mismo estoy atrapada aquí (Axel sigue en el hospital y han sellado las tapas de las alcantarillas), pero no puedo olvidar mi objetivo, aunque algunos días lo desee. Y como tantas otras cosas en esta vida prestada, estos amigos son una mentira y mis propósitos no son sinceros.

—Será mejor que vuelva a casa. Le prometí a Karin que esta noche la ayudaría con los niños. —Me vuelvo hacia Peter—. ¿Puedes llevarme?

—Claro. —Aparta su voluminoso cuerpo de la mesa y la silla hace ruido al arañar el suelo de madera.

Ya en la calle, meto la barbilla en el cuello de piel sintética del abrigo y me preparo para protegerme del viento, que levanta la nieve y la lanza en ráfagas. Sigo a Peter por la calle hasta su coche con las manos enguantadas metidas en los bolsillos.

Su coche es tan pequeño que cuando se cuela dentro, las rodillas casi le llegan a la barbilla. Reajusta el asiento mientras yo juego con el botón de la calefacción. Coloco la mano sobre la rejilla, pero me tose una vez y nada más.

—No funciona —me dice maniobrando el coche para salir a la estrecha carretera—, pero Schaumburgallee está a solo cinco minutos. Deberíamos sobrevivir.

—Gracias por llevarme.

—No hay problema. Gracias por ser amiga de Hannelore.

Lo siento, te parecerá un poco raro, pero es que no tiene muchas.

Intento tragarme el sentimiento de culpa, pero su amargor me cubre la lengua. Mi amistad con Hannelore no es casual.

—¿Puedo hacerte una pregunta? —le digo.

Me mira de reojo.

—Es verdad que soy gay. Hannelore no lo ha dicho de broma.

Esta vez me toca reírme a mí, pero después respiro hondo y bajo la voz hasta convertirla en un susurro.

—Me han llegado rumores… de que podrías estar ayudando a estudiantes de Berlín Este a pasar al Oeste.

Se pone rígido, aunque es casi imperceptible; debo ir con cuidado.

—¿A quién se lo has oído decir? —Clava los ojos en la carretera oscura que tenemos delante. Los faros del coche atraviesan la niebla helada.

—A nadie en concreto.

Pasamos un momento en silencio. Mira por el retrovisor y yo hago lo mismo medio esperando que nos siga un coche, pero la calle está vacía y la nieve amortigua el ruido del tráfico lejano.

—Somos muchos los que queremos ayudar a los camaradas del Este —me contesta por fin—. En todos los bares de esta mitad de la ciudad encontrarás a estudiantes hablando de rutas de escape para los alemanes del Este.

—Así que es verdad.

Suelta una fuerte bocanada de aire blanco. Se inclina hacia delante, mira a través del parabrisas oscuro y se mete en un hueco para aparcar. Las ruedas chirrían en la nieve compactada al borde de la carretera. Apaga el motor y oigo el viento, que suena como el silbido de mil flechas. Contengo la respiración.

Peter se vuelve hacia mí y me observa con una intensidad que me desconcierta.

—¿Quieres ayudar?

—No exactamente —le contesto.

Y entonces se lo cuento todo.

42

Elly

Ahora. Berlín Oeste, 2 de diciembre de 1961

—¿Nos vemos luego en el Eden Saloon?

—Esta noche no —le contesto—. Le prometí a mi tía que me quedaría en casa con los niños.

—Entonces supongo que la veremos a ella. —Hannelore se ríe. Tiene los dientes tan blancos que parecen brillar a la luz de la farola.

—Seguramente. —Aunque por suerte sé que «mi tía» Karin tiene otros planes.

Le digo adiós con la mano y camino en dirección contraria a ella, pero en lugar de girar hacia la Brixplatz, hacia «mi casa», cojo el tranvía hacia Wilmersdorf. Ya no me siento culpable por mentir a Hannelore; me he vuelto una experta en amoldar la verdad, y la única condición de Peter fue que no involucráramos a su hermana en nuestros planes.

Intento no resbalar al bajar del tranvía. Está empezando a nevar de nuevo y la carretera está helada. Las calles están llenas de gente incluso con temperaturas bajo cero y es un alivio entrar en el bar. Me quito el sombrero y expulso la nieve del ala. El aire está cargado de humo de cigarrillo y en la esquina hay una enorme chimenea con un fuego crepitante. Oigo jazz en directo procedente de otra sala, pero aquí se oyen básicamente las conversaciones. El local está lleno, pero no abarrotado, y aunque parece un bar para gente mayor, con sus sofás mullidos y sus sillones de cuero desconchado, la mayoría de los clientes son estudiantes.

—¡Jutta, aquí!

Peter está sentado en una posición privilegiada, de espaldas al fuego, rodeado por el pequeño grupo al que he venido a convencer. Hoy lleva gafas y no es la primera vez que me pregunto si de verdad las necesita. Se parece mucho a su ídolo Buddy Holly, aunque es bastante más corpulento, y las gafas completan el look; no me sorprendería que los cristales no estuvieran graduados.

Todos los que forman parte del grupo, en su mayoría unos cinco años mayores que yo, se vuelven hacia mí y sonríen. Menos uno. Instintivamente sé que se trata de Franz; Peter me ha advertido sobre él. Sus ojos grises y duros como el cemento me observan mientras cruzo la sala. Hago un esfuerzo para que mis manos dejen de temblar. Franz es bajo, pero de rasgos marcados, con los labios carnosos y la nariz ancha. Lleva el pelo largo y sospecho que se lo ha dejado crecer para taparse las orejas, algo prominentes.

Peter me hace sitio y me siento en el sofá a su lado. Saludo a sus amigos con la sonrisa más sincera que puedo esbozar.

—Aquí está —comenta Peter pasándome un brazo por encima del hombro. Con la otra mano hace un gesto al camarero y en cuestión de minutos aparece una pinta de cerveza espumosa delante de mí—. Estábamos hablando del discurso de Castro anoche. Franz cree que los estadounidenses intervendrán, que harán cualquier cosa para detener la expansión del comunismo.

—Creía que Castro quería que Cuba se convirtiera en un

estado socialista, no comunista —dice un hombre muy atractivo con el pelo rubio cuidadosamente peinado.

Peter asiente y le sonríe; su música se acelera, como supongo que lo hacen los latidos de su corazón. Debe de ser Knut, el hombre del que Peter está enamorado.

—Son lo mismo —interviene Franz.

—En realidad hay grandes diferencias —le responde Peter. Apoya los codos en la mesa y junta las yemas de los dedos—. Comparten algunas creencias, por supuesto, sobre todo la defensa de la propiedad pública en lugar de la privada, pero el socialismo es más flexible. Los individuos pueden tener propiedades, por ejemplo, y apoyan un enfoque más democrático.

—Sí, pero Castro dijo que su objetivo final es el comunismo. —El tono de Franz denota impaciencia.

Los demás intercambian miradas. Solo hay otra mujer en el grupo, una negra estadounidense corpulenta que habla alemán con un ligero acento.

—Tienes razón, amigo mío, eso dijo. —Tiene los ojos muy abiertos y una mirada intensa. Su música es bonita y fluye como un arroyo, fuerte pero relajante, y me cae bien de inmediato.

—Gracias —le contesta Franz asintiendo—. Parece que Dina y yo somos los únicos que hemos escuchado el discurso de Castro. Os digo que Estados Unidos se unirá a la guerra de Vietnam. Llevan años preparándose. No se conformarán con entrenar a soldados survietnamitas y enviar unos cuantos miles de tropas para apoyarlos. Pronto reclutarán a jóvenes estadounidenses y habrá una guerra a gran escala. La Unión Soviética será la siguiente, ya lo veréis; el Telón de Acero y después el Muro...

—Seguro que no —le digo. Jutta habla menos que Elly, porque ante todo quiero pasar inadvertida, pero la cabra tira al monte—. Quizá Cuba. Pero ¿Vietnam? Está al otro lado del mundo. ¿Por qué Vietnam es una amenaza tan grande?

—Porque si el comunismo gana allí, se extenderá al resto de Asia.

Franz se bebe lo que le queda de cerveza y ahoga un eructo. Su música es más compleja que la de los demás. También más furiosa. El piano domina y su canción me recuerda a la rabia controlada de *La persecución* de Bartók. Es bastante desagradable, pero algo más oscuro que la antipatía se esconde en su interior; no confío en él.

—Quieren cortarlo de raíz —añade Dina.

—Estoy de acuerdo en que es posible, pero nunca atacarían a la Unión Soviética —insisto—. Nadie quiere otra guerra mundial. Todavía estamos recuperándonos de la última. ¿Y el Muro? No va a desaparecer en un futuro próximo.

—Bueno, creo que en eso estamos de acuerdo —dice Peter bajando la voz—. Al fin y al cabo, por eso estamos aquí.

43

Elly

Ahora. Berlín Oeste, 3 de diciembre de 1961

—Bueno, parece que ayer les caíste bien —me dice Peter conduciendo despacio por las calles desiertas. El parabrisas es un caos de limpiaparabrisas furiosos y una masa blanca arremolinada—. Aunque la confianza es el factor más importante. Pero los hombres siempre confían en las mujeres. Suele ser su perdición.

—No creo que Franz esté especialmente interesado en mí.

—A Franz déjamelo a mí. Ruge como un león, pero es un gatito. Ya lo verás. De hecho, es al que conozco desde hace más tiempo.

—¿Estudian todos Ingeniería contigo?

Peter se ríe.

—No, no. Knut es actor. Bueno, quiere serlo, pero tiene muchísimo talento, de verdad. —Hace una pausa y un rubor le sube por el grueso cuello cubierto de barba—. ¿Qué estaba diciendo? Ah, sí. Franz estudia Medicina y Dina será una gran arquitecta algún día, aunque lo que le gusta es pintar. Sebastian todavía no se ha decidido por ninguna carrera; primero está probándolas todas. Y Albert... creo que estudia Literatura. Y ahora te tenemos a ti, nuestra música.

—No me has oído tocar.

—Se nota que eres buena.

Gira el volante y, más que meternos en el espacio libre para aparcar, resbalamos hacia él.

—¿Cómo supiste que debías buscarme? —me pregunta volviéndose para mirarme—. ¿Que yo estaba... involucrado? —Intenta que su tono parezca despreocupado, pero noto la incertidumbre en su voz.

—Por Hannelore —le contesto—. Hizo un comentario en la escuela. Dijo que querías salvar el mundo, pero que primero ibas a empezar por derribar el Muro, o al menos conseguir que algunas personas lo cruzaran.

—¿Ya erais amigas cuando lo dijo?

Dudo. No me siento orgullosa de lo que he hecho, pero ya he llegado hasta aquí y no puedo perder su confianza justo ahora.

—No... Me hice amiga suya para llegar a ti. Sabes cuál es mi situación. Desde que llegué no he dejado de buscar la manera de volver a casa. Pero Hannelore me cae bien de verdad. Mi amistad con ella es una ventaja añadida.

Asiente despacio. Espero mordiéndome el labio.

—De acuerdo —me dice por fin—. Gracias por haber sido sincera.

Apaga el motor y se pone los guantes.

—¿Hemos llegado?

—Sí.

Miro la calle oscura. Las farolas parecen focos, pero lo único que muestran son copos de nieve bailando al son de una canción muda.

—¿Y dónde estamos?

—Ya lo verás.

Salgo del coche preparándome para el frío. Debe de ser el día más frío del año hasta ahora y me duele respirar.

—No está lejos —me dice Peter acercándose y cogiéndome del brazo.

Observo la calle que tengo delante y giro la cabeza para echar un vistazo. En las ventanas hay luces cálidas, pero no veo a nadie en la carretera, aunque eso no significa que no haya nadie detrás de una cortina. Los miembros de la Stasi se mueven como fantasmas y controlan la frontera. Si quieren tener agentes a este lado del Muro (¿y por qué no iban a querer?), esas sombras ya caminan entre nosotros.

Avanzamos con dificultad por la nieve con la cabeza inclinada contra el viento. No veo el nombre de la calle (la placa de la esquina está cubierta por una gruesa capa de escarcha), pero cuando giramos a la derecha aparecen las imponentes torres de vigilancia de Berlín Este. Está oscuro y la visibilidad es demasiado escasa para distinguir si alguien nos observa desde arriba, pero sé que sí; las torres tienen vigilancia las veinticuatro horas del día.

—¿La Brunnenstraße?

Cojo del brazo a Peter. Es la única manera de que no me dé media vuelta y eche a correr en dirección contraria. Estamos en el lado Oeste, me digo. Estamos a salvo. Pero cada vez que veo la barrera, el miedo y la añoranza se apoderan de mí. Mi familia, Otto, Monika, Andréi; todos tan cerca y sin embargo inalcanzables.

Peter asiente.

—Pero está muy cerca de la frontera —susurro—. Las torres de vigilancia están justo ahí.

—Una sola calle más allá podría añadir tres meses. Cuanto más cerca, mejor.

—¿No sospecharán al vernos a todos entrando y saliendo?

—Entramos por el sótano del bloque de pisos de al lado. Dina vive en ese edificio. Y visitar a una amiga no tiene nada de malo.

Sonríe y veo que está orgulloso de lo que han conseguido hasta ahora, pero el orgullo también puede ser peligroso.

—Es ese. —Señala un edificio abandonado al otro lado de la calle—. Van a derribarlo el año que viene.

Bajamos de la acera nevada y cruzamos la calle.

—¿Qué hacéis con la tierra?

—Es más fácil si te lo muestro.

Abre una puerta con un gesto teatral y lo sigo. La escalera está iluminada, pero el pasillo, donde nos sacudimos los pies para que se desprenda la nieve de las botas, está oscuro.

—Casi lo olvido —me dice quitándose las gafas y limpiándoselas—. No les he contado a los demás lo de tu hermano. Solo les he dicho que quieres volver al Este con tu familia. No les haría ninguna gracia lo del bebé, obviamente.

—¿Cuándo se lo diremos?

—Cuando sea demasiado tarde para que puedan impedirlo.

Sigo a Peter por los escalones de piedra hasta el sótano. Una bombilla desnuda cuelga del techo y su luz mortecina proyecta sombras en la habitación. Montones de trastos se amontonan contra las paredes (viejas maletas, muebles rotos, cajas llenas de ropa mohosa...), pero el suelo está limpio. Apoyado en la pared del otro lado hay un espejo agrietado. Una versión fragmentada de mí misma me devuelve la mirada. Tengo las mejillas rojas y me gotea la nariz.

—Sígueme.

Peter aparta el espejo y deja al descubierto un hueco en el hormigón, un agujero lo bastante grande para que entre un adulto arrastrándose.

Desaparece y lo sigo al otro lado del espejo.

El otro sótano es mucho más pequeño que el que acabamos de dejar atrás, o quizá solo lo parece. Hay herramientas esparcidas por toda la habitación, pero parece un caos organizado. Veo carretillas, cubos, palas, picos y martillos, además de herramientas que nunca había visto. En una esquina hay viejos sacos de harina llenos de tierra, en otra un sofá sucio y hundido, y junto a la pared del fondo veo un gran agujero en el suelo.

—Y aquí está. —Peter extiende los brazos como si estuviera disfrutando de la luz del sol—. Este es nuestro túnel.

Me acerco al agujero y miro hacia abajo. Es un pequeño pozo vertical con una escalera dentro, aunque está tan oscuro que no puedo ver hasta dónde llega.

—Casi diez metros de profundidad —me dice Peter leyéndome la mente. Está a mi lado con las manos en las caderas—. Primero tuvimos que cavar en línea recta hasta llegar al nivel freático. De lo contrario, corríamos el riesgo de que todo se inundara. Ahora estamos cavando hacia delante, pero en un ligero ángulo para que sea un poco más fácil sacar la tierra y las rocas.

—¿Y cuánto mide? ¿Cuánto os queda para terminar?

—Hasta ahora hemos cavado unos ochenta metros. Lo medimos cada pocos días para asegurarnos de que vamos por el buen camino. Y tu segunda pregunta debería ser: ¿cuánto *nos* queda para terminar? Tu primer turno empieza mañana.

Un pálido resplandor aparece debajo de nosotros. Se oye el eco de una tos. Alguien está subiendo la escalera; su respiración es un estertor sibilante. Sé que debe de ser alguien del grupo de Peter, pero hay algo extrañamente aterrador en esperar mientras un ser sin rostro trepa hacia ti desde un agujero oscuro en la tierra.

—Mierda, qué desagradable es estar ahí abajo. —Dina sale

del agujero y se desploma en el sofá raído, cuyos muelles crujen bajo su peso—. Agua —pide moviendo el brazo.

No parece que Peter vaya a reaccionar, así que voy a buscar la botella de agua a medias de una mesita de madera y se la paso.

—Gracias, Jutta. —Dina coge la botella, se bebe toda el agua de un trago, se tumba en el sofá y cierra los ojos—. Aunque supongo que no es tu verdadero nombre, ¿verdad?

Miro a Peter, pero está ocupado con una especie de radio de corto alcance.

—¿Por qué lo dices?

—No tienes cara de llamarte Jutta. —Se incorpora e inclina la cabeza—. Estás poniéndote roja.

—Aquí hace calor.

Se ríe.

—Sí, claro.

—Peter me ha dicho que vives en el edificio de al lado —le digo para cambiar de tema—. ¿No te vas a casa entre turnos?

—Estoy tomándome un breve descanso. No aguanto abajo mucho tiempo. Ya lo verás..., es horrible. Bueno —dice subiendo las piernas al sofá—, cuéntame más cosas de ti. Peter dice que te quedaste separada de tu familia cuando levantaron el Muro. Dice que quieres volver. ¿Por qué no intentas traer a tus familiares aquí? Supongo que no quieres vivir en el Este, ¿verdad?

—No, la verdad es que no. —Me siento en un taburete frente al sofá. Como se tambalea, tengo que inclinarme hacia delante para redistribuir el peso—. Pero mi familia no quiere irse. Sobre todo mi abuela. No... Bueno, no quiere.

Dina me mira de una forma que me entran ganas de contárselo todo. Es una de esas personas que te escuchan, pero me contengo para no soltarle toda la verdad. Peter tiene razón, es mejor que se enteren de lo de Axel cuando ya sea demasiado tarde para que digan que no.

—Si pudiéramos hacerte más bajita y cambiarte el color de la piel, podrías coger mi pasaporte y cruzar.

—Claro, tienes un pasaporte extranjero, ¿no? ¿Eres tú la que ha explorado en el otro lado?

—Sí.

—¿Tu novio está allí? ¿Estás haciéndolo por él?

—Sí y no. Ulf, mi novio, quiere escapar del Este y yo también quiero que escape, pero no lo hago solo por él. Mucha gente quiere cruzar y mi papel es muy importante —me dice sin darse aires de importancia—. Espero que con el tiempo podamos reclutar a más extranjeros que nos ayuden, pero de momento solo estoy yo.

—¿Cruzas muy a menudo?

—No tanto como me gustaría. Ir a ver a Ulf atrae la atención hacia él. Seguramente lo vigilan por tener una novia estadounidense. No quiero poner en peligro lo que intentamos hacer aquí. Por eso hemos decidido que no debe cruzar con el primer grupo.

—Sí, tienes razón. ¿Cuántas personas hay en el primer grupo?

—Unas diez. Peter cree que deberíamos buscar a más, y Knut también, pero al ser la primera vez, creo que debemos tener cuidado.

—Puede que solo tengamos una oportunidad —interviene Peter, que se sienta en el sofá al lado de Dina—. Dios, apestas.

Dina se huele las axilas y se ríe.

—Menos mal que no pretendo impresionarte.

—Pero hablando en serio —sigue diciendo Peter—, deberías convencer a Ulf de que venga en la primera incursión. Por si las cosas se tuercen. Sería tu premio por tu duro trabajo.

—Lo pensaré —le contesta Dina—. ¿Sabes, Jutta? No falta mucho para que a los alemanes del Oeste se les permita cruzar como a los extranjeros. ¿Por qué no esperas?

Es lo que me sugirió Oskar, el marido de Karin, cuando me consiguió los documentos de identidad, que son un duplicado de los de Jutta, la hija enferma de un amigo. Vive en el campo y está demasiado enferma para ir a la escuela. Su desgracia ha sido mi salvavidas.

—No sabemos cuánto habrá que esperar.

Me miro los guantes. Tengo un pequeño agujero en el dedo meñique y toco el cuero. La música de Dina se detiene, como si supiera que hay algo que no le estoy contando. Peter me preguntó lo mismo cuando nos conocimos, pero el hecho es que encontrar papeles para un bebé sería casi imposible, incluso con los contactos de Oskar y Karin. Y me preocupa mi madre. Ya ha esperado bastante.

—Bueno, vuelvo al trabajo. —Dina se levanta, estira los brazos y hace crujir el cuello—. Por cierto, el mes pasado mi factura del agua fue una locura. Desde ahora, después de cada turno, os lavaréis solo la cara. Ya os ducharéis en vuestra casa. Y, Jutta, la semana que viene iré al Este. Si me das una nota, me aseguraré de que les llegue a tus padres. Sin detalles ni nada, claro, solo para decirles que estás a salvo.

—Gracias. Sería... maravilloso. Muchas gracias. —Estoy tan abrumada por la gratitud que casi me lanzo sobre ella.

—No hay problema. —Se encoge de hombros y desaparece por el agujero.

Peter se acerca a la pila de herramientas. Se agacha y empieza a revisarlas meticulosamente una a una dándoles vueltas. Algunas, supongo que las estropeadas, las deja en una pila diferente.

—¿Por qué lo hacen los demás? —le pregunto.

—Cada uno tiene sus razones. Yo quiero ayudar a mi primo. En el caso de Franz es a un buen amigo. Dina, a su novio. Sebastian, Knut y Albert solo quieren ayudar a los que necesitan ayuda, sobre todo a compañeros con los que estudiábamos, pero también a familias. Y a profesores. —Se vuelve para mirarme—. ¿Sabías que a los profesores que vivían en el Este pero trabajaban en el Oeste se les ha prohibido de por vida el acceso al sistema educativo de la RDA? Mi profesor favorito está atrapado allí. Le han quitado todo; no puede quedarse. Y Knut tiene un amigo que vive en el Este pero estudiaba Ciencias Políticas aquí, en la FU. Lo único que puede hacer ahora es conseguir un trabajo no cualificado en una fábrica. Le han prohibido totalmente la educación superior.

Cuando Peter se enfada, el volumen de su música sube a la vez que el de su voz.

—Sé que tu plan es volver al Este y quedarte —me comenta—, pero la verdad es que espero que cuando hayas dejado a tu hermano con tu familia decidas volver. La vida en el Este no es vida. Lo sabes, ¿verdad? Eres demasiado joven para quedarte encerrada allí voluntariamente. Estoy ofreciéndote una llave para salir.

—Lo pensaré —le digo. Y se lo digo en serio—. Pero tarde o temprano descubrirán el túnel, ¿no crees?

—Es muy probable. Basta con que un informante de la Stasi husmee algo y lo denuncie. Pero entonces construiré otro. Y otro más.

—¿No tienes miedo?

—La verdad es que no. Se arriesgan más los que están al otro lado.

Pienso en mi familia y en las personas a las que he puesto en peligro al venir aquí. Creía que solo estaría fuera unos días, pero mi larga ausencia no habrá pasado inadvertida. ¿La Stasi se ha llevado ya a mis padres para interrogarlos? ¿Los están torturando en una celda ahora mismo?

—No te preocupes tanto —me dice Peter—. Aquí estamos a salvo.

44

Lisette

Ahora. Berlín Este, 9 de diciembre de 1961

Los pasillos de Konsum están llenos de gente y empiezo a arrepentirme de haber salido de casa. Hacer la compra me parece demasiado normal, algo que no debería hacer mientras Elly está desaparecida y Axel está en algún lugar al cuidado de desconocidos. Es lo que quiero creer, que al menos Axel está a salvo en algún sitio, pero debería estar conmigo, durmiendo en su cochecito.

Pero necesitaba salir. No podía respirar. Los días se convertían en noches como si el tiempo se plegara sobre sí mismo. Ni siquiera salir de casa me quitaba la sensación de claustrofobia. Alemania del Este sigue amurallada y no hay salida.

Agacho la cabeza con la esperanza de no ver a ningún conocido. Julius dice que todo el mundo tiene sus tragedias... No soy la única a la que han separado de un ser querido, pero si alguien me expresa su compasión, me fracturaré como un hueso.

No tenía por qué preocuparme; las últimas normas han hecho que todo el mundo esté cotilleando y no se fije en una mujer encorvada y oculta debajo de su sombrero.

—¿Seguro que no van a serrar las antenas? —susurra una mujer apretando una naranja tan redonda como ella—. Mi hijo no dejará de escuchar RIAS. Esa música ruidosa es su vida.

—Shhh —susurra la amiga de la mujer—. Lo llamarán loco cruzafronteras. La Stasi irá a por él… y a por ti.

Me pilla mirándolas y se queda pálida. Confunde mi dolor con algo sospechoso.

—Lisette. —Oigo mi nombre y casi sigo caminando—. Lisette —repite la voz y me doy la vuelta a cámara lenta. Es mi amiga Marion, la dulce, joven y humilde Marion—. Eres tú —dice avanzando con torpeza hacia mí.

Intento no mirar su barriga de embarazada ni al niño que se aferra a su falda. Tiene el pelo alborotado y las mejillas de un saludable tono rosado. Me abraza y siento su barriga presionando la mía, marchita. Cuando me suelta, me cuesta respirar.

—Oh, Lisette. —Me agarra los hombros con las dos manos y se le llenan los ojos de lágrimas—. Me he enterado de lo de Axel. Pobrecita, pobrecita. Es terrible. No puedo ni imaginarme cómo te sientes. —Se lleva una mano protectora al vientre, como diciendo que ella nunca lo habría permitido—. Lo recuperarás. Estoy segura. Esta barrera no durará, ya lo verás. —Intenta mirarme a los ojos, pero no puedo devolverle la mirada. No voy a llorar. Y menos aquí, en el pasillo de un supermercado—. Dime, ¿qué puedo hacer? Seguro que puedo ayudarte en algo.

Aunque pudiera hablar, no sabría qué decirle a esta mujer. Es mucho más joven que yo, demasiado joven para tener un recuerdo claro de la guerra y demasiado guapa para haber sufrido un desengaño amoroso. Me odio a mí misma por despreciarla ahora mismo. Quiero empujarla, tirarla al suelo y salir corriendo de la tienda. Quiero abrir la boca y gritar, pero saco el bolígrafo y la libreta.

«He perdido la voz. Una infección de garganta», escribo.

—Oh, qué horror —me dice, y espera a que siga escribiendo.

Su hijo me mira fijamente.

—*Mutti* —protesta tirando de la falda de Marion.

Ella le acaricia la cabeza y no soporto quedarme aquí ni un segundo más.

«Me alegro de verte, pero tengo que irme». Arranco la hoja, se la dejo en la palma de la mano y salgo corriendo de la tienda dejando mi cesta medio llena bloqueando el pasillo.

Al girar hacia nuestra calle, una mujer negra y bajita me roza al pasar. Levanta la mirada y se disculpa. Algo en ella me hace detenerme. Tiene cara de culpable. Retrocede con las manos en alto y la nieve se le posa en el pelo como caspa. Y después se va.

Casi espero ver a alguien acechando en un callejón o mirándome desde el otro lado de la calle. La Stasi está en todas partes. También por eso he tenido que salir de casa. Ahora mismo no podemos llamar más la atención. Tenemos que fingir que Elly está en Leipzig y que todo va bien. ¿Esa mujer era una agente de la Stasi? ¿Una informante? ¿Alguien está siguiéndome? Pero solo veo a berlineses caminando con dificultad entre los montones de nieve, con la cabeza inclinada para evitar el viento cortante.

Cuando llego a casa, encuentro una nota tirada en la moqueta. Un trozo de papel blanco bien doblado. Miro a mi alrededor esperando que haya alguien más, pero solo está mi madre sentada junto a la ventana, mirando fijamente el cristal.

> A está bien. Yo también. Pronto estaremos en casa. Te lo prometo.

Le doy la vuelta a la nota, pero no hay nada más escrito, solo estas pocas y preciosas palabras. Sujeto la carta contra el pecho. Juro que siento a mis hijos a través del papel y se me saltan las lágrimas. Dicen que lo que te mata es la esperanza, pero esta nota me mantendrá respirando. Mis hijos están juntos, vivos y a salvo.

Me hago muchas preguntas. ¿Quién ha traído la nota? ¿Cómo ha sacado Elly a Axel del hospital? ¿Dónde viven? ¿Saben las autoridades occidentales que Elly cruzó la frontera? ¿Cómo van a volver? Elly ya ha arriesgado su vida una vez, ¿y si se le acaba la suerte? También pondrá en peligro a su hermano. Una parte de mí, aunque pequeña, quiere que se queden en el Oeste y empiecen una nueva vida, pero la parte más grande y egoísta de mí necesita que vuelvan a casa.

Mi madre se levanta de la silla y se dirige a la cocina. Pasa los dedos por la repisa de la chimenea buscando polvo.

—¿Ya ha llegado tu padre? —me pregunta abriendo la nevera—. Tengo que empezar a preparar la cena.

«Aún no», escribo, y le muestro la libreta. Antes intentaba explicarle la verdad, pero algunos días no tengo energía. Es más fácil seguirle la corriente.

—¿Qué te pasa en la voz?

«Me duele la garganta».

Me he dado cuenta de que ahora prefiero los días en los que mi madre está confundida, cuando mezcla los pensamientos y parece que no puede anclarse en el presente. Sé que es cruel, pero esos días no menciona a Axel ni a Elly porque en su mente todavía no han nacido.

Recuerdo su confusión cuando Elly apareció por primera vez en su mundo. En aquel entonces mi madre estaba más activa y a veces todavía tenía la mente despejada. Recuerdo que la encontraba mirando la cuna con los ojos muy abiertos y abriendo y cerrando la boca, como si intentara aspirar más oxígeno.

«¿De quién es este bebé? —susurraba mirando de un lado a otro—. ¿Has robado un bebé?».

«No, mamá, no he robado ningún bebé. ¿Por qué iba a robar un bebé? El bebé es mío. Se llama Elly».

Durante el primer año mantuvimos esta misma conversación —o una similar— un sinfín de veces. A menudo sentía la tentación de contestarle «Sí, lo he robado; no se lo digas a nadie», solo para no seguir repitiéndonos.

A veces me daba cuenta de que mi madre no recordaba que yo hubiera estado embarazada. En esos momentos me daba pena. Su olvido seguía pareciéndome sospechoso, pero a veces, cuando retorcía el rostro confundida y se le ponían los ojos vidriosos, estaba claro que su pérdida de memoria era real.

Ahora que su retirada al pasado es más constante, casi la envidio. Sé que Julius también. Ojalá pudiéramos borrar también nuestros recuerdos y, con ellos, el dolor.

45
Elly

Ahora. Berlín Oeste, 24 de diciembre de 1961

Camino de vuelta a casa de Karin a través de la nieve. El olor a agujas de pino y castañas asadas me trae recuerdos navideños que hacen que me duela el pecho. Las velas arden en las ventanas y las luces brillantes decoran las calles con la promesa de la celebración de esta noche. Entro y es como si me transportaran al escenario de una obra de teatro navideña: el olor de salchichas chisporroteando, el ruido de los niños jugando y el calor de un fuego crepitante.

—Elly, ¿eres tú? Entra.

Me quito el abrigo, los guantes y varias capas de ropa y asomo la cabeza por la puerta del comedor.

—¿Estás segura? Si quieres pasar la Navidad solo con tu familia, por mí no hay problema.

Karin se levanta del sofá de un salto y se le cae parte del vino de la copa en la alfombra, aunque parece no darse cuenta.

—No digas tonterías. ¡Es Navidad! Y eres parte de la familia. —Me coge de la mano, tira de mí y me señala un sillón—. Siéntate, siéntate. ¿Quieres brandy o una copa de vino? Tienes casi dieciséis años; una copa o dos no te harán daño. Les prometí a los niños que abriríamos un regalo cada uno antes de cenar.

—¿Ahora? —Erich levanta la vista del suelo, donde está luchando con uno de sus hermanos—. Dime que ahora, por favor.

—Pregúntaselo a tu madre —le contesta Oskar. Bebe un sorbo de whisky y vuelve a dirigir su atención al periódico que tiene en el regazo.

Wolfgang, el menor de los niños, está de pie en el sofá observando las orejas de su padre.

—Tienes pelos en las orejas —le dice—. ¿Te los arrancamos y te los ponemos en la cabeza? Tienes una calva sin un pelo. No quiero que se te enfríe la cabeza.

Oskar mira a Karin y se le empiezan a enrojecer las mejillas.

—Wolfgang, deja a tu padre en paz. Es perfecto tal como es.

Coge a Wolfgang, lo deja en el suelo, se sienta en el regazo de Oskar y le da un beso. Intento desviar la mirada, pero me fascina el cariño con el que se tratan. Me imagino a mí misma en el futuro abrazando a mi marido. Intento imaginarme la cara de Paul Newman, pero se transforma en la de Andréi. Aparto la imagen.

—¡Muy bien! —exclama Karin levantándose de un salto—. Es la hora de los regalos. Podéis elegir uno con vuestro nombre de debajo del árbol.

Los niños se lanzan al montón de regalos chillando y riéndose.

—Solo uno —les advierte Karin, pero nadie la escucha—. Erich, ¿puedes buscar uno para Mila, por favor?

Nunca había visto tantos regalos. Están amontonados en desorden debajo del árbol, pero son tantos que se desparraman por el suelo en todas direcciones. En mi familia los regalos nunca han sido importantes. Suelo recibir uno en Navidad y algo pequeño en mi cumpleaños. No sé si este despilfarro es obsceno o una de las cosas más maravillosas que he visto en mi vida. De repente, y no es la primera vez, deseo que este sea mi verdadero hogar: mis hermanos chillones, molestos y adorables; mi madre, cariñosa pero atolondrada, y mi casa grande y bonita en Berlín Oeste. El sentimiento siguiente es agudo y merecidamente doloroso. Tengo un hermano al que aún no conozco, pero que está indefenso y me necesita. Y tengo a Oma Rita y a mis padres. En todas las familias hay grietas, aunque en esta todavía no las he visto.

Me acerco a la ventana y miro hacia la oscuridad. Veo a dos hombres fumando debajo de una farola, al otro lado de la calle. Llevan sombrero, de modo que no les da la luz en la cara. Los dos llevan bolsas, como si volvieran de hacer las compras de Navidad, pero fuera hace al menos diez grados bajo cero y toda persona en su sano juicio se daría prisa por volver a casa. Uno de ellos mira directamente a nuestra casa y yo me escondo detrás de la cortina con las sienes palpitando.

Vuelvo al sofá intentando pasar por alto el hormigueo en la columna y Karin me da un regalo.

—Para ti.

Está mal envuelto, los bordes del papel están mal recortados y se ven partes de la cajita, así que supongo que uno de los niños habrá «ayudado» a envolverlo.

—Vamos —me dice Karin—, ábrelo. Hay más para ti, claro, pero este es solo mío.

Me observa mientras retiro muy despacio el papel de regalo. Intento doblarlo con cuidado por si quiere volver a utilizarlo, pero me lo quita de las manos, hace una bola y la tira al suelo.

—Eres muy graciosa. No guardamos estas cosas. Ya recogeré todo esto mañana. ¡La Nochebuena es para dejarlo todo hecho un desastre y quedarse tan ancho!

No quiero abrir la caja delante de ella. Siento que me escuecen los ojos. No quiero avergonzarnos a las dos si sucede lo inevitable, pero está claro que no tengo elección: Karin no desvía la mirada de mí y del paquetito.

Acaricio la suave tapa de terciopelo. Se abre de golpe y aparecen unos pendientes de botón dorados.

—¿Te gustan? Están muy de moda. Yo tengo dos pares.

No puedo contenerme y abrazo a Karin por la cintura. Su vestido es sedoso y aspiro el tenue aroma a lavanda de su perfume. Su sinfonía es caótica, pero me envuelve. Me siento como en casa. Y odio lo que estoy a punto de hacer.

46

Elly

Ahora. Berlín Oeste, 6 de enero de 1962

Le paso la última bolsa de tierra a Knut con los hombros doloridos por el esfuerzo y salgo del agujero. Tengo todo el cuerpo cubierto de barro, incluso debajo de la ropa, y estoy tan agotada que se me cierran los párpados, pero consigo pasar entre los demás, subir y sentarme en el sofá al lado de Dina.

—¿Estás bien? —me pregunta Dina.

Asiento.

—Solo…

—¿Destrozada?

—Exacto.

Me coge por los hombros y me los aprieta. Después acerca la frente a la mía, un gesto muy íntimo, pero que me parece del todo natural. Aunque tengo las manos llenas de ampollas que supuran y los músculos se me contraen al unísono, me siento un poco menos confundida cuando estoy con ella.

—Lo estás haciendo muy bien. —Son solo palabras, pero me ayudan a aguantar.

—Ya está —dice Peter. Se quita las gafas e intenta limpiarlas con los dedos llenos de barro—. Solo faltan uno o dos metros.

—No me puedo creer que lo hayamos conseguido —comenta Knut negando con la cabeza.

Todos llevamos mono y sudamos chorros sucios, pero, comparado con nosotros, Knut parece inmaculado. Ha cavado y cargado como todos, pero su piel suave y clara parece repeler la tierra.

—Entonces ¿mañana? —pregunto. Siento la lengua espesa y mis palabras parecen arrastrarse—. ¿Excavamos los últimos metros y luego paso?

—Exacto. —Peter despliega un mapa en el suelo—. Si nuestros cálculos son correctos, llegaremos a una vieja letrina en el patio de un bloque de pisos. Dina cruzará la frontera con su pasaporte por la mañana; le han dado el visado. Y Jutta, cuando salgas, Dina dará la señal a los que esperan. La seguirán de dos en dos a cierta distancia.

—Debería ser yo el que atravesara esos últimos metros hacia el Este —dice Franz sacándose la tierra de debajo de las uñas con un palillo—. Sé que quieres hacerlo tú, Peter, pero el espacio es demasiado pequeño para ti. No te ofendas.

—No me ofendo —le contesta Peter apretando la mandíbula—, pero no estoy de acuerdo.

—Podemos ensancharlo progresivamente —insiste Franz—, pero mañana solo queremos abrirnos paso y sacar al primer grupo. No sabemos cuánto tiempo tendremos hasta que descubran el túnel. Tú mismo lo has dicho alguna vez: mañana podría ser nuestra única oportunidad.

Dina se inclina hacia delante y mira a Peter.

—Lo siento, pero Franz tiene razón. El proyecto es tuyo y deberías ir tú, por supuesto, pero la misión es más importante que cualquiera de nosotros. Mañana tiene que salir lo mejor posible.

—Bien. —Peter se levanta de repente y coge su abrigo—.

Se acabó la reunión. Es tarde y todos necesitamos descansar un poco.

Me tiende la mano y dejo que tire de mí. Evita incluso la mirada de Knut mientras arrastramos el espejo a un lado y escapamos al sótano contiguo.

—¿Estás bien? —le pregunto cuando estamos en la calle.

—Claro que estoy bien. ¿Por qué no iba a estarlo?

Por alguna razón, esperaba que fuera de día. He estado bajo tierra tantos días que he perdido la noción del tiempo y del espacio. Me esfuerzo por seguir el ritmo a Peter, que avanza a grandes zancadas por la calle.

—¿Te has dado cuenta de que Knut no me ha defendido? —murmura—. Aunque tú tampoco...

—¿Qué? Bueno, no ha sido un ataque. Dina tiene razón. Deberías ser tú, por supuesto, pero los últimos metros del túnel son muy estrechos. No hay margen de maniobra allí abajo. Lo siento, debería haber dicho algo.

No aminora el paso y tengo que esquivar árboles de Navidad abandonados que han dejado morir en la calle. A la mayoría se les caen las agujas como a los perros el pelo. Las luces navideñas han desaparecido y Berlín Oeste se ha vuelto oscuro, lúgubre y húmedo.

Casi todos los coches están cubiertos de una fina capa de nieve, mientras que el de Peter tiene al menos treinta centímetros. Miro las torres de vigilancia. ¿Se habrán dado cuenta ellos también? Llevamos días trabajando por turnos y durmiendo solo unas horas en la casa de Dina. Al principio también nos duchábamos por turnos, pero al final todos menos Knut estuvimos de acuerdo en que no tenía sentido limpiarnos la suciedad sabiendo que volveríamos a mancharnos. Tuve que mentirle a Karin y decirle que estaba pasando unos días con unos amigos.

Peter limpia la nieve del parabrisas, pero necesita un rascador para quitar el hielo. Mete la llave en la cerradura, pero no gira. Apoya un brazo en la puerta y los pies le resbalan por la nieve compacta como si estuviera bailando, pero aun así la llave no se mueve.

—Para. Se va a romper. Déjame ayudarte. —Lo aparto con suavidad, saco la llave y la froto entre las manos. La introduzco en la cerradura y esta vez gira, pero la puerta no se mueve. Tiramos juntos de la manilla y, como si alguien le hubiera dado una patada desde dentro, la puerta se abre de golpe y nos lanza boca arriba a la acera. Peter se ríe, pero yo me trago la risa.

Oigo música.

Llega de lejos, como el estruendo de un tren subterráneo, pero siento las vibraciones. Hay un bajo amenazador y una voz fría y monótona. En ese momento Franz y Knut salen del edificio de Dina. Detrás de ellos, en lo alto de la torre de vigilancia, veo una sombra. Sea quien sea, nos está observando.

47

Elly

Ahora. Berlín Oeste, 7 de enero de 1962

El motor del coche tose durante el largo trayecto. Peter también tiene tos y parece que ambos compitan.

—¿Te has despedido? —me pregunta Peter.

La calefacción del coche sigue sin funcionar bien; de vez en cuando se limita a eructar un poco de aire tibio. El frío me ha entumecido los dedos y de repente echo mucho de menos el verano.

—¿De Karin y los niños? No. Me dijiste que no lo hiciera.

—Bien, mejor así, pero ¿estás bien?

—La verdad es que no. Es la segunda vez que desaparezco para personas que me importan, pero sé que es lo mejor. Lo es, ¿verdad?

—Claro —me contesta—. Es para protegerlas a ellas, pero también a todos nosotros. Cuanta menos gente lo sepa, mejor.

Aparca y el coche se detiene con una sacudida. La nieve cubre el parabrisas, pero en el cielo se ven zonas azules.

—Cuando hayas cruzado y estés a salvo, los avisaré. Les diré que estás bien.

—Gracias —le digo girándome hacia él—. Gracias por todo.

—No me las des todavía. Y recuerda lo que te dije. Cuando todo se haya solucionado, deberías pensar en volver. No formas parte del Este, lo sabes.

—¿Alguien sí?

—No, tienes razón, pero dime que lo pensarás.

—Sí. —Abro la puerta del coche y me preparo para el frío—. Te prometo que lo pensaré.

Oigo un eco solitario mientras camino por el pasillo vacío y me siento aliviada de que Peter haya decidido que era mejor quedarse en el coche. Es tan corpulento que habría llamado la atención y ahora necesito mimetizarme con el papel pintado descolorido. Por suerte las salas están llenas de gente y las enfermeras ni siquiera me miran al pasar a toda prisa.

He trazado mi ruta y he memorizado dónde está la sala de suministros, pero cuando llego al pasillo principal no la encuentro. Debería ser la tercera puerta a la izquierda, pero lo que encuentro es un cuarto de baño. Siento movimiento a mi derecha. Me doy la vuelta y veo una cara blanca como la ceniza, con el pelo alborotado y los ojos muy abiertos y afligidos. Ahogo un grito un instante antes de darme cuenta de que es solo mi reflejo.

Respiro hondo varias veces, me recojo el pelo en una coleta, vuelvo al pasillo y lo intento con la puerta de al lado. Se abre, entro y cierro la puerta.

El olor a lejía me invade y una oleada de náuseas me recorre el cuerpo. Cierro los ojos y busco mi canción. Debo mantener la calma y concentrarme; todo tiene que salir según lo planeado. Mi corazón se sincroniza poco a poco con el ritmo constante de mi música. Abro los ojos. Los uniformes están perfectamente apilados en un estante. Me quito la ropa y la dejo en una esquina. Me pongo el traje verde y blanco y cojo una fregona y un cubo. Abro la puerta, que emite un suave chasquido, y avanzo por el pasillo con la cabeza gacha.

En la unidad neonatal veo a una enfermera mayor de ojos nublados y pelo gris. Está junto a una gran ventana, bajo un pálido sol invernal, meciendo a un bebé en sus brazos. Apenas me mira cuando abro la puerta y hago rodar el cubo delante de mí. En la sala hay doce cunas alineadas y alguien ha pintado unos conejos de aspecto extraño en las paredes: las cabezas son desproporcionadamente grandes y los dientes demasiado largos.

—La enfermera Ilse la está buscando —le digo.

—¿De verdad? ¿Por qué? —Está tan atenta al niño que tiene en brazos que no levanta la mirada.

Me encojo de hombros.

—Me ha pedido que la buscara. Dice que es importante. Está en el pabellón quince.

—Dios mío, está al otro lado del hospital. ¿No sabe que estoy de guardia? No puedo dejar a los bebés solos.

—Me ha dicho que era muy importante. Puedo vigilarlos yo. De todas formas, tengo que fregar el suelo.

Deja al bebé en la cuna a regañadientes. Él se mueve nervioso, pero ella le acaricia la cabeza y enseguida se tranquiliza de nuevo.

—Hum, de acuerdo. Lo cierto es que no pueden irse a ninguna parte. ¿Está segura de que puede quedarse aquí hasta que vuelva?

—Por supuesto.

—Muy bien, pues volveré lo antes posible.

La puerta se cierra y contengo la respiración mientras escucho el ruido de sus tacones alejándose por el pasillo. Espero un minuto más y recorro a toda prisa las cunas en busca de

Axel. Todos los bebés se parecen y me aterra no reconocerlo y acabar llevándome al de otra persona.

Pero de repente lo veo. Sus grandes ojos castaños son iguales que los de mi padre, y sus labios finos son una copia de los de mi madre. Está despierto, contento, y me mira con curiosidad.

—Aquí estás —susurro—. Te he echado de menos. ¿Estás listo para volver a casa?

Lo levanto con cuidado de la cuna. Extiende el brazo y me toca la nariz. Quiero quedarme en este instante y abrazarlo, pero el tiempo corre en nuestra contra. Cojo la manta de la cuna, lo envuelvo bien con ella y salgo de la sala con mi hermano en brazos.

Aunque mi instinto me dice que corra, me obligo a caminar despacio. Me tiembla todo el cuerpo y me preocupa que mis brazos cedan y Axel se me caiga al suelo. Mi plan era volver al cuarto de suministros, cambiarme y salir con Axel metido dentro del abrigo, pero los pies me llevan directamente más allá de la puerta. Ahora el pasillo está lleno de gente y nadie me mira, pero tengo la sensación de que cien ojos ocultos me observan esperando el momento adecuado para saltar sobre mí.

Oigo pasos detrás de mí.

—¡Disculpe! —La voz es cortante y autoritaria. No sé si el hombre se dirige a mí o está llamando a otra persona, pero no me detengo. La salida está a solo cinco metros.

—¡Eh, usted!

Tres metros.

—Jovencita, le estoy hablando.

Un metro. Echo a correr.

Abro las puertas de golpe. Fuera, el fuerte viento casi me derriba. No sé si el hombre me ha seguido o si ahora mismo está llamando a la policía, pero soy como una bala de cañón y sigo adelante deseando que el hielo bajo mis pies sea amable. Oigo el ruido de un motor y el coche de Peter aparece delante de mí.

—¡Sube! —me grita Peter, y ahora sé que me persiguen.

Quienquiera que sea está a punto de clavarme los dedos en el brazo y me tira de la coleta. Casi oigo cómo me arrancan el pelo del cuero cabelludo, pero de repente estoy en el coche y Peter sale disparado antes de que haya cerrado la puerta. También oigo gritos. Un bebé. Mi hermano. Aún lo tengo apretado contra el pecho, llorando como si alguien lo hubiera robado.

Y es lo que he hecho, por supuesto.

48

Lisette

Ahora. Berlín Este, 7 de enero de 1962

Me siento a la mesa de la cocina y me trago el desayuno que me ha preparado Julius. Miro el montón de regalos sin abrir junto al árbol de Navidad. Nunca habíamos celebrado la Navidad, solo nos dábamos uno o dos regalos cada uno, pero este año lo he compensado en exceso con la extraña esperanza de que eso haga que mis hijos regresen a casa.

El árbol es absurdamente grande y frondoso y suelta gran cantidad de agujas de pino. Mi madre está debajo, de rodillas, recogiéndolas y murmurando.

Tengo ante mí un periódico doblado, pero no puedo concentrarme en las palabras; se mueven como si se tratara de una colonia de hormigas. El pan no sabe a nada, pero sé que debo comer. Un día Elly y Axel volverán a casa, no soporto pensar lo contrario, y ese día necesitarán que esté lo mejor posible.

Miro el periódico y lo desdoblo. El titular es un grito: EL CRIMINAL DE GUERRA EGON WEBER ATRAPADO EN ARGENTINA. Debajo hay una vieja fotografía de Egon muy sonriente y con el uniforme nazi. La imagen me pilla por sorpresa y casi me obliga a emitir un sonido, pero no llego a hacerlo. Mis palabras siguen ocultas.

Miro a mi madre. Está físicamente aquí, pero no sé dónde está su mente. ¿Reconocerá el nombre si le muestro el titular? Y si lo reconoce, ¿le traerá malos recuerdos que ambas queremos olvidar?

«Después de casi dos décadas —dice el artículo—, Egon Weber, un criminal de guerra nazi, fue detenido anoche en Argentina. Entre 1940 y 1945, Egon Weber trabajó como guardia de prisión en el tristemente célebre campo de concentración de Ravensbrück, donde murieron más de 50.000 prisioneras. Se le acusará de complicidad en asesinato y se espera que lo condenen a cadena perpetua. Se sigue buscando a Gertrud Weber, mujer de Egon y también guardia en Ravensbrück».

Arranco la hoja, la arrugo y la echo al fuego. Observo cómo la imagen de Egon se deshace y las llamas devoran su sonrisa. A diferencia de mi madre, yo no disfruto del lujo de la demencia. Recuerdo estar sentada en esta misma habitación comiendo bombones y hablando de trabajar en Ravensbrück. Si Gertrud fue capaz de algo así, ¿lo era yo? Si hubiera aceptado el trabajo, ¿habría renunciado, horrorizada, al enterarme de la verdad? ¿O la posibilidad del mal reside en todos nosotros?

49

Elly

Ahora. Berlín Oeste, 7 de enero de 1962

—¿Un bebé? —pregunta Franz—. De ninguna manera. Es una locura.

Sus mejillas y las puntas de las orejas, que sobresalen del pelo, son de un rosa brillante. Me mira con tanta rabia que siento cómo le sale a borbotones. Mientras habla, mezo a Axel hacia delante y hacia atrás, y me duelen los brazos.

—Por el amor de Dios —exclama Peter—, baja la voz. Vamos a sentarnos y a hablarlo como adultos.

—Jutta no es adulta y este maldito bebé tampoco. ¿En qué estabas pensando? ¿Cómo has podido aceptar algo así sin consultárnoslo?

—Es mi túnel —le replica Peter en tono comedido—. La decisión es mía. —Se eleva sobre Franz, que no se echa atrás.

Knut y yo intercambiamos miradas incómodas. Me doy cuenta de que él también está en contra del plan. Y es normal. La presencia de Axel pondrá a todos en peligro. Lo sé, pero también confío en que Axel estará tranquilo.

—Le he dado un poco de agua de anís y mucha leche —le digo—. Dormirá. Os lo prometo.

Franz está tan enfadado que su música se ha convertido en un caos de truenos esporádicos y ni siquiera me mira. Axel sigue despierto, pero se le caen los párpados y parece tranquilo acurrucado contra mi pecho. Me siento en el destartalado sofá; Axel pesa más de lo que creía y no debo gastar energías. Muevo un cojín y se levanta una nube de polvo. Axel suelta un estornudo, sorprendido.

—Dina me apoyaría si estuviera aquí —comenta Franz yendo de un lado a otro del pequeño sótano—. Esperar hasta el último minuto es engañarnos. Y es arriesgado.

—Si quieres echarte atrás, no hay problema —le contesta Peter cruzándose de brazos—. Puedo recorrer los últimos metros solo, pero en realidad no es tan arriesgado. Jutta va al Este, así que solo irán ella y el bebé. Si hubiera estado con el grupo que viene aquí, no le habría dicho que sí, porque pondría en peligro a todos. En estas circunstancias, solo están en peligro Axel y ella. Y es su decisión.

—Si el bebé llora un solo segundo cuando esté en el túnel —le replica Franz—, toda la misión estará en peligro. Vale, puede que no atrapen a los del otro lado, pero echará por tierra su oportunidad de escapar. Es una decisión egoísta, y lo sabes.

—Ya has dejado claro tu punto de vista. No tenemos tiempo para seguir discutiendo. —Peter mira el reloj—. Dina ya estará en el Este. ¿Vienes o no?

Franz suelta un gruñido y levanta las manos.

—Eres desesperante.

Espero a que se vaya, pero da un trago de una botella de plástico y se vuelve para mirarme.

—Quiero que te quedes aquí hasta que veas la luz de mi linterna. ¿Entendido?

—Sí.

Un montón de preguntas bullen dentro de mí, pero las contengo. El momento ya es bastante delicado.

Asiente, rehusando mirar a Peter, y empieza a bajar. Su cara es una red de arrugas de preocupación y la suciedad se ha acumulado en los pliegues. En sus ojos hay un destello de miedo.

Ahora solo nos queda esperar. El túnel tiene menos de doscientos metros de largo; no debería tardar más de cinco minutos en atravesarlo a rastras, pero Franz tiene que cavar los últimos metros evitando las tuberías de agua y después romper el suelo del cobertizo del otro lado; todo ello sin hacer demasiado ruido.

Peter se agacha en un rincón a revisar y organizar el equipo. Knut se apoya en la pared y se frota las manos para calentárselas. El ceño fruncido marca sus rasgos habitualmente suaves y hay algo extraño en su canción: una partitura aparte escondida detrás de su sinfonía. Apenas la oigo. Es como un susurro en una habitación en la que todo el mundo grita.

Axel se retuerce en mis brazos y un sueño se dibuja en su rostro. No consigo que se sienta cómodo en mi regazo. Es tal como lo recuerdo, pero no encajamos como deberían hacerlo una hermana y un hermano. Creí que casaríamos como dos piezas de un puzle, pero ha pasado demasiado tiempo y para él solo soy una extraña.

Se oye un golpe fuerte y lejano. No procede de abajo, sino de arriba. Peter, Knut y yo nos miramos preocupados. El ruido continúa: una persiana rota golpeada por el viento, quizá. O un ejército a punto de caer sobre nosotros.

Knut se acerca a la boca del túnel y mira hacia abajo.

—¿Ves algo? —le pregunto.

—Todavía no.

Se sienta en el borde con las piernas colgando en el agujero. En el suelo hay un bolígrafo que hace girar en el hormigón una y otra vez. Las venas de su mano, que parecen gusanos, palpitan con cada giro.

Los ojos de Axel revolotean. Saco del bolso el agua de anís, con una etiqueta en la que pone «No más berrinches de tu bebé». Ya le he dado bastante, pero no puedo arriesgarme a que se despierte. Le froto un poco más en las encías con el dedo.

Los golpes cesan tan de repente como empezaron, pero todo mi cuerpo está alerta. El corazón me golpea la caja torácica y me arde la piel, que irradia calor como si tuviera fiebre. Saco tres bufandas del bolso con las manos sudorosas y envuelvo a Axel contra mi pecho, como he visto hacer a Karin cuando Mila saca el labio inferior e insiste en que la lleve en brazos.

Me levanto con dificultad del sofá, con la espalda dolorida por el esfuerzo, y camino por la pequeña habitación meciendo y sacudiendo a Axel como hacía mi madre.

—Ha llegado la hora —dice Peter uniéndose a Knut en lo alto de la escalera. Se da vuelta para mirarme—. ¿Estás lista?

—Más que nunca.

—Peter... —le dice Knut, pero Peter lo silencia con una mirada.

—Axel está dormido —le digo—. No se despertará.

—¿Y está bien sujeto?

—Sí. —Miro a Axel. Los nudos de las bufandas se me clavan en los costados, pero si una de ellas se resbala...—. He gateado con él para practicar. Está bien sujeto.

Me uno a ellos en el borde. Bien podríamos estar en el precipicio de un acantilado mirando el abismo.

Vemos la luz de una linterna: tres destellos, una breve pausa y otros dos.

—Es la hora —dice Peter.

Me da un fuerte abrazo y una oleada de confianza pasa de su cuerpo al mío. Puedo hacerlo. Todo irá bien.

En el momento en que nos separamos me doy cuenta de que lleva una pistola en la cintura.

50

Elly

Ahora. Berlín Oeste, 7 de enero de 1962

Aquí abajo hay una hilera de luces que indican el camino como estrellas en el cielo nocturno, pero a intervalos la oscuridad parece impenetrable. Me deslizo a gatas, con barro frío y húmedo entre los dedos. Oigo un goteo de agua y estoy segura de que esto está más húmedo que ayer. ¿Hemos reventado una tubería? ¿El túnel está llenándose poco a poco de agua?

Aunque unos soportes de madera sostienen el techo, casi siento el peso de la tierra aplastándome. Peter estudia Ingeniería, pero dudo que la construcción de túneles esté en el plan de estudios. ¿Podría derrumbarse? ¿Se convertirá en mi tumba? ¿Hay alguna muerte peor que quedar enterrado vivo y matar además a tu hermano?

Siento el suave latido del corazón de Axel, y el olor de su aliento dulce y lechoso de alguna manera me tranquiliza. El miedo me aprieta como una boa constrictor alrededor del cuello, pero él no se da cuenta del peligro que corremos.

La franja de la muerte debe de estar ahora encima de nosotros: una alfombra de trampas explosivas, minas terrestres, guardias que patrullan y perros. Perros que te desgarrarán la piel mientras sus amos intentan dispararte. Si Axel llora...

Oigo una tos amortiguada por encima de mí.

Dejo de arrastrarme y contengo la respiración.

A esta altura, el túnel debe de tener solo tres metros de profundidad. Hay alguien justo encima de mí. Alguien que probablemente tiene un arma en las manos. Y si yo puedo oírlo, él puede oírme a mí.

Me inclino hacia atrás, me siento sobre los pies y una bombilla oscilante me roza la frente. Tengo la cabeza a apenas un centímetro de la tierra compacta. Me llevo la mano al pecho, como si pudiera introducirla y detener los acelerados latidos de mi corazón.

Vuelvo a oír la tos. Es una tos mucosa y el hombre sigue tosiendo hasta que se le despeja el pecho.

No sé hasta dónde he llegado en el túnel. Veo un resplandor tenue muy por delante de mí que podría ser luz del sol que se filtra, no luz eléctrica, pero no puedo calcular a qué distancia está. Es mediodía (un grupo desplazándose por Berlín Este a según qué horas llamaría demasiado la atención), pero aquí abajo es de noche. Lo único que sé es que si los guardias que patrullan me oyen, dispararán al suelo indiscriminadamente. Harán un agujero en la tierra y seguirán disparando hasta que estén seguros de que estoy muerta.

Busco mi canción. Quiero cantarla en voz alta o al menos tararearla, pero me obligo a interiorizarla. Me recorre el cuerpo como la sangre de una transfusión que te salva la vida. Me convierto en la música y la música se convierte en mí.

Pasa mucho tiempo antes de que pueda volver a mover el cuerpo. Cuando lo hago, me da un calambre en el pie. Intento estirarlo clavando los dedos en la tierra, pero no funciona. Me muerdo con fuerza el labio para desplazar el dolor, lo que de alguna forma lo hace más soportable. Axel se agita en sueños y deja escapar un pequeño grito, como si sintiera mi incomodidad.

Oigo murmullos por encima de mí. Un perro ladra. Me han oído. Seguro que me han oído. ¿Sigo adelante? ¿Retrocedo? ¿Me quedo quieta? Mis extremidades no responden. Ya no tengo música que me salve.

Axel hace una mueca y oigo el grito antes de que abra los labios. Sé que será casi un grito. Le tapo la boca con la mano. No quiero hacerlo, pero mi mano se desplaza en piloto automático. Estamos muy cerca. Ahora no pueden atraparnos.

—Muévete.

Es solo un susurro, pero reconozco la voz. Peter. Y está detrás de mí. Axel y yo ya no estamos solos aquí abajo. Otra vida de la que seré responsable si fallamos.

No puedo avanzar con la mano en la boca de Axel, así que la levanto. Espero y merezco un grito, pero se queda en silencio. Si tuviera tiempo para pensar, me preocuparía haberlo asfixiado, pero me arrastro por el barro con Axel como un peso muerto atado a mi pecho.

Veo la luz. Es la promesa de un amanecer, un horizonte que sé que es posible alcanzar si sigo avanzando.

—Más rápido —me dice Peter con voz ronca—. Ya casi hemos llegado.

El aire sucio me quema la garganta y me obstruye los pulmones. Y el suelo ya no es barro, sino un río viscoso. Entra agua por algún sitio, y a gran velocidad.

El rayo de luz está muy cerca, pero una sombra lo cubre como un eclipse.

—Daos la vuelta.

Esta vez es Franz. Está frente a mí. Y tiene una pistola en la mano.

—Por Dios, Jutta, rápido.

Aunque está muy oscuro, veo que el terror deforma el rostro de Franz. Por un momento he creído que se había vuelto contra nosotros, pero su tono es de verdad desesperado.

—Daos la vuelta. Vienen.

—¿Quién viene? —Pretendía susurrarlo, pero me sale un grito de pánico.

—La Stasi. Lo saben. Y vienen.

Solo hay dos opciones: parálisis o acción. Si estuviera sola me habría quedado inmóvil, pero en este túnel somos muchos: Peter, Axel y Franz, pero también mi madre, mi padre, Oma Rita y Andréi. Porque han estado conmigo todo este tiempo, han sido parte integral de cada decisión que he tomado. Y también tengo que salvarlos. Todos tenemos que sobrevivir a esto.

El túnel no se ha construido para girar, pero no sé cómo lo consigo y, por imposible que parezca, Axel sigue en silencio. A Peter le cuesta más. En los últimos metros, el túnel es tan estrecho que la tierra lo presiona por todos lados, así que se arrastra hacia atrás con la cara tan cerca de la mía que me llega el olor agrio de su aliento. Franz está ahora detrás de mí. Empujando y desesperado.

La hilera de luces parpadea. Quedamos sumidos en la oscuridad.

Un disparo.

En este espacio cerrado suena como un estallido seguido de un silbido. Oigo un grito, pero no sé de quién viene. ¿De mí? ¿De Franz? ¿De Peter? ¿La sangre tiene olor?

El túnel se ensancha y, aunque no veo nada, siento que Peter por fin puede darse la vuelta. Al avanzar a paso lento, me lanza agua fangosa a la cara. Tengo arenilla en la lengua y los pantalones empapados, así que, más que arrastrarme, camino por el agua.

¿Por qué Axel está tan callado?

Se oye otro chasquido, pero en la dirección contraria. El destello de una pistola, el gruñido del que dispara o quizá del que recibe el disparo; más tarde no recordaré ningún detalle. Lo sé, pero en este momento siento que cada segundo se me graba en el alma y cada bala me atraviesa la carne.

Otro disparo. Y esta vez un grito. Una respiración entrecortada. El sonido de alguien muriendo.

Estamos tumbados en el suelo de cemento del sótano jadeando como perros. Axel sigue atado a mi pecho. Suelta un pequeño gemido, el sonido más bonito que he oído nunca. Está vivo.

—¿Qué ha pasado? —pregunto con voz temblorosa.

Estamos a salvo, pero mi cuerpo no se ha dado cuenta.

Franz se incorpora con dificultad. Tiene la cara roja y los ojos muy abiertos.

—He golpeado una cañería. Y cuando la he atravesado, estaban allí. La Stasi. Estaban esperándome.

—Pero ¿cómo lo sabían?

—Deben de haberlos avisado.

—¿Quién haría algo así? ¿Y por qué?

—Knut —susurra Peter a mi lado—. Ha sido Knut. —Sigue tumbado y respira entrecortadamente. Su música suena desfasada y su canción flaquea.

—¿Estás bien?

—Creo que... Creo que me han disparado.

Las palabras parecen llegarme como si estuviéramos bajo el agua. No suenan bien y tardo un instante en entender su significado.

—¿Qué? No, no, no puede ser.

Me acerco a él. Tiene los labios blancos y le tiemblan los

párpados. Levanto la mano que tiene apoyada en la barriga y está mojada.

—Mierda. Mierda.

Me desato a Axel y se lo entrego a Franz, que ahora está de pie mirándonos fijamente y moviendo los labios, aunque de su boca no salen palabras.

Le desabrocho la chaqueta a Peter y le levanto el jersey y la camisa. Encuentro una herida abierta que no deja de sangrar. La presiono con las manos para intentar detener la hemorragia, pero la sangre se me filtra entre los dedos.

—¿Qué hacemos? No se detiene. ¿Qué hacemos? —repito una y otra vez.

Peter murmura algo indescifrable. Sus párpados no dejan de moverse. Su música sigue tartamudeando, como un disco rayado.

—Una ambulancia —dice Franz—. Llamaré a una ambulancia.

No quiero que me deje aquí sola, pero se introduce por el agujero de la pared sujetando con torpeza a Axel.

—Franz ha ido a buscar ayuda —le digo a Peter—. Te pondrás bien. No es tan grave, te lo prometo.

Me falla la voz al mentirle, pero no puedo evitar repetirlo. Tose, se ahoga y me agarra del hombro, se aferra a mí con la esperanza de que pueda sacarlo y ponerlo a salvo.

—Aguanta, ¿vale? La ambulancia llegará enseguida.

Tengo la cara mojada y noto el sabor a sal en la boca. Quizá nos estemos ahogando los dos.

Su música va apagándose y me esfuerzo por escucharla. Me digo que su canción está entrando en un *ritardando*, que pronto empezará el *crescendo* del siguiente *riff* de piano, pero es como si se hubiera alejado de mí para ir a otra habitación, a otra casa.

—Por favor, Peter, no te vayas. Quédate conmigo. Quédate.

Y entonces su música se silencia.

51

Lisette

Ahora. Berlín Este, 8 de enero de 1962

Todos los días entro en la habitación de Elly con la esperanza de encontrarla junto al teclado o tirada en el suelo leyendo revistas, pero nunca está, y cada día su ausencia vuelve a hacerme pedazos. Su nota llegó hace ya un mes. ¿Dónde están? ¿Con quién? Axel tiene seis meses y empiezo a olvidar su cara. Habrá cambiado mucho. ¿Sus ojos siguen siendo como los de su padre o han adquirido el color castaño rojizo de los míos? Me habré perdido muchas cosas. Pronto gateará.

Cuando pienso en Elly, siento un desgarro en el pecho. Fluctúo entre la rabia y la devastación. ¿Cómo pudo ser tan tonta? Deseo desesperadamente que Axel vuelva conmigo, pero creo que Elly no tiene ninguna posibilidad de conseguir su objetivo. Y su intento nos ha puesto en peligro a todos, incluida ella. Sin embargo, sé que es culpa mía. Ha hecho todo esto por mí. Ojalá la hubiera querido más y hubiera sido mejor madre.

Llaman a la puerta con fuerza y decisión.

—Lisette —grita mi madre desde su habitación—, ¿puedes abrir? Debe de ser frau Weber.

Sé que no es frau Weber, que está enterrada en el parque, pero quienquiera que esté al otro lado de la puerta sabe que estamos en casa, así que no tengo otra opción. Miro por la mirilla. Un hombre vestido con elegancia me saluda con la mano y sonríe. Incluso desde aquí veo que la sonrisa no le llega a los ojos. Respiro hondo y levanto el pestillo.

Tiene un bigote fino y lleva un sombrero de piel que parece caro. Tiene las uñas recortadas y cuidadas, aunque le veo restos de comida entre los dientes.

Levanto la mano como para decirle «Espere un momento» y voy a buscar la libreta. Todavía no lo he invitado a pasar, pero mientras busco la libreta en la cocina, siento que el aire se mueve con la repentina presencia de otra persona. Me doy la vuelta y descubro que está sentado en el sofá, con la chaqueta doblada a un lado y el sombrero encima. Está observando una fotografía enmarcada que debe de haber cogido de la repisa de la chimenea.

—Elly, supongo... —Señala la foto: Elly cuando era una niña regordeta de seis años, con una sonrisa que deja al descubierto sus dientes separados y sentada en el regazo de Julius.

Asiento. Se me hace un nudo en la garganta. Aunque pudiera hablar, guardaría silencio.

—Tomaré un café. Solo, sin azúcar.

Asiento de nuevo y me dirijo a la cocina. Me tiembla la mano mientras echo café en una taza y los gránulos se esparcen por la encimera húmeda. Oigo al hombre tarareando mientras deambula por el comedor cogiendo cosas. La tetera tarda una eternidad en hervir, pero me da tiempo para ordenar mis pensamientos y preparar lo que voy a decirle. Cuando vuelvo, lo encuentro frente al fuego moviendo los troncos humeantes con el atizador.

«He perdido la voz», escribo.

Me quita la libreta de la mano.

—Qué mala suerte.

Inclina la cabeza, sonríe, se sienta otra vez y se levanta los pantalones hasta las rodillas. Coge el café y sopla en la taza. Veo el líquido ondulándose.

—¿Dónde está su hija?

Sigo de pie y no sé qué hacer con las manos. Él da un sorbo de café, pero no deja de mirarme sin parpadear.

Cojo la libreta y escribo: «¿Quién es usted?».

—Creo que sabe quién soy.

Sonríe. Emana una extraña calidez, una amabilidad casi palpable, pero sé que es pura fachada. Mi madre me dijo una vez que estos son los hombres más peligrosos. Su carisma es como el flash de una cámara; te ciegan para que no veas quiénes son en realidad.

—Sé que su hijo está en el Oeste. Debe de ser tremendamente difícil para usted, pero permítame que vuelva a preguntárselo: ¿dónde está su hija? ¿Dónde está Elly?

«Elly está en Leipzig con una prima de mi marido que no se encuentra bien. Ha ido a ayudarla».

—Ya veo. Me gustaría mucho que me diera la dirección de esa prima. Solo para comprobar que Elly está bien. No ha llamado, ¿verdad?

Me encojo de hombros. Y después escribo: «Ya sabe cómo son los jóvenes».

Se abre la puerta de la habitación de mi madre, que entra en el comedor con un vestido de cóctel negro. Lleva el pelo recogido en un moño y un collar de perlas en el cuello, una de las pocas joyas que tuvimos la precaución de enterrar durante la guerra. Se ha pintado los labios de rojo.

—Oh, ¿quién es usted? —le pregunta—. Esperaba a nuestra vecina. —Le dedica al hombre una sonrisa deslumbrante—. Esta noche vamos a la ópera. Mi marido, Ernst, ha conseguido unos asientos excelentes. ¿Es usted amigo de Lisette? No suele recibir visitas de hombres.

—Usted debe de ser Rita —dice él levantándose y tendiéndole la mano—. Un placer conocerla. Soy herr Winter, pero puede llamarme Paul. Aquí todos somos amigos.

—Encantada. ¿Le ha ofrecido Lisette algo de beber? ¿Quiere un brandy para entrar en calor?

Miro el reloj. Aunque aún no son las diez de la mañana, el sol invernal está bajo en el cielo, así que no es extraño que una persona que no está en sus cabales crea que es de noche.

—Tengo un café —le contesta—. ¿Le gustaría acompañarnos? Estaba preguntándole a su hija dónde está Elly.

—¿Quién es Elly?

Paso una página de la libreta sin poder reprimir un suspiro. «Mi madre tiene demencia», escribo, y se la tiendo con cuidado para que mi madre no lo vea.

—Vaya, qué desgracia.

Parece perplejo y creo que no sospecha, pero no estoy segura.

—No les quitaré más tiempo. —Se bebe el último sorbo de café y deja la taza en la mesa con cuidado—. Pero me gustaría que me diera esa dirección. Volveremos a vernos pronto.

Observa por encima de mi hombro mientras escribo la dirección de la prima de Julius. Él dobla la hoja y se la mete en el bolsillo delantero de la chaqueta. Lo sigo por la casa porque necesito verlo salir con mis propios ojos. Siento una oleada de frío cuando abre la puerta, como si un fantasma hubiera pasado a mi lado.

—Gracias por su tiempo, frau Lange. Hasta la próxima.

Se lleva la mano al sombrero y se va.

52

Elly

Ahora. Berlín Oeste, 8 de enero de 1962

—Tiene que ser mañana —dice Dina.

Tiene la piel manchada e hilos rojos en el blanco de los ojos, pero ha conseguido contener las lágrimas.

Miro a Axel, que está acurrucado en mi brazo chupando perezosamente un biberón de leche. Cada pocos segundos se distrae y gira la cabeza para mirar a Dina o a Franz, y tengo que tentarlo para que vuelva al biberón.

La habitación parece dolorosamente vacía a pesar de que estamos apretados alrededor de la mesa de la cocina de Dina. Miro hacia la puerta casi esperando ver a Peter entrando y desplomándose en una de las sillas de madera tambaleantes. Intento centrar mi atención en Axel, no en la puerta, ni en Franz, que está sacándose la sangre seca de debajo de las uñas con un tenedor. La sangre de Peter.

—Jutta, ¿estás escuchándome?

—Me llamo Elly.

—¿Qué?

—Que me llamo Elly, no Jutta.

—Elly, de acuerdo. —Intenta mirarme a los ojos, pero no

levanto la cabeza—. Supongo que fue idea de Peter que utilizaras otro nombre. Quizá sospechaba que uno de nosotros era... Tal vez lo sabía.

Niego con la cabeza.

—No, no, fui yo la que quiso utilizar otro nombre. Si hubiera sospechado de Knut antes de anoche, habría dicho algo.

—¿Estamos seguros de que fue Knut?

—Claro que fue Knut —le contesta Franz—. Ni siquiera creo que fuera gay; supongo que solo engañó a Peter. Y no pensamos por qué...

—Basta, Franz —lo interrumpe Dina—. No podemos seguir buscando culpables. Peter está herido, pero se pondrá bien. Eso ha dicho el médico. Ya conoces a Peter, estará orgulloso de su herida de guerra. Sé que los dos os sentís culpables, pero el túnel fue idea de Peter. Nada de esto es culpa vuestra. Ahora mismo debemos centrarnos. Tenemos que pensar qué hacemos.

—No podemos hacer nada. —Franz se levanta de repente y golpea la mesa con la rodilla.

Axel suelta un grito de sorpresa, pero lo calmo con el biberón.

—Se acabó —murmura Franz—. Es demasiado peligroso. ¿No lo ves?

Se acerca a la ventana y apoya una mano en el vidrio esmerilado. Empiezan a temblarle los hombros. Yo también siento el horror del momento en el que ambos creíamos que Peter había muerto. Sigo reviviéndolo. Una y otra vez. Dina no estaba allí y no lo entiende, pero tiene razón. Debemos concentrarnos en lo que hacer. No puedo quedarme aquí; se me ha acabado el tiempo.

Dina se levanta, rodea la cintura de Franz con los brazos y le apoya la mejilla en la espalda. Me gustaría deslizarme entre ellos, pero siento que no formo parte de este grupo. Hasta hace unos minutos ni siquiera sabían mi verdadero nombre.

Parpadeo para alejar la imagen del cuerpo inmóvil de Peter y de la sangre acumulándose en el suelo. Miro a Axel y lo sujeto con fuerza. Dina tiene razón; ha de ser mañana.

—¿Y tu amiga? —le pregunto interrumpiendo su abrazo—. ¿Está de acuerdo?

Dina le da un último apretón a Franz y vuelve al tema.

—Es arriesgado, pero no más que lo que hicimos ayer.

—No te he preguntado eso.

Duda y se mira las manos.

—Está de acuerdo.

Es mentira, sé que lo es, pero decido creerla. Es más fácil así.

Franz se da vuelta. Se seca los ojos, se aclara la garganta y vuelve a sentarse con la espalda recta.

—Hay que cortarte y teñirte el pelo —me dice—. Y corregir tu acento.

—¿De verdad creéis que va a funcionar?

Dina me aprieta el brazo.

—Tendrá que funcionar.

53

Elly

Ahora. Berlín Oeste, 9 de enero de 1962

No reconozco a la chica que me devuelve la mirada en el espejo. No es solo el maquillaje y el nuevo color de pelo, ni el hecho de que parezca mayor que yo y más sofisticada. Lo que no reconozco es su mirada. No es una niña ingenua. Ha mirado a la muerte a la cara y sabe lo que está en juego.

—Recuerda que debes mostrar seguridad en ti misma, casi descaro —me dice Dina poniéndome un extravagante sombrero amarillo y sujetándomelo con alfileres.

El sombrero es demasiado ancho y cuelga tanto que me oculta la mitad de la cara, aunque supongo que de eso se trata.

—Pero tampoco los molestes. —Franz está junto a la puerta con Axel dormido en sus brazos.

—No, moléstalos —me dice Dina buscando mi mirada en el espejo—. Molestarlos es mejor que actuar de forma sospechosa.

—No estoy de acuerdo —le replica Franz.

—Para variar.

A Franz se le ponen las orejas rojas, pero no creo que sea porque se ha enfadado. ¿Por qué no me he dado cuenta hasta ahora?

Me miro por última vez en el espejo y me doy la vuelta en la silla. Dina da un paso atrás.

—Estoy lista —le digo.

—Sí, creo que seguramente lo estás.

Franz mira por la ventanilla del tranvía. Axel está sentado en su regazo con un vestido blanco de volantes, zapatos con hebillas y un abrigo azul de doble botonadura con flores amarillas bordadas alrededor del cuello. Parece una niña preciosa; no sé por qué pensé que sería imposible ocultar su verdadero sexo.

Desde que Peter estuvo a punto de morir, Franz ha insistido en llevar a Axel cada vez que puede. Aunque solo han pasado dos días, Axel parece haberle cogido cariño. Ahora está sentado con la cabeza apoyada en el pecho de Franz y no deja de sonreír mientras observa todo a su alrededor: las personas de la calle envueltas en abrigos y caminando con dificultad por la nieve, y los pasajeros que nos rodean en el tranvía, que se soplan en los dedos congelados o leen el periódico con las manos manchadas de tinta. Olvido que Axel ha pasado la mayor parte de su vida en la sala de un hospital y que todo lo que ve es nuevo para él. Ojalá no estuviera llevándolo de una prisión a otra. Ojalá hubiera otra opción.

—Al menos han detenido las transmisiones —dice Dina detrás de nosotros.

Está sentada con una rodilla en alto y una bota cubierta de nieve apoyada en el borde del asiento. Ha ignorado a la anciana que le ha hecho un comentario al respecto cuando se ha sentado y parece contenta de que la mujer se cambiara de sitio. Sospecho que eso pretendía desde el principio.

—¿Qué transmisiones? —le pregunta Franz.

—Los soviéticos han estado transmitiendo música y discursos de odio desde altavoces de la frontera. Los veréis en un minuto. Los hay por decenas, todos de cara a nosotros escupiendo su mierda.

Me muevo en el asiento.

—¿Discursos de odio? ¿Qué dicen exactamente? ¿Cuánto tiempo llevan haciéndolo?

Se me ocurre que este tipo de conversación solo podría tener lugar aquí, en el Oeste. No tenemos que preocuparnos por si alguien nos escucha. ¿Cuándo volveré a tener esa libertad? ¿La libertad de hacer preguntas y de sencillamente decir lo que pienso?

Intento calmar mi respiración y pensar en otra cosa. Tiro del cuello del abrigo. El tejido me pica y me resulta ajeno; el olor de la ropa de otra persona me desconcierta. Dina dice que su amiga Barbara estuvo encantada de prestarme el abrigo y la ropa de su hija, pero ¿estuvo también dispuesta a prestarme su identidad? Dina es sincera y justa, pero también decidida, y la moralidad es una línea difusa cuando crees que no tienes otra opción. Quiero volver a preguntárselo, pero ¿qué importa ahora? Es demasiado tarde para dar marcha atrás.

—Lo han hecho durante unos días. También han construido más torres de vigilancia y han colocado mamparas de madera en los pocos lugares en los que podíamos saludar a los del otro lado.

Miro por la ventana y veo que tiene razón. Han instalado altavoces en postes de madera gigantes, aunque ahora están en silencio, y han aparecido decenas de nuevas torres de vigilancia. Veo a los soldados reunidos en ellas, con la mirada dirigida no a nosotros, sino a su propia gente.

Nos acercamos a la Bornholmer Straße. El puente Bösebrücke y el puesto de control se alzan ante nosotros. Las voces a nuestro alrededor se desvanecen y solo se oye el rugido del motor. La mujer que está delante de mí, con el pelo canoso en las sienes, se seca los ojos. El hombre que está sentado a su lado le aprieta el brazo y me pregunto de quién los han separado. Dudo que haya un alma en Berlín Oeste a la que no hayan separado de un ser querido. La vida continúa, pero parece que los momentos de duelo siguen dejándonos sin aliento.

—Esta es nuestra parada —dice Dina en voz baja.

Cierro los ojos un segundo y busco mi música. Espero a que se me ralentice el pulso y después dejo que Dina me ayude a levantarme. Me tiemblan las piernas y agradezco que Axel esté a salvo en los brazos de Franz.

Bajamos del tranvía con cuidado de no resbalar en los escalones helados. Siento que me observan. Está claro que estoy aquí para cruzar y los pasajeros probablemente se pregunten cómo he conseguido el visado. A los berlineses del Oeste todavía no se les concede ese privilegio. Quizá no debería haber hablado en alemán en el autobús. Debería haber encarnado a la mujer estadounidense que pretendo ser desde el instante en que he salido de la casa de Dina.

El tranvía avanza despacio hacia la curva que han construido justo antes del puente, ahora desierto. Debajo veo la alambrada que marca el límite del sector. Recorre la vía oeste y está rematada con púas y bucles de alambre de espino.

Pasamos por debajo de la marquesina del tranvía y me siento en el banco con las piernas aún temblorosas. El aire es cortante y cada vez que respiro me escuecen los pulmones, pero tengo las axilas húmedas y este maldito cuello no deja de picarme. También odio el sombrero. Se mueve de un lado a otro y Axel todo el tiempo quiere cogerlo.

—¿De verdad tengo que llevar esto?

—Sí —me contesta Dina recogiéndome un mechón de pelo—. Pero, mira, todo es cada vez más permanente. Lo ves, ¿verdad? Esta frontera, este muro... no van a moverse. Es tu última oportunidad de cambiar de opinión.

Miro hacia el puesto de control. En el lado Este parece que están construyendo una especie de cuartel y oigo el ruido amortiguado de taladros y martillos. No son solo más torres de vigilancia y altavoces. Son instalaciones estables.

Miro a Axel, que está jugando con la nariz de Franz y se ríe cada vez que se la aprieta y Franz imita el ruido de una bocina. ¿Tendría un mejor futuro aquí? ¿Estoy tomando la decisión correcta? Pero luego pienso en mi madre. Ha perdido a su bebé, y con él la voz. Si no llevo a Axel a casa, no sé si sobrevivirá.

Aparece una grieta en el cielo por encima de nosotros y el sol se cuela por ella. Un montón de nieve a mis pies capta la luz y por un momento me ciega.

—Volveremos a vernos —les digo protegiéndome los ojos—. Lo sé.

Cojo a Axel. Franz me lo entrega de mala gana.

—¿Lo tienes todo? —me pregunta Dina.

Asiento.

—No alarguemos la despedida. No sabemos quién nos está mirando.

Me sonríe e inclina la cabeza. No sé cómo voy a hacerlo sin ella. Le da unas palmaditas a Axel en la cabeza, pero lo piensa mejor y nos abraza a los dos.

—Nos vemos al otro lado.

El vopo hojea muy despacio el pasaporte de Axel con los codos apoyados en el mostrador. Tiene un palillo en la boca que mueve de un lado a otro con la lengua. El guardia del lado Oeste me ha dejado pasar sin hacerme una sola pregunta, pero este es más meticuloso. Su música es un amasijo repetitivo de acordes interrumpidos de vez en cuando por el inquietante sonido de un sintetizador. Nunca había oído algo así. Su canción no es armónica, sino disonante.

—*Amerikanisch?*

Axel extiende el brazo para cogerme el borde del sombrero y lo paso de una cadera a la otra.

—Sí —le contesto en inglés. Breve y descarado. Breve y descarado.

—*Vier Monate alt?*

Mantengo el rostro inexpresivo y centro mi atención en Axel. La habitación es pequeña, así que Axel solo puede ver al guardia y siento que está poniéndose nervioso.

—*Vier Monate alt?* —repite el vopo, esta vez más despacio.

Le sonrío amablemente y le señalo el pasaporte.

—Estadounidense —le digo fingiendo no entender su pregunta.

Él levanta cuatro dedos.

—Edad. *Vier*... ¿Cuatro... meses?

Sus ojos son del color de una tormenta que se avecina e intento no mirarlos.

—Sí, tiene cuatro meses —le contesto.

Hundo la cara en el pelo de Axel. Huele a leche para bebés y al jabón floral de Dina.

El vopo mira a Axel y vuelve a mirar el pasaporte. Frunce el ceño y se le marcan las arrugas.

—Es grande —le digo encogiéndome de hombros, pero me detengo para no decir más.

Aunque he practicado toda la noche, el acento estadounidense es más difícil de lo que creía, y si detecta un solo indicio de pronunciación alemana, puede que no me deje pasar. Me digo a mí misma que no estoy escapando; quieren detener a los que van al Oeste, no al revés, pero me siento como si tuviera la piel llena de insectos, y el vopo no ha sonreído ni una vez. Quizá estén en alerta máxima. Deben de saber que hace solo dos días hubo un intento de fuga por el túnel.

—*Tasche*... bolso.

Me lo descuelgo del hombro y se lo doy. Aunque no llevo gran cosa, se me hincha el corazón en el pecho. Lo revisa, saca un pintalabios, lo abre y gira la parte inferior. El pintalabios asoma como un dedo ensangrentado. Lo huele, aunque no entiendo por qué. Saca despacio todos los demás objetos y los coloca en fila en el mostrador. El pintalabios, mi billetera, dos pañales de tela, un biberón de leche y un chupete.

—*Sie wirken nervös* —me dice mirándome. Intento no registrar sus palabras. Me niego a pensar en lo que está insinuando—. ¿Nerviosa?

Intenta llamar mi atención moviendo el palillo en la boca como si fuera la lengua de una serpiente.

Niego con la cabeza y empiezo a tararear una melodía al oído de Axel, aunque soy yo quien necesita oírla.

Suena el teléfono del mostrador.

Doy un paso atrás. Una vez más pienso que la amiga de Dina, Barbara, probablemente no le dio permiso para que me llevara su pasaporte y el de su hija. ¿Por qué iba a dárselo? Si hubiera sido una opción, Dina lo habría sugerido desde el principio. No solo estoy haciéndome pasar por otra persona, sino que estoy haciéndolo con algo robado, no prestado. Quizá Barbara lo haya denunciado ya a la policía; tal vez la persona que llama esté dando una alerta roja.

El vopo levanta el auricular sin desviar la mirada de mi cara. No dice nada, se limita a gruñir varias veces en respuesta a lo que le dicen. Vuelve a dejar el teléfono en el soporte muy despacio y se quita el palillo de la boca. Esta vez coge mi pasaporte y observa la foto. Hemos hecho lo que hemos podido con un tinte casero, pero el color no es del todo exacto; es casi negro, no castaño. Los labios de la amiga de Dina también son más grandes que los míos, y su nariz es más pequeña. ¿Por qué pensé que funcionaría?

Me indica con un gesto que me acerque y me mira la cara.

Me siento como si me hubiera desnudado, pero me obligo a sostenerle la mirada. El aliento le huele a cebolla.

Me acerca el pasaporte a la cara, levanta las cejas y niega con la cabeza. Lo deja en el mostrador y clava en la foto un dedo manchado de amarillo.

—No tú —me dice. Es una afirmación, no una pregunta.

Respiro. Breve y descarado. Breve y descarado.

—Claro que soy yo. —Intento parecer indignada, pero veo que no lo convenzo—. Ahora estoy más delgada. Perdí peso después del bebé. El parto fue traumático. Me desgarré.

El hombre retrocede, como si yo hubiera vomitado en el mostrador. Puede que haya ido demasiado lejos, pero los hombres no soportan nada que tenga que ver con el cuerpo de las mujeres. La repulsión podría distraerlo de la sospecha.

A menos que ya lo sepa, por supuesto.

Se da la vuelta y golpea con los nudillos la puerta que tiene detrás. Se abre casi de inmediato y entra otro guardia, más viejo y con un bigote canoso.

—*Was?* —La voz del hombre es cortante. Sus ojos oscuros me recorren.

Su colega le susurra algo al oído y casi siento las frías esposas de metal en la piel de las muñecas. Si echo a correr, ¿me dispararán por la espalda con un bebé en brazos?

Contengo la respiración y me concentro en la canción del hombre más mayor. Su música es impaciente, los golpes de platillo son demasiado rápidos y el ritmo está desacompasado. Si mantengo la calma (y no lo saben ya), me dejará pasar, estoy segura. Su música me dice que quiere estar en otro sitio.

De repente, Axel empieza a llorar.

Nunca he agradecido tanto un sonido tan horrible. Pasa del llanto a los berridos, y la pequeñez del espacio amplifica el ruido. Espero que continúe.

El vopo más mayor arruga la nariz como si los gritos olieran mal. Coge los pasaportes, los sella con tinta violeta y los deja en mi mano extendida. Me señala la salida con la cabeza para darme permiso para marcharme, se da la vuelta y se va.

Cruzo la puerta a toda prisa sin mirar atrás.

54

Lisette

Ahora. Berlín Este, 9 de enero de 1962

Me despierto y veo la horrible cara del invierno pegada a la ventana y que mi madre no está en casa.

—Creo que está en el patio —me dice Julius mirando por la ventana—. Dios mío, está en camisón. ¡Corre!

La encontramos hundida hasta las rodillas en la nieve, con las piernas desnudas azules de frío. El camisón es casi transparente y vislumbro el contorno de sus pechos caídos y la sombra del vello en el pubis. Aunque aún no ha cumplido los setenta años, parece diez años mayor. Pequeños cristales de hielo anidan en los mechones de su pelo gris y brillan a la luz de la mañana.

Con las prisas, me he dejado el abrigo y las botas arriba. Las zapatillas se me hunden en la nieve y las manos blancas del invierno me agarran los tobillos.

Mi madre tiene en las manos unas tijeras de jardinería. Mira a su alrededor como si buscara algo que podar, pero el suelo está helado y los arbustos están cubiertos de nieve. Una parte de mí quiere agarrarla por los hombros y sacudirla para que entre en razón. La otra parte quiere meterla en la cama, taparla, acariciarle el pelo quebradizo y leerle un cuento hasta que se duerma.

—¿Qué haces aquí fuera? —le pregunta Julius en un tono suave como la brisa—. Hace mucho frío. Vamos dentro y te das un baño. ¿Quieres una taza de té?

—¿Quién eres? —le dice mi madre.

Veo el cambio repentino. Sujeta las tijeras con las dos manos y aprieta la mandíbula.

—Soy Julius, tu yerno. Está bien, sabes quién soy.

—Claro que no. —Agita las tijeras como si fueran una espada.

—Lisette está aquí. Conoces a Lisette. Rita, entra, por favor. Te pondrás enferma si te quedas aquí fuera.

Le habla como a una niña. No sé por qué, pero me dan ganas de gritar.

Como ella no le contesta, Julius extiende la mano despacio para tocarle el hombro huesudo.

Ella lo ataca.

Las tijeras le alcanzan el brazo y le cortan la camisa y la piel. Gotas rojas de sangre caen en la nieve. El impacto del color es tan perturbador como el acto en sí.

—*Scheiße* —murmura Julius, aunque parece peor de lo que probablemente sea. Y a estas alturas debería saber que no debe tocarla. Da un paso atrás y levanta las manos en señal de rendición. Ocupo su lugar y la mirada de madre se posa en mi cara.

—Estás aquí —me dice—. ¿Estás herida? ¿Te ha hecho daño este hombre?

Niego con la cabeza; su cuerpo se relaja y sus brazos caen a los lados. Extiendo la mano y ella suelta las tijeras. Están afiladas, aunque oxidadas, y tomo nota mentalmente de que debo limpiar la herida de Julius para que no se le infecte.

La subimos a casa y la acompaño al baño, donde dejo correr el agua caliente. Se le han puesto los labios azules y le castañetean los dientes. La ayudo a desnudarse, dejo el camisón mojado en el cesto de la ropa sucia, que está lleno hasta arriba, y me ofrezco a ayudarla a meterse en la bañera. No acepta mi mano extendida, pero se mete sin rechistar. Cuando me doy la vuelta para marcharme, me dice:

—Quédate, por favor.

Acerco un taburete y observo cómo su piel recupera el color. Empiezan a resbalarle lágrimas por la cara y no sé qué hacer. Mi libreta está en el comedor y no quiero dejarla sola cuando me ha pedido expresamente que me quede.

—Debería haberte protegido —susurra, y sus palabras casi se pierden en el vapor—. Era mi obligación, porque soy tu madre. Debería haberte protegido, pero no lo hice. El general ya se ha ido, ¿verdad?

Asiento con la cabeza, aunque no me mira. Observa sus pies nudosos, que sobresalen del agua.

—Creí que era la decisión correcta —me dice.

Habla en voz tan baja que me cuesta oírla.

—Me ofrecí yo. Sí, lo hice, pero no me quiso. Era uno o diez. Me obligó a elegir. Creí que quizá sería amable, que no sería tan malo para ti, pero no fue amable, ¿verdad? Se llevó tu voz y se llevó tu música. Me odias por eso y me lo merezco. Debería haberle dicho que no. Debería haberlo matado. —Mueve la cabeza y sus lágrimas caen al agua y forman pequeñas ondas en la superficie—. Me he contado muchas mentiras. Admitir que te fallé era demasiado para soportarlo. —Me mira y extiende una mano empapada. Dudo antes de cogerla, pero sus ojos me lo imploran—. Lo siento mucho, muchísimo, hija mía —me dice mirándome a los ojos, con un profundo arrepentimiento en los suyos—. Intentaré ser mejor. Seré mejor. ¿Crees... crees que algún día podrás perdonarme?

En el momento en que me pide perdón me doy cuenta de que llevo más de dieciséis años esperando estas palabras. En aquel entonces no tuvo otra opción. La verdad es que no. Pero yo necesitaba que reconociera el papel que desempeñó y su incapacidad de protegerme.

Siento la lengua espesa en la boca, pero mis labios forman una palabra. Sale como un graznido, pero se encuentra con el mundo, fuerte por su mera existencia.

—Sí.

Mi madre se hunde en el colchón y la tapo con su edredón y con el mío; aunque han pasado horas, sigue teniendo frío. Hemos estado todo el día juntas en un silencio amistoso. He recuperado la voz, aunque es débil y a veces me falla. Parece que ha vuelto a 1945, pero espero que lo deje atrás. Mientras la tapo, me habla de mi padre y se pregunta cuánto tardará en volver. Sigue hablando, pero al final su voz se apaga y su respiración se vuelve pesada por el sueño.

—¿Mamá?

Se me detiene el corazón y me quedo inmóvil. Debo de haber oído mal.

—¡Mamá! —Otra vez. La voz de mi hija. Estoy segura.

Me levanto con las piernas temblorosas. Me obligo a no correr. Debe de ser un error. No puede estar aquí. ¿O sí?

Abro la puerta, solo un poco.

Elly.

Axel.

Salgo y corro hacia ellos. Los estrecho entre mis brazos. Todo mi cuerpo es un sollozo y todo mi mundo es una explosión.

—Estáis aquí —les digo, y mis lágrimas les mojan el pelo—. Estáis aquí, estáis aquí, estáis aquí…

55

Elly

Ahora. Berlín Este, 6 de abril de 1962

Nos tumbamos junto al río con una manta debajo y por encima solo jirones de nubes teñidas de rosa. Aunque no nos tocamos, siento el calor del cuerpo de Andréi. El ritmo seguro y constante de su música vibra entre nosotros y converge con el de mi canción. Ya no lo niego.

Lo amo.

No sé muchas cosas, pero esto lo sé. Berlín Este es sinónimo de claustrofobia, pero cuando estoy con él, puedo respirar. Este pequeño mundo en el que nos han confinado parece infinito cuando estamos juntos.

Tengo la cabeza apoyada en la chaqueta de su uniforme. Me resisto a darme la vuelta y apretar la cara contra ella para aspirar su olor. El año pasado no habría aceptado encontrarme con él aquí, donde tanta gente puede vernos. El aire todavía es cortante, la primavera aún no se ha asentado, pero el parque está lleno y siento las miradas de desaprobación de los demás. Es extraño lo poco que me importa ahora.

Se gira hacia mí y se apoya en un codo. Coge el cigarrillo apagado que le cuelga entre los labios y lo aplasta en la hierba.

—Me alegro de que hayas vuelto, Elly Lange.

—Me alegro de haber vuelto, soldado que no disparó.

Extiende la mano como para acariciarme el pelo. Se me corta la respiración, pero solo me quita una ramita.

Hace tres meses que volví, pero aún no me ha besado. A veces me pregunto si aquel beso en la alcantarilla ocurrió de verdad. Pero ocurrió. Sé que ocurrió. Si cierro los ojos, todavía puedo saborear su boca y sentir sus manos en mi piel.

Centro mi atención en las nubes, que se mueven rápidamente por el cielo. Los insectos zumban y las golondrinas de lomo azul se lanzan en picado y aletean. Cada vez que una se acerca demasiado, noto que Andréi contiene el aliento.

—Quería preguntarte cómo organizaste los papeles del traslado de Axel —le digo.

Se encoge de hombros.

—Le pedí ayuda a mi padre. No se llega a su rango sin mancharse las manos.

—¿Y le pareció bien?

—No exactamente. —Se ríe, pero es un ladrido breve y sin alegría—. Tuve que chantajearlo.

—¿Qué? ¿Tuviste que chantajearlo? ¿A tu padre? ¿Con qué?

—Le dije que si no me ayudaba, le contaría a mi madre lo de su aventura.

—No sé qué decir. Lo siento mucho. —Me doy la vuelta para mirarlo, pero sus ojos están clavados en los pájaros que vuelan por encima de nosotros.

—No pasa nada. De todas formas, mi madre lo sabe. Siempre lo sabe todo.

Extiendo la mano y le rozo los dedos. Solo un instante.

Me incorporo, me rodeo las rodillas con los brazos y hundo los dedos de los pies en la manta áspera. El sol empieza a ocultarse detrás de la catedral de Berlín, al otro lado del Spree. Mi padre dice que antes era magnífica, y sigue siéndolo; aunque la cúpula está carbonizada y la mayor parte de los ladrillos están negros de hollín, sigue en pie, orgullosa y resistente. Quizá algún día la restauren y le devuelvan su belleza original, pero por ahora es lo que es: hermosa, dañada y un recuerdo del pasado.

Andréi se incorpora y coloca mi mano entre las suyas. Recorre con suavidad todas las líneas de la palma. El gesto es tan íntimo que me tiembla el brazo. Me doy la vuelta y nuestros ojos se encuentran. El mundo se queda en silencio. No hay perros que ladren ni niños que chillen; incluso el viento deja de silbar. Nuestra música también se detiene, como si recuperara el aliento. Es este silencio entre las notas lo que me detiene el corazón.

Me acaricia la mejilla y me inclino hacia él. Estamos tan cerca que saboreo su aliento ahumado. Acerca la nariz a la mía, como para tantear el terreno. Ahora oigo su música bailando con la mía, retorciéndose, provocando y dando vueltas. Le rozo los labios con los míos. No es un beso, sino una invitación. ¿Nota que me tiembla todo el cuerpo? Cuando por fin nuestros labios se encuentran, no sé si es él o soy yo quien se acerca al otro. Su lengua está en mi boca y mis manos están en su pelo. Me rodea la cintura con los brazos, atrae mi cuerpo hacia el suyo, y ¿quién iba a decir que besarse podía ser tan increíble? Lo único que sé es que las personas que están en el parque, el Muro, mi madre, Oma Rita..., nada de eso importa. Si Andréi está en el Este, este es mi sitio.

Y de repente nuestra música se detiene. Una voz la ahoga. La voz de mi madre.

—¿Elly?

Aparto a Andréi de un empujón y me levanto.

—Elly. —Está en el camino, con una mano en el cochecito de Axel y la otra agarrándose un costado—. ¿Qué estás haciendo? ¿Quién es este?

Miro a Andréi y de nuevo a mi madre. Por una vez no sé qué decir. Acabo de cumplir dieciséis años, ya no soy una niña, pero nunca me había sentido tan pequeña.

Mi madre empuja el cochecito por el césped. Una rueda se atasca, pero no la ayudo. Se detiene al lado de la manta. Andréi también se ha levantado y tiene el sombrero en las manos y la cabeza un poco inclinada, como si se preparara para recibir una reprimenda.

—¿Qué haces aquí? —le pregunto.

Se gira hacia Andréi sin hacerme caso.

—¿Quién eres?

—Me llamo Andréi —le contesta—. Soy un amigo de Elly.

—Ya lo veo. —Se aproxima un paso más y observa la insignia verde del cuello del uniforme—. ¿Eres del Grenztruppen?

—Sí, frau Lange.

Mi madre retrocede como si la hubieran golpeado. Se queda pálida.

—Eres ruso. —Es una afirmación, no una pregunta.

El sol desaparece detrás de la catedral de Berlín y el aire se enfría de repente.

Andréi duda y me mira.

—Sí —dice por fin—. Soy ruso.

Mi madre se aleja de él tirando del cochecito. Se le hunde un tacón en la hierba y casi se cae, pero se agarra al cochecito.

—Elly —me dice, aunque no desvía la mirada de la cara de Andréi, como si temiera que, como un perro, la atacara en cuanto la apartase—, vuelve a casa. Ahora mismo. No quiero que vuelvas a ver a este ruso.

Me arden las mejillas, pero no replico.

56

Lisette

Ahora. Berlín Este, 7 de abril de 1962

—¿Cómo lo hizo? —La voz procede de detrás de mí. No necesito girarme para saber quién es.

El tranvía está lleno, pero el asiento a mi lado está libre y él se desliza en el banco. Aprieta el hombro contra el mío como si fuera demasiado grande para el asiento, aunque no lo es. Hace crujir los nudillos. Una vez, dos veces.

Axel, sentado en mi regazo, se da la vuelta y mira a herr Winter con curiosidad. Extiende la mano para tocar con un dedo regordete el fino bigote del hombre. Parece como si se lo hubiera dibujado con bolígrafo.

—¿Y bien? —me dice herr Winter moviendo la cabeza para que Axel no lo alcance—. Su hija reaparece y su bebé también. ¿Cómo lo recuperó? Supongo que es él.

Sujeto a Axel con más fuerza y toco el piano en su espalda. Fuera hay un atasco; suenan bocinas a todo volumen y el humo de los coches oscurece el cielo de la tarde. El trayecto está lleno de baches; debe de haber gravilla en los surcos de los raíles del tranvía.

—Al final me concedieron la solicitud. —Me encojo de

hombros, pero los mantengo en alto demasiado tiempo, de forma poco natural—. No sé por qué. Tuvimos suerte.

—Suerte, sí. No hay mejor manera de describirlo. Y parece que ha recuperado la voz. Eso también es una suerte. —Me lanza una sonrisa empalagosa—. Fui a Leipzig —sigue diciéndome mientras se observa las uñas brillantes—. Hablé con la prima de su marido. No se le da muy bien mentir.

—No sé a qué se refiere. —Me levanto, me coloco a Axel en la cadera y bajo la ventanilla para que entre un poco de aire.

—Seguro que no.

Axel tose, un pequeño y doloroso ladrido. El médico me ha dicho que solo son anginas, pero cuando respira se oye un sonido agudo que me asusta. Vuelve a toser y cae saliva en el pantalón de herr Winter, que saca un pañuelo blanco inmaculado y se la limpia.

Entonces se levanta y tira del cordón. El tranvía se detiene y las ruedas crujen.

—Estaré vigilándola, frau Lange. —Se lleva la mano al sombrero y baja a la acera. No miro, pero sé que sigue observándome mientras el tranvía se aleja.

—Ese hombre, el oficial de la Stasi, estaba hoy en el tranvía. —Me tiembla la voz al recordarlo.

—¿Qué te ha dicho? —me pregunta Julius. Tiene el periódico delante y un cigarrillo encendido en el cenicero.

—No gran cosa. No sé lo que hizo el padre del amigo de Elly, pero parece que ha funcionado. Solo espero que ahora se rinda.

—Se rendirá. Se acabó.

Enjuago los cubiertos y los dejo en el trapo de cocina húmedo. El agua con jabón se ha enfriado y hay una capa de suciedad en la superficie. Respiro hondo y me doy golpecitos en el muslo con los dedos.

—Tengo que contarle a Elly lo que pasó durante la guerra y quién era su padre.

—¿Qué?

No me doy la vuelta para mirarlo, pero siento sus ojos clavados en mi espalda. Sé que me ha oído, pero lo repito para darle tiempo a asimilarlo. Miro a mi madre, que sigue dormitando junto a la ventana. Axel duerme en su cuna a unos centímetros de distancia. Está más tranquila y menos confundida cuando él se encuentra a su lado.

—¿Por qué?

Sus palabras salen como un silbido desinflado, como un neumático pinchado. No sé por qué he creído que esta sería la parte fácil. Me vuelvo hacia él y apoyo la espalda en la encimera húmeda.

—Tengo que arreglar mi relación con ella —le contesto—. Y solo lo conseguiré si me entiende.

—¿Si entiende qué?

—Por qué me ha... costado tanto quererla. Por qué soy como soy.

—¿Y qué pasa conmigo? ¿Qué pasa con mis sentimientos? —Le tiembla la voz con una emoción que pocas veces le he visto—. Soy el padre de Elly. Lo he sido desde el día en que nació. ¿No la he querido lo suficiente por los dos? Decidimos que nunca le contaríamos la verdad.

—Lo sé. Lo siento mucho, en serio. No es justo para ti, lo admito, pero Elly ha estado saliendo con un soldado ruso. Los vi juntos en el parque y le dije que no puede volver a verlo. Tiene que comprender por qué. Además, si lo sabe, quizá me perdone.

Me coge del brazo, me lleva a nuestra habitación y cierra la puerta. Es tan poco propio de él que por un momento me quedo desorientada. En todos los años que llevamos casados nunca lo había visto tan enfadado. Siempre ha sido tranquilo, calmado y estable.

—No me puedo creer lo que estás diciendo. No puedes...

—Tiene que saberlo —le repito. Me acerco a la ventana y agarro la cortina con una mano; la tela es áspera y me brinda poco consuelo—. Cuando nació Elly, no dejaba de ver la cara de él en la de ella. Me necesitaba todo el tiempo. Y era... agobiante. No podía tomarme un respiro. Sabías que me sentía así, ¿verdad? Por eso la sacabas a pasear, a veces durante horas. Pero incluso entonces no podía respirar, porque no podía dejar de pensar en que volvería. En que nunca me libraría de ella por mucho tiempo... En que nunca me libraría de él.

»Cuanto más la alejaba, más reclamaba mi atención. ¿Recuerdas que se aferraba a mí como un koala? Y yo gritaba para mis adentros: «Suéltame. Este cuerpo es mío. Déjame en paz». Ese... hombre... ya me había quitado demasiado, y ella me quitó el resto. Aun así la quería. Claro que la quería, pero a veces no encontraba espacio para quererla.

—Eres demasiado dura contigo misma —me dice Julius—. El pasado no importa.

—Sí importa. Tengo que enfrentarme a él. Tengo que hacer las cosas de otra manera, y eso implica decirle la verdad a Elly. Debo arreglar nuestra relación. Empezar de nuevo. Y esta vez debo hacerlo con sinceridad.

—Elly está en casa. Axel está en casa. ¿No podemos vivir en paz? ¿No podemos ser felices?

—¿Eres feliz, Julius?

—¿Qué?

—¿Eres feliz?

Duda. Durante demasiado tiempo.

—Claro que lo soy. Somos felices.

Suelto el aire que he estado reteniendo en los pulmones. Sale con un silbido y me siento en la cama, como si ese aire hubiera sido lo único que me mantenía en pie. Julius se sienta a mi lado y me coge la mano.

—Puede que haya llegado la hora de que todos digamos la verdad —le digo con voz entrecortada.

Se vuelve para mirarme, pero yo clavo la mirada en nuestros dedos entrelazados.

—Tal vez lo sepa desde hace tiempo..., pero a ti no te gustan las mujeres —le digo—. Te gustan los hombres.

Las palabras quedan suspendidas en el aire. El silencio las sostiene para que los dos las veamos.

—Pues...

—No, déjame hablar. —Ahora que he encontrado mi voz, tengo que utilizarla—. Te gustan los hombres. Creo que amabas a Max. Y él murió. Imagino lo terrible que fue para ti. Volviste a casa y me encontraste... destrozada, embarazada y enamorada de ti.

Julius hace un ruido extraño, como si estuvieran estrangulándolo.

—No pasa nada. No es necesario que sigas fingiendo.

Tarda mucho en hablar, pero al final me dice en un susurro entrecortado:

—Perdona... Perdona por no haberte dicho la verdad. Perdona por haberme casado contigo sabiendo que nunca podría darte el amor que querías y que mereces.

Lo miro y los dos estamos llorando. Extiendo la mano, le limpio las lágrimas y apoyo la frente en la suya.

—No tienes por qué disculparte —le digo—. Me has amado a tu manera. Y juntos hemos criado a una hija increíble. El día que llegaste a casa y me propusiste que me casara contigo, me salvaste. No habría sobrevivido sin ti.

—Tú también me salvaste ese día —me susurra—. Perder a Max... Creí que nunca podría volver a sonreír. Pero me diste a Elly. Me diste algo por lo que valía la pena vivir. Nunca podré vivir libremente, desde luego aquí no, pero me parece un sacrificio pequeño. He podido pasar mi vida contigo, mi mejor amiga, y he podido tener dos hijos maravillosos.

Me besa el pelo. Siento el cuerpo ligero, más ligero que nunca. Y pienso que quizá todo nos vaya bien.

—¿Cuándo te diste cuenta? —me pregunta—. ¿De que soy...?

—No lo sé. Quizá siempre lo supe. Supongo que no quería verlo. A veces solo vemos lo que queremos ver. Creo que deberías contárselo a Elly, aunque la decisión es tuya, pero yo voy a hablarle de mí.

Asiente y por ese simple movimiento sé que está dándome permiso.

57

Lisette

Ahora. Berlín Este, 8 de abril de 1962

La puerta tintinea cuando la abro y me invade un olor a cera para madera y cuero polvoriento. Cierro los ojos y respiro. Huele a pasado, pero también a mañana.

Veo de inmediato el que quiero. Me atrapa con un sedal y me siento atraída hacia él sin oponer apenas resistencia. Es de segunda mano; lo veo en los leves arañazos de la tapa de madera de arce. Seguramente el dueño anterior colocó adornos encima. Levanto la carcasa exterior, echo un vistazo a la caja de resonancia, el alma del piano, y paso las manos por las teclas de marfil.

En la tienda solo hay unos cuantos pianos de cola, varios teclados y doce guitarras colgadas en una pared. ¿Cómo ha sobrevivido el dueño a estos tiempos difíciles? Soy la única cliente, y me saluda con tanto entusiasmo que deduzco que no ha visto a otro en mucho tiempo.

—Es una preciosidad —me dice acercándose con cautela, como si le preocupara asustarme—. ¿Le gustaría probarlo?

Por un instante la cara del vendedor se transforma en la del general y se me corta la respiración. Miro hacia la puerta. Pero si me voy ahora, nunca volveré. Ha pasado mucho tiempo, toda una vida. Quizá sea demasiado tarde para volver a pegarlo todo, pero siento un revoloteo en el estómago y un hormigueo en los dedos. Ha llegado la hora de volver a vivir y sé que no puedo vivir una vida plena sin música.

Acepto, me recojo el vestido y me siento en el taburete de cuero marrón. Me acerco al piano, extiendo la columna y respiro hondo. Estiro los dedos y empiezo a tocar. No sé de dónde viene la melodía. Creo que no la conozco, simplemente sale de mí. Mis dedos se mueven sobre las teclas, al principio con suavidad, las acarician como si fueran el cuerpo de un amante. El sonido es redondo, suave y dulce. Si tuviera sabor, sería una rica taza de chocolate caliente. Y después mis dedos empiezan a bailar y la melodía cobra fuerza, como una poderosa tormenta procedente del mar. Me estremece y me convierto en la tormenta. Soy indestructible. En este reino puedo existir como una persona completa y perfecta, una persona que no necesita y no quiere. Lo único que importa es la música. Mientras la tenga, puedo sobrevivir a cualquier cosa.

Toco hasta que me duelen los dedos y los músculos de la espalda empiezan a contraerse por el esfuerzo. Termino con *La canción del guerrero*, de Heller. Me agota y me vigoriza al mismo tiempo. No me salvó antes, pero me salvará ahora. Cuando levanto los dedos de las teclas, el eco de los acordes finales llena la habitación, reacio a irse.

Oigo aplausos detrás de mí. Me doy la vuelta y veo no solo al dueño de la tienda, sino también a un pequeño grupo de personas reunidas en la puerta. Los aplausos no son atronadores, son solo unas pocas personas, pero la sensación de euforia que acompaña al hecho de que me hayan escuchado por primera vez en casi dos décadas es electrizante. Una anciana con pendientes de perlas y un broche enorme en la solapa me sonríe. La niña que está a su lado, su nieta, supongo, me mira con los ojos y la boca muy abiertos.

Me levanto, me aliso el vestido y me retiro un pelo invisible de la mejilla. Después me vuelvo hacia el hombre que está a mi lado y le digo:

—Quisiera este, por favor.

58

Elly

Ahora. Berlín Este, 9 de abril de 1962

Intento concentrarme en mis dedos y en la música que sale del teclado, pero las palabras de mi madre se repiten una y otra vez en mi cabeza. «No quiero que vuelvas a ver a ese ruso». No puede decirme lo que debo hacer. Sobreviví cuatro meses sin ella, me arrastré por una cloaca de mierda, me dispararon y un amigo casi muere en mis brazos. Ya no soy una niña. Pero las cosas han mejorado mucho entre nosotras desde que volví. Me he pasado la vida queriendo que me quisiera y por fin he empezado a sentir ese amor, aunque es frágil. Si la desobedezco, me arriesgo a romperlo.

—Me gusta esta canción. ¿Es nueva?

Me doy la vuelta y veo a mi madre junto a la puerta, como si esperara mi permiso para entrar. Creo que nunca había elogiado mi música. Solo la ha recibido con una mueca. Pero esta tarde han entregado en casa un piano de cola y en su cara ha aparecido una extraña sonrisa nerviosa. Desde que volví, algo ha cambiado en ella.

—Sí, es...

Quiero decir «Andréi». Por fin he conseguido capturar su

canción. No del todo, porque no tengo una orquesta, pero he encontrado el piano, que es el corazón.

Mi madre rasca la pintura desconchada del marco de la puerta. Caen pequeñas escamas al suelo, pero no las recoge. Entorna los ojos, como si un recuerdo flotara ante ella.

—Puedes entrar, si quieres.

Asiente y se acerca a mi mesa.

—Me gustaría... contarte algunas cosas —me dice sin mirarme a los ojos—. ¿Puedes escucharme un rato sin interrumpirme?

—De acuerdo. —Apago el teclado y me siento sobre las manos. Me propongo no interrumpirla, pero si se trata de Andréi, no podré contenerme. No puedo renunciar a él. No puedo.

—Quiero explicarte por qué las cosas han ido como han ido entre nosotras. —Sus palabras son lentas y mesuradas—. Por qué he sido tan mala madre.

Me doy cuenta de que ha ensayado este discurso y empiezan a temblarme las piernas. Llevo toda la vida buscando respuestas, pero ahora que ha llegado el momento creo que no quiero oírlas.

—Nunca hablo de la guerra —sigue diciéndome—. Lo que me frena no es solo la culpa colectiva de nuestro país. Sí, cargo con la vergüenza del horror que infligió nuestro pueblo, pero además nunca hablo de la guerra por el horror que me infligieron a mí. Y a otras mujeres de Berlín. Me hicieron sufrir por lo que habían hecho otros. Solo era una chica. Ansiaba amor y solo quería una vida feliz, pero me castigaron igualmente. Algunos días me enfado porque no me lo merecía, aunque otros días creo que quizá sí. Fui una espectadora. Permití que todo aquello sucediera. Debía cargar con una parte de culpa. Todos debíamos. No tengo palabras para explicar nuestra falta de moralidad y nuestra indiferencia ante el dolor de otras personas. Lo único que puedo decir es que mi mundo era pequeño y que la difícil situación de los judíos estaba demasiado lejos de mi atención. Pero el hecho es que no hicimos suficientes preguntas. No queríamos saber las respuestas.

»Cuando los soviéticos llegaron a Berlín, en los últimos días de la guerra, violaron a todas las mujeres que encontraron. Me escondí en el altillo, pero cuando vinieron a por mi madre, salté. Fue una de las peores noches de mi vida, pero solo fue el principio. Algunas acogieron a oficiales en su casa para que las protegieran. Había que elegir entre que te violaran decenas de hombres o uno solo. Un hombre, un general, se convirtió en nuestro protector, pero era... un hombre horrible. —Hace una pausa y respira hondo. Apoya una mano pálida y delicada en el respaldo de la silla. Parece que la necesita no para sostenerse, sino para sentir algo real bajo sus dedos, algo sólido que la ancle en el presente—. Lo siento mucho, Elly, pero Julius no es tu padre.

Y ahí está.

La habitación da vueltas. Una frase lucha por formarse en mi boca, pero muere antes de nacer.

—Cuando Julius volvió de la guerra, me encontró embarazada y muda. Estaba totalmente destrozada. Antes tocaba el piano, me consolaba, pero el general también me arrebató aquello. Me lo arrebató todo. Y si Julius no hubiera vuelto, no sé qué habría pasado.

Sé que es duro para ella, pero no quiero oír más. Quiero rebobinar los minutos y volver a meterle las palabras en la boca. Seguro que sabe que quiero que se detenga, pero continúa.

—Cuando naciste, veía su cara en la tuya. Y eso volvía a destruirme. Me esforcé por quererte. —Habla en voz baja y sus palabras pasan de puntillas a mi alrededor—. Quería quererte, de verdad, pero a veces no podía. Una madre mejor, una madre que no soy, una madre que me gustaría haber sido, se habría esforzado más, pero yo dejé que Julius te quisiera por los dos.

Se aleja de mi mesa y se sienta en mi cama, como si le pesara el cuerpo por la culpa con la que carga. Se le desploman los hombros y su cuerpo parece un globo que se desinfla poco a poco. Debería sentarme a su lado y facilitarle las cosas, pero no puedo.

Me lo cuenta todo y por fin lo entiendo. Mi cara es un recordatorio constante del monstruo que le robó su música. No puedo imaginarme vivir sin la parte de mí que me brinda más alegrías. Me moriría si me la quitaran o si la mancharan, como le ha sucedido a mi madre. El corazón me da un vuelco cuando pienso en lo que ha pasado, pero también se derrumba por mí. La verdad de que mi padre no es mi padre es como un humo espeso que me quema los ojos y me desgarra la garganta. Soy el producto de algo malvado.

—Cuando te fuiste —me dice levantando la cabeza y mirándome por fin a los ojos—, sentí otra pena en el corazón. Creía que no te quería, que no podía quererte, pero no es verdad. Te quiero. —Extiende la mano y coge la mía—. Eres fuerte, valiente e inteligente. Tienes un talento increíble. Y no eres la culpable de los crímenes de ese hombre. Y Julius… es tu padre, en todos los sentidos menos en la sangre. Siempre te ha querido como si fueras suya.

Los ojos se le llenan de lágrimas, pero no se las limpia. También mis mejillas están húmedas y siento la sal en los labios.

—¿Estás enamorada de ese chico? ¿De ese… ruso?

—Sí —le contesto, porque no puedo responder a su sinceridad con una mentira.

—Está bien. —Asiente y traga saliva—. No me interpondré en tu camino. No deberías cargar con la culpa de tus antecesores. Y él no debería cargar con la culpa de los suyos. Será difícil para mí, pero lo intentaré por ti. Te prometo que lo intentaré.

Me abraza. Al principio me resisto, la sensación me resulta extraña, pero después me acurruco contra ella y le apoyo la cabeza en el pecho. Nos quedamos en nuestro incómodo abrazo hasta que deja de ser incómodo. A medida que la luz del sol se desplaza por la habitación, oigo que su música regresa. Ha estado silenciada durante tanto tiempo que al principio chisporrotea como el motor de un coche en invierno, pero después se estabiliza y adquiere seguridad en sí misma. Mi música converge con la suya y las notas se entrelazan hasta formar una nueva melodía. Es la canción más bonita que he oído nunca. Es salvaje e indómita, y está llena de promesas. Es una canción que he estado buscando, que siempre ha estado danzando sin que la viera. Ahora la he encontrado. Estaba aquí, esperándome desde el principio.

Mi madre me acaricia la cara y me limpia las lágrimas de las mejillas. Me mira y creo que es la primera vez que me ve de verdad.

—Me he pasado la vida suspirando por un hombre que jamás me amó —me dice—, que jamás podría amarme, por razones que debe contarte él. Era lo único que quería: una historia de amor bonita y perfecta. Hasta ahora no he entendido que ya tengo una. —Me da un beso en la frente y me mira a los ojos—. Tú eres mi gran historia de amor, Elly. Tú y Axel. Siento haber tardado tanto en darme cuenta.

Epílogo

Elly

27 años después
9 de noviembre de 1989, Berlín

La que nos lo cuenta es Isabel. Está en el pasillo dando saltos sobre las puntas de los pies.

—Está cayendo.

Y aunque son solo dos palabras, lo entiendo.

Andréi y yo nos miramos un instante, dejamos el estofado en la mesa del comedor y vamos a buscar las bufandas y los abrigos. Seguimos a nuestra hija por la escalera y desembocamos en la calle oscura. Los vecinos empiezan a salir de los portales cercanos. Algunos rondan por las aceras haciendo preguntas y otros se abren paso entre la multitud en busca de respuestas.

Mi madre nos espera debajo de una farola con el pelo plateado despeinado y los ojos muy abiertos. Isabel corre hacia ella y le da un beso en la pálida mejilla.

No sé quién ha llamado a Axel, pero de repente también está aquí, con su mujer al lado y su hija recién nacida en brazos.

—Vamos —dice Isabel volviendo su atención hacia nosotros—. Démonos prisa.

Aunque llevamos décadas esperando, la idea de esperar un minuto más nos resulta insoportable.

—¿Ha dicho que ahora mismo? —pregunta Andréi suavizando su acento, como hace siempre en presencia de mi madre.

—Sí, eso ha dicho. —Isabel avanza a grandes zancadas apartando a la gente de su camino—. Lo he oído yo misma.

—Pero no tiene ningún sentido —digo corriendo tras ella.

—¿Por qué lo dudas, mamá? Está pasando. Por fin está pasando.

La multitud avanza y nos dejamos arrastrar por ella. Se me acelera el pulso y el corazón me va a toda velocidad. Andréi me aprieta la mano. El tiempo parece doblarse sobre sí mismo. Miro hacia la ventana e imagino a Oma Rita observándonos, aunque Oma Rita murió hace mucho tiempo, y mi padre también. Y ahora, del mismo modo que yo viví un acontecimiento que marcó mi futuro, es el turno de Isabel. Como entonces, el sonido combinado de la música de tantas personas es ensordecedor. A lo largo de los años de separación, el volumen de las canciones de los berlineses del Este se ha reducido a la fuerza, pero esta noche ya no están amortiguadas; se han liberado.

Busco a mi madre y la encuentro a mi lado. Está mirando a Isabel con el ceño fruncido y una arruga en el puente de la nariz. ¿Tendrán consecuencias estas acciones? ¿Se ha anulado la orden de disparar a matar? Isabel intenta que mi madre avance, pero ella duda antes de dar cada paso y se queda atrás. Me abro paso entre la multitud y la cojo de la mano, que está fría y húmeda. Ella me mira con las mejillas blancas y los ojos muy abiertos.

También ella está reviviéndolo.

Miro a Axel, que entiende lo que estoy pidiéndole. Su mujer asiente y entonces él deja a su hija en los brazos de mi madre. Esta vez no estarán dolorosamente vacíos. Esta vez nos tendrá a todos aquí con ella.

Por las calles circulan coches Trabant echando humo, pero hay demasiada gente y los conductores no tardan en detenerse, abandonarlos y unirse a la multitud con paso decidido.

En el paso fronterizo de la Bornholmer Straße, los guardias están en inferioridad numérica. Se miran entre sí, pero ninguno da un paso adelante ni levanta el arma. Intercambian susurros mientras la multitud corea: «*Tor öffnen*, abrid la puerta. *Tor öffnen*».

Avanzamos muy despacio y vemos que ya han cruzado varias personas. Ahora hay más pidiendo lo mismo.

Ya estamos justo al lado del Muro. Es lo más cerca que he estado de él desde que volví a cruzarlo con Axel vestido de niña y apretado contra mi pecho. Pienso en Peter, Karin, los niños, Hannelore, Dina y Franz. Los imagino al otro lado esperándome. Ha pasado mucho tiempo. Me siento mareada, como si el mundo girara un poco más deprisa.

La noticia nos llega como un escalofrío entre la multitud. Han abierto las puertas.

El Muro está cayendo.

Los segundos se dilatan y se convierten en minutos, en horas. Alguien le pasa a Andréi un mazo. Retrocedemos para dejarle espacio y empieza a golpear. Un trozo de hormigón cae al suelo. Lo recojo, lo desmenuzo entre mis manos y observo cómo se convierte en polvo.

A nuestro alrededor la gente empieza a bailar y la música que oigo no está solo en mi cabeza. Fluye y refluye por las ventanas y las bocas abiertas. Y entonces, por fin, nos liberan; las puertas de la prisión están abiertas. Me aplastan por todos lados, pero siento el cuerpo más ligero; los grilletes que he llevado toda mi vida se caen.

Somos libres.

Nota final de la autora

Escribir ficción histórica conlleva la responsabilidad de retratar con precisión un momento importante de la historia, y aunque mis personajes son ficticios, representan a las muchas mujeres que sufrieron violaciones en Berlín en 1945 y la brutal división de la ciudad en 1961.

Son muchos los libros y artículos que me inspiraron para escribir *El silencio que nos separa*, y llevé a cabo una investigación exhaustiva. Quisiera agradecer la relevancia de algunas de mis fuentes en el desarrollo de esta historia.

The War on Women: And the Brave Ones Who Fight Back, de Sue Lloyd-Roberts y Sarah Morris

The War on Women, de Sue Lloyd-Roberts, es un libro tan elocuente e importante que todo el mundo debería encontrar el tiempo (y la valentía) para leerlo. Durante su carrera como periodista, Lloyd-Roberts documentó las atrocidades infligidas a mujeres en todo el mundo. Aunque solo un capítulo se centra en la violación como arma de guerra, el libro analiza desde la mutilación genital femenina hasta los crímenes de honor, pasando por las mujeres caídas en Irlanda. Es una lectura difícil, pero las mujeres a las que Lloyd-Roberts conoció durante sus viajes mostraron un gran valor ante los horrores a los que las sometieron, y ha sido sobre ese valor y ese instinto de supervivencia sobre lo que he querido escribir.

Una mujer en Berlín, de Marta Hillers

Las memorias *Una mujer en Berlín*, publicadas originalmente de forma anónima, pero que después se confirmó que había escrito la periodista alemana Marta Hillers, describen la ocupación soviética de Berlín con honestidad y una admirable ausencia de sentimentalismo.

Se desconoce el número exacto de mujeres alemanas violadas durante los últimos días de la Segunda Guerra Mundial, pero es posible que ascienda a dos millones (y a muchas las violaron varias veces). Se calcula que en Alemania murieron 240.000 mujeres a consecuencia de las violaciones.

La terrible verdad es que, en las guerras, las mujeres civiles suelen ser víctimas ignoradas y silenciadas por la vergüenza y los gobiernos que deberían haberlas protegido. En este libro, en ningún caso he pretendido minimizar los horrores del Holocausto ni el sufrimiento de sus víctimas. Simplemente quería contar una historia que no se ha contado: la de las mujeres civiles alemanas que fueron castigadas por lo que había hecho su país.

Berlín. La caída: 1945, de Antony Beevor

Este relato detallado y brillantemente documentado de la caída de Berlín ha sido una fuente de información fundamental para mí. Beevor combina un catálogo de acontecimientos y fechas con relatos de testigos presenciales para ofrecer una descripción imparcial del final de la guerra y la caída de Berlín.

El muro de Berlín, de Frederick Taylor

Este libro ha sido otra fuente de información fundamental para mí. Ofrece una historia exhaustiva del Muro, pero incluye también relatos personales que describen los devastadores efectos para los que se encontraron en una ciudad fracturada.

Sigrid Paul

Investigué gran cantidad de historias desgarradoras de familias separadas por el Muro de Berlín, pero la historia de Sigrid Paul («El Muro de Berlín me separó de mi bebé», publicada en *The Guardian* en 2009) se me quedó grabada. Torsten, el hijo de Sigrid, era un bebé de ocho meses muy enfermo cuando se cerró la frontera. Los hospitales de Berlín Este no estaban equipados para atenderlo y, por temor a que muriera, un médico organizó su traslado a Berlín Oeste (como solo se permitían traslados de pacientes cardíacos, el médico falsificó el historial médico de Torsten). La madre y el hijo tardaron cuatro años en reunirse.

Aunque la historia de Lisette es muy diferente de la de Sigrid, al ser yo misma madre, su historia me tocó la fibra sensible y fue el origen de la idea inicial de *El silencio que nos separa*.

Roland Hoff

Todos los personajes de este libro son ficticios, excepto Roland Hoff, que fue asesinado a tiros mientras intentaba nadar hacia la libertad a través del canal de Teltow el 29 de agosto de 1961.

Pódcast *Tunnel 29* de BBC Radio 4

A lo largo de los años, tras el cierre de la frontera, los alemanes del Este intentaron diversos métodos de huida, desde sobrevolar la frontera en un globo aerostático casero hasta atravesar las alcantarillas.

Tunnel 29 es el apasionante relato real de un grupo de estudiantes que cavó un túnel bajo el Muro de Berlín. Junto con otras fuentes, me proporcionó abundante material para tejer la historia de Elly.

Música de Elly

En 2020 leí un artículo fascinante en el sitio web IFLSCIENCE sobre las diferentes formas en que pensamos («People With No Internal Monologue Explain What It's Like in Their Head»). Algunas personas tienen pensamientos verbales, otras experimentan pensamientos visuales y la mayoría experimenta ambos. Mis pensamientos son exclusivamente verbales y no entendía el hecho de que algunas personas no tengan un comentario continuo que acompañe su vida cotidiana. Había oído hablar de la sinestesia (las personas que experimentan una fusión de sentidos) y empecé a imaginar a un personaje que asociaba a toda persona que conocía con la música.

A algunos no les gustará esta parte del libro, pero espero que otros reconozcan que la música es un lenguaje (que cura), y mi propósito era retratar en Elly una característica peculiar que contrarrestara el mutismo de Lisette y el silencio de los que sufrieron cuando se cerró la frontera entre Alemania del Este y del Oeste. El talentoso Micki Bonde ha compuesto fragmentos de música para cada personaje, que podéis escuchar en mi sitio web: josieferguson.com.

Pequeños detalles

Aunque se trata de un libro de ficción, he intentado incorporar, junto con hechos generales, detalles más pequeños, no solo para darle vida a la historia, sino también para hacer justicia a este período. Algunos detalles pueden parecer fantásticos, como los miembros de las Juventudes Hitlerianas repartiendo pastillas de cianuro y la colina de escombros en el centro de Berlín, pero son ciertos.

Un amigo que leyó un primer borrador del libro me comentó que la historia le parecía demasiado irreal. Una frontera no podía cerrarse de la noche a la mañana, un Gobierno no permitiría que separaran a una madre de su bebé, y una víctima de violación nunca se ofrecería a un hombre para asegurar su supervivencia. Lamentablemente, todas estas cosas sucedieron. La frontera entre Berlín Este y Berlín Oeste se cerró en plena noche; maridos quedaron separados de sus mujeres, y padres de sus hijos; y al final de la Segunda Guerra Mundial, mujeres de Berlín buscaron a oficiales soviéticos para protegerse de violaciones múltiples. Son historias del pasado que todavía resuenan ahora, en el presente. Mientras escribo estas palabras, las fuerzas rusas están utilizando la violación como arma de guerra contra mujeres ucranianas; en Estados Unidos se separa a madres deportadas de sus hijos; se construyen y refuerzan muros fronterizos a un ritmo sin precedentes en todo el mundo (en la actualidad hay setenta y cuatro, aunque, hasta donde yo sé, el Muro de Berlín es el único que se ha construido para mantener a su gente dentro, no a sus enemigos fuera). Pero una cosa está clara: cuando se construyen muros, las personas encuentran la manera de pasar por encima o por debajo; cuando se separa a las familias, hacen todo lo posible por reunirse; y cuando las mujeres son víctimas, encuentran el valor para hablar, para unirse y para sobrevivir.

Agradecimientos

Mi camino hasta convertirme en autora publicada ha sido largo. Empecé a escribir en la adolescencia, y el libro que tienes ahora en las manos es el cuarto que he escrito. En 2021 me apunté al curso de escritura creativa de Curtis Brown, donde conocí a otros aspirantes a escritores y dediqué todo mi tiempo libre a terminar este libro. Creo sinceramente que las personas que consiguen sus objetivos son las que nunca dejan de intentarlo, pero también las que tienen la suerte de encontrar un grupo de personas maravillosas que las apoyan en el camino.

Conocer a un pequeño grupo de compañeros escritores fue un punto de inflexión para mí. Sus críticas han hecho de este libro una historia infinitamente mejor de lo que era o podría haber sido. Oliver Bussell, Judith Pasztor Duffy y Claudia Turnbull: sé que no habría llegado tan lejos sin vosotros y os estaré eternamente agradecida.

Mi increíble agente, Sam Copeland. Conocí a Sam cuando yo tenía veintitantos años y hacía unas prácticas en Rogers, Coleridge & White. Era un apasionado de su trabajo y me causó una impresión tan fuerte que recuerdo que pensé que si alguna vez escribía un libro lo bastante bueno, lo querría como agente. Quince años después, cuando me llamó para ofrecerme ser mi representante, me pareció que era cosa del destino. Sam, también él escritor y defensor de otros escritores, es el mejor agente que podría haber deseado.

Mi apasionada y hábil editora, Kirsty Dunseath. Gracias por creer en este libro. Hiciste realidad mi sueño y nunca habrá suficiente pastel en el mundo para darte las gracias como mereces.

Alison Barrow, Milly Reid, Eloise Austin y el maravilloso equipo de publicidad y marketing de Transworld: gracias por vuestras ideas creativas y por defender este libro. Beci Kelly, gracias por crear una portada tan bonita que evoca todo lo que esperaba. Y gracias a mi correctora de estilo Eleanor Updegraff y a los correctores de pruebas Ian Greensill y Sarah Hulbert por detectar y corregir muchos errores embarazosos. Al equipo de ventas y al de derechos, tanto nacionales como internacionales, gracias por vuestro apoyo y entusiasmo. Georgie Bewes, gracias por hacer que todo funcione entre bastidores. Tu trabajo es muy importante.

Laura Barnett y Lisa O'Donnell, mis talentosas tutoras en CBC: gracias por guiarme en las primeras etapas de este libro.

Mi familia: mamá, papá, Micki, Lotta, Kiki, Visan, Erik, Ted, Tom, Maja, Isla, Bailey, Nico, Theo, Trish, Gordo, Ian, Karolina, Tulle, Jonas, Neil y Carole. Y mi hermana recién descubierta, Merete. Gracias por seguir preguntándome cómo iba la escritura mucho después de que fuera incómodo.

Lotta, Visan y Micki, mis primeros fans, gracias por ser como sois.

Papá, mientras escribo esto soy campeona de backgammon. Ahora que estas palabras están impresas, estoy segura de que significan que seré campeona hasta el final de los tiempos.

Jenny, Lauren, George, Wilton, Fifi, Booby, Jock, Charlotte, Louise, Suze, Jubes, Janet, Emily, Niamh, Annie, Lara, Irina y Holly. Y Anna. Siempre Anna. Estoy muy agradecida de tener tantos amigos maravillosos que me han apoyado a lo largo de los años y a través de los continentes.

Jane, todavía te echamos de menos cada día.

Mi *snygging*, Douglas. Tu inquebrantable fe en mí me ha mantenido cuerda. Sin ti este libro habría sido una quimera que habría dejado de lado hace mucho tiempo.

Mia y Benji, mis valientes e inspiradores hijos. Prometo que no tengo un hijo favorito.